금빛 종소리

민음사 　　　　금빛 종소리 　　　　김하나의
자유롭고
쾌락적인
고전 읽기

차례

금빛 종소리가
들려온다

프롤로그

나는 고전 또는 세계문학으로 불리는 책들이 모여 형성된 거대한 도시를 가벼운 마음으로 걷는 산책자라고 생각한다. 책으로 가득한 이 도시의 모습은 매시간 변하고 있으며, 어느 불 켜진 창문 안에서 지금도 새로운 고전이 쓰이고 있다. 저 먼 곳으로부터 금빛 종소리가 들려온다.

고전 읽기에 관해서라면 가장 먼저 떠오르는 장면이 있다. 배경은 오래전 내가 다녔던 여자고등학교의 교실, 문학 수업 시간이다. '여고', '여고생'이라는 말이 오랫동안 쓰여 온 방식의 영향으로 여러분이 실제와는 동떨어진 그림을 상상할 수 있기 때문에 설명을 조금 덧붙이고 싶다. 우리는 그 학교에서 교복을 입지 않은 마지막 학년이었다. 90년대의 유행을 과감히 해석한 제멋대로의 복장과 다양한 헤어스타일의 학생들이 쉰 명 넘게 모여 앉아 있었다. 부산 사투리를 격하게 쓰는 가지각색 사복 차림의 여학생들에게서는 어떤 야성 같은 것이 느껴졌다. 창밖으로는 저 멀리 푸른 바다가 보였다. 바다를 보며 호연지기를 더러 키우기도 했을 테지만 그곳은 한국에서 제일 유명한 관광지 중 하나인 해운대 해수욕장이었으며, 우리는 바다 하면 해수욕장 근처의 유흥 시설들을 연관 지어 떠올렸다. 곧 여름방학이었다. 엄청난 수의 외지인들이 '놀러' 오는 관광특구의 여름을 앞두고 조금씩 들뜨고 술렁이는 기운이 가벼운 댄스뮤직처럼 지역 전체에 감돌았다. 종합하자면 그 교실은 아무래도 찬란한 지성의 교류나 정숙한 면학 분위기와는 상당한 거리가 있었다.

이제 선생님을 보자. 갓 부임해 온 그 신참 남자 선생님은 문학과 한문을 동시에 담당했다. 나이 서른이 아직 안 된, 결혼을 하지 않은 분으로 바로 그 두 가지 요인으로 더욱 인기가 있었으며 당시 남선생님으로선 독특하게도 짧고 뽀글뽀글한 파마 머리를 고수했다. 호리호리한 몸에 헐렁하고 화려한 셔츠와 청바지를 입을 때도 있었는데 그럴 때면 선생님은 교실보다는 여러모로 바닷가의 유흥 시설에 더 어울리는 사람 같았다. 내가 기억하는 그 장면에서 선생님은 우리에게 말한다기보다는 허공에 혼잣말을 흘려보내듯 무심상하게 느릿느릿 읊조렸다.

"곧 여름방학인데 느그, 가끔 심심한 날 있제. 그럴 때 고전 문학책 같은 거 좀 들춰 봐도 좋데이. 뭐……『제인 에어』같은 거 안 있나. 낮에 마루에 드러누워가지고 몇 장 넘기다 보면 잠이 솔솔 오제.『제인 에어』같은 거는 베고 자도 책이 두꺼워서 높이가 딱 괜찮다이. 그래 깜빡 자고 일어나도 아직 낮이제. 그러면 아까 읽은 데서부터 또 몇 장씩 읽어 보는 거지. 그렇게 읽다가 졸다가 하면서 책 한 권 끝내면 참 뿌듯하제. 한번 그래 보는 것도 좋을 거다."

들을 때는 그리 강렬하지 않았고 나는 그 여름방학

에 『제인 에어』를 읽지도 않았는데, 이상하게 이 말씀은 오래 뇌리에 남아 요즘도 내가 '고전'으로 분류되는 책을 집어 들 때면 떠오른다. 이 말씀에는 독특한 미덕이 있다. 이것을 관광특구의 미덕이라 부를 수 있을지도 모르겠다. 바로 고전 읽기를 너무 심각하거나 숭고한 행위로 만들어 버리지 않는다는 점이다. 꼭 해내야 할 숙제처럼 강요하지도 않는다. '교양인이 되려면 고전을 읽어야만 해.'가 아니라 어느 날 '심심한데 고전이나 읽어 볼까.' 같은 마음가짐이 되는 것이다. 그리고 몇 장을 들추다 이내 잠들더라도 지레 덮어 버리지 않고 다음 몇 장을 읽어 나가게 하는 자상한 독려도 담겨 있다.

다른 미덕도 있다. 고전 읽기의 가장 큰 매력 중 하나인 남다른 시간성을 담고 있다는 사실이다. 고전을 읽을 때는 동시대의 작품을 읽을 때와는 사뭇 다른 자기장 안으로 들어가는 감각이 있다. 여름방학의 나른함, 마루에 누워 두꺼운 책을 베고 졸다가 깼을 때 멀리 다녀오기라도 한 듯 얼떨떨한 느낌, 또다시 이어지는 낮이 암시하는 시간의 영속성 같은 감각이 그와 유사한 것을 일깨운다. 너무 방대하고 섬세해서 독자로 하여금 정말로 시간 개념을 잃게 하는 마르셀 프루스트의 소설 『잃어버린 시간을 찾아서』의 몇 부분이 도움이 될 것 같다. 프루스트는 가상의 시골 마을 콩브레 한가운데 있는 생틸레르 성당 종탑에서 시간마다 울리는 종소리를 묘사하는 데 공을 들인다. 다음은 주인공이 집에서 책을 읽다가 가까이서 들리는 종소리를 놓치곤 하는 부분이다.

또 시각을 알리는 종소리가 울려올 때마다, 이전 시각을 알리는 종소리가 울려온 것이 바로 조금 전이라고 느껴져, 막 울려온 시각이 또 다른 시각 옆 하늘에 새겨지면서 그 두 금빛 기호 사이에 끼어든 작고 푸른 궁형 안에 육십 분이라는 시간이 들어갈 수 있으리라고는 전혀 믿어지지 않았다. 가끔 때 이르게 찾아온 이 시각은 바로 앞 종소리보다 두 번 더 울리는 경우도 있었다. 내가 듣지 못한 시각이 한 번 더 있었던 것이다. 말하자면 실제로 일어난 일이 내게는 일어나지 않았다. 깊은 잠과 마찬가지로, 마술적인 독서의 이점은 환각에 사로잡힌 내 귀를 속이고, 고요라는 창공의 표면에서 금빛 종을 지워 버린다는 데 있다.[1]

시간 가는 줄 모르고 책을 읽다가 문득 깨어나곤 하는 모습이다. 그러나 이것은 책에 빠져들게 되면 종종 일어나는 증상으로서 꼭 고전 읽기에만 해당되는 것은 아니다. 내가 얘기하고 싶은 것은 다음의 부분으로, 등장인물들이 생틸레르 성당의 종탑으로부터 한참 떨어진 곳으로 소풍을 떠나 물가의 아이리스 꽃 사이에 앉아 간식을 먹는데 종소

---

1) 마르셀 프루스트, 김희영 옮김, 『잃어버린 시간을 찾아서』 1권 「스완네 집 쪽으로」(민음사, 2012), 158쪽.

리가 그곳까지 들려오는 장면이다.

다시 출발하기 전 우리는 오랫동안 풀밭에 앉아 과일과 빵과 초콜릿을 먹었는데, 우리가 앉아 있는 풀밭까지 약하기는 하지만 조밀한 금속성 생틸레르 종소리가 수평으로 들려왔다. 종소리는 공기 속을 그토록 오래 지나왔는데도 공기에 섞이지 않고, 그 모든 연속적인 울림으로 골이 진 채, 우리 발아래 꽃들을 스칠 듯 지나가며 파르르 떨었다. [2]

나는 이것이 고전을 읽을 때 느끼는 감각과 비슷하다고 여긴다. 고전은 시간의 검증을 거친 것이므로 독자의 시대로부터 훨씬 이전에 쓰인 작품이다. 작품이 쓰인 시대와 독자 사이에 놓인 긴 세월을 그토록 오래 지나왔는데도 공기에 섞이지 않고 수평으로 들려오는 금속성 종소리처럼 연속적인 울림을 내는 것이다. 이렇게 멀리 떨어져 있다고 생각하는 현시대의 우리 발아래 핀 꽃들을 스칠 듯 지나가며 파르르 떨면서. 작가가 옛 시대에 글을 쓰고 발표할 때는 그의 글이 울리는 종소리가 동시대 너머 오랜 세월이 지난 뒤에도 계속해서 또렷한 파장을 일으킬 줄 알았을까?

다음은 호주 출신의 작가 리처드 플래너건의 역작

---

2) 위의 책, 295쪽.

『먼 북으로 가는 좁은 길』에서 주인공 도리고 에번스가 서점을 둘러보는 장면이다.

그는 여러 서가에서 고전이 된 작가들의 옛날 책이 가득 꽂힌 곳을 발견하고 대충 책을 훑어보기 시작했다. (……) 도리고 에번스가 원하는 것은 고대의 위대한 시가 아니라, 그런 책들에서 느낄 수 있는 분위기였다. 책이 발산하는 그 분위기는 그를 안으로 끌어들여 다른 세상으로 데려다주었으며, 그 세상은 그에게 혼자가 아니라고 말해 주었다. 이런 느낌, 이런 영적인 소통의 느낌에 그는 때로 압도당했다. 그럴 때면 우주에 오로지 그 책 하나뿐이라는 느낌이 들었다. 다른 책들은 모두 영원히 살아 있는 그 위대한 작품으로 통하는 문에 불과한 것 같았다. 그 책 속에는 상상 속의 존재가 아니라 진정한 모습으로 존재하는, 아름답고 지칠 줄 모르는 세계가 있었다. 그런 책에는 시작도 끝도 없었다. [3]

나중에 전쟁을 겪은 뒤 윤리적으로 타락하게 되는 도리고 에번스의 노년과 대비하기 위해 젊은 시절 그의 문학적 경외심을 더욱 순수하고 절대적으로 그리고 있기는 하지만, 그가 말하는 '책이 발산하는 그 분위기'에서 앞서 말

---

3) 리처드 플래너건, 김승욱 옮김, 『먼 북으로 가는 좁은 길』(문학동네, 2018), 85쪽.

한 금빛 종소리와 같은 것이 들려오지 않는가? 시대를 뛰어넘어 읽히는 오래된 책을 읽는 일에는 말로 설명하기 어려운 공명의 감각 같은 것이 스며 있다. 그 책이 쓰인 시대와 읽는 지금 사이에 가로놓인 시간의 부피를 꿰뚫고 울려오는 동심원의 파장 속으로 들어가는 것이다. 도리고 에번스의 표현을 응용하자면, 그것은 아주 오래전부터 있는 아름답고 지칠 줄 모르는 세계로부터 고전이라는 징검다리를 타고 시간을 건너오는 진동처럼 느껴지기도 한다. 그래서 고전 읽기는 '들어가는' 것이다. 오래된 건축물 안으로 들어가는 것과 비슷하다. 자기장이나 시간성, 종소리, 분위기 모두 고전 읽기라는 행위의 체험적 측면을 표현하려고 동원한 말들이다. 그것은 다른 시대의 글을 읽는 것이 아니라 다른 시공간의 어떤 정신을 체험하는 일이다.

　　한편 여기서 도리고 에번스가 말하는 '고전'이란 지금 나와 여러분이 생각하는 고전의 의미와는 꽤나 다를 것이다. (그는 서점에서 고대 로마의 시인 베르길리우스의 『아이네이스』를 찾는다.) 그는 그야말로 고전적인 의미에서의 고전을 말하고 있다. 서양 문학에서 고전(The Classic)이라는 말은 고대 그리스와 로마의 문학으로부터 비롯되었다. 그래서인지 도리고 에번스의 감상은 어딘지 죄르지 루카치가 쓴 『소설의 이론』의 유명한 첫 구절을 연상케 한다. 별이 빛나는 밤하늘이 가야 할 길의 지도가 되어 주었던, 또 별빛이 그 길을 환히 밝혀 주었던 시대는 얼마나 복되었던가라고 했던.[4] 루카치는 여기서 개별 인간의 내면성이 생기기 전, 영혼의 바깥이 생기고 인간과 세계가 분리되기 전 그리스 문화의 일체성에 대해 이야기한다. 아름답고 지치지 않는 세계. 시작도 끝도 없는 책. 반면 여러분이 읽고 있는 이 책은 분명 시작과 끝이 있으며 고전이라는 말을 그리스 로마와 연관지어 사용하지 않는다. 나는 대체로 고전을 '지금도 읽히는 오래된 책' 정도로만 심플하게 생각하는 편이다. 그런 의미에서 사실 내게 절대불변의 고전 같은 것은 없다. 파도가 해안선을 조금씩 바꾸어 나가듯 나의 고전 리스트는 지금도 계속 달라지고 있다.

넬은 살아 있나요?

고전 읽기의 남다른 매력에도 불구하고 고전은 '졸린'이라는 수식어와 자주 붙어 다닌다. 그런데 고전 읽기는 과연 졸리기만 한가? 시험이나 마감을 앞두고 도스토옙스키나 디킨스에 휘말려 본 사람이라면 이 말에 아니라고 답할 것이다. 찰스 디킨스의 『오래된 골동품 상점』이 잡지에 연재되고 있을 때의 에피소드가 있다. 『올리버 트위스트』나 『두 도시 이야기』, 『위대한 유산』 등 디킨스의 다른 작품들에 비해 현대에 와서 높은 평가를 받는 작품은 아니지만, 『오래

---

4) 게오르크 루카치, 김경식 옮김, 『소설의 이론』(문예출판사, 2007) 참조. 본문의 인명 표기는 국립국어원 외래어 표기법을 따랐다.

된 골동품 상점』은 연재되는 동안 영국에서 실로 엄청난 인기를 누렸고 그 명성은 대서양을 넘어 미국으로까지 건너갔다. 많은 고초를 겪은 '천사 같은 소녀' 넬의 운명이 과연 어떻게 될 것인지에 수많은 사람들의 관심이 쏠렸다. 1841년, 마침내 마지막 연재 분량이 담긴 잡지를 실은 영국의 배가 뉴욕의 항구에 닿았다. 항구에는 이미 많은 사람들이 나와서 기다리고 있었는데, 그중 누군가가 배에 탄 사람을 향해 소리쳤다.

"넬은 살아 있나요?!"

이 이야기는 나를 각별히 즐겁게 한다. 실존 인물도 아니고 종이에 인쇄된 이야기에 등장하는 인물이 죽었는지 살았는지 노심초사하며 항구에 나와 저 먼바다로부터 잡지를 싣고 들어올 배를 기다리고 선 사람들이라니. 이미 잡지가 배포된 영국에서는 넬의 운명이 정해져 버렸지만 실시간 인터넷의 시대가 아니니 그 소식을 조금이라도 빨리 알려고 항구에 나가서 뱃전에 소리쳐 묻기까지 하는 마음이라니. 영미권의 여러 신문들은 해리 포터 시리즈의 대단원이었던 『해리 포터와 죽음의 성물』의 예약 판매 후(사상 최고의 예약 판매 부수를 기록했다.) 출간일이 다가오는 것을 초조히 기다리며 해리의 운명을 궁금해하는 수많은 팬들의 마음을 이에 비견하기도 했다. 왜들 이러는가? 어째서 우리는 이야기 속 인물의 운명이나 사건의 향방에 이렇게나 몰입하는 걸까?

새로운 일도 아니다. 우리 인간들은 결코 이야기에

지치는 법이 없다. 『천일야화』의 셰에라자드는 목숨을 부지할 만도 하다. 그뿐 아니라 요즘이었으면 조앤 K. 롤링 정도의 수입을 올리는 인기 연재 작가가 되었을지도 모른다. 삶이 계속되는 한 이야기는 계속된다. 흔히 세계문학, 또는 고전이라고 불리는 책들은 대부분 이야기다. 아르헨티나의 위대한 작가 호르헤 루이스 보르헤스가 쓴 미심쩍고 알쏭달쏭한 방식의 작품들도 결국은 이야기가 아닌 척하는 이야기다. 보르헤스는 아이들이 그저 즐거워서 책을 읽듯, 책 읽기를 행복과 기쁨의 한 형태로 생각해야 한다며, '우리는 즐거움을 위해 책을 읽어야 한다.'고 말했다. 책이 지루하면 그것은 당신을 위해 쓰인 책이 아니니 내려놓고, 읽고 있는 책에 빠져드는 걸 느낀다면 계속 읽으라고. 보르헤스는 백 번 옳다. 우리는 즐거움을 위해 책을 읽어야 하며, 이는 고전에 대해서도 마찬가지다.

손에 땀을 쥐게 하고, 결말이 궁금해서 항구로 달려 나가게 하는 것만이 즐거움은 아니다. 즐거움의 문제는 생각보다 심오하다. 즐거움의 종류는 무한하며 더없이 은근한 것에서부터 아주 뾰족한 것까지, 우리는 다양한 즐거움을 발견하고 향유하는 기술을 계발할 수 있다. 유진 오닐은 『밤으로의 긴 여로』에서 세상에서 가장 검은색이라는 '반타블랙(Vantablack)' 같은 짙디짙은 어둠 속에 우리를 놓아두고 작품의 문을 닫는다. 그 완벽한 고통과 절망의 이야기를 읽으면서도 우리는 일종의 '즐거움'을 느낀다. 그것은 등장인물들의 아픔에서 느끼는 가학적 즐거움이 아니다. 이 한 사람의 작가가 자신의 삶을 소재로 고통 속에 깎아 낸 이야기가 읽는 이로 하여금 자신이 그 절대적 절망 앞에 선 듯이 느끼게 할 정도로 잘 완성해 낸 어떤 것이기 때문에 느끼는 경외의 즐거움이다. 예술 감상의 본질적인 즐거움 중 하나는 잘 완성된 어떤 것에 대한 감탄으로부터 온다. 더욱이 각종 전자기기로 글을 쓰고 웹으로 출판하는 요즘의 우리가 타이프라이터 이전 시대의 고전을 바라볼 때는 또 다른 종류의 감탄이 덧붙여진다. 종이값이 비싸던 시절에 먹물이나 잉크를 묻힌 필기구로, 단축키도 없이 삭제할 곳에 줄을 죽죽 그어 가며 쓴 1200쪽짜리 소설이라니. 그리고 그 소설이 구조적으로 완벽히 균형 잡혀 있다니. 마치 레이저 커터 같은 기계가 없을 시절에 대장장이가 쇠를 쳐서 만든 조각도로 나무를 통째로 깎아 완성한 꽃 모양 문살의 완벽한 정교함을 볼 때 느끼는 것과 같은 특별한 종류의 즐거움이 더해지는 것이다. 사람들은 훌륭히 완성된 것에서 즐거움을 느낀다. 그것이 기술적으로 불가해하게 느껴질 때는 더 큰 즐거움을 느낀다. (현대의 어느 건설업체가 피라미드를 세웠다 한들 그 뉴스에 어떤 신비로움이 있겠는가?) 이 또한 고전 읽기에 더해지는 즐거움이다.

　　덧붙여 당부하고 싶은 것이 있다. 이야기에서 교훈을 찾아내지 않아도 된다는 점이다. 읽기에 대해 세간이 가진 선입견 때문인지 독서 교육의 경향 탓인지는 모르겠지만, 문학 작가가 글의 타래를 직조해 궁극적으로 전하고 싶은 뜻이 있다고 상정하고 그것을 추출해 내려는 독서를 하는 분들이 있다. 글의 재료인 단어 하나하나가 사전에 쓰인 뜻을 가지므로 그것으로 만든 문학 작품은 더 큰 뜻을 가지리라는 다소 순진한 유추에서 비롯되는 생각일 수도 있다. 물론 뜻을 정확히 전달하기 위해 쓰인 책들도 있으므로 책마다의 독법은 달라야 할 것이다. '자, 이 문학 작품의 주제는 무엇입니까?'라는 질문을 받는다면 여러분은 대답할 의무가 없다. 몇 마디 말로 요약될 거라면 무엇 때문에 작가가 애초에 그토록 시간과 노력을 들여 작품 한 편을 완성한단 말인가? 글로 완성된 작품은 거대한 태피스트리 같은 것이고, 여러분은 그것을 다시 몇 개의 색실로 환원시킬 필요가 없다. 소설에서 교훈이나 주제를 뽑아내려 하는 것은 인생에 미치는 독서의 효용을 곧바로 확인하려는 조급함에서 비롯되는 것이다. 오히려 더 깊은 즐거움을 찾아내려고 노력하라. 문장의 리듬감, 이야기 구조의 균형, 전개의 참신함, 등장인물이 지닌 성격의 미덕이나 매력, 근사한 대사, 저마다의 작품이 연기처럼 휘감고 있는 분위기 같은 것을 감상하라. 여러분 인생에서 가장 중요한 교훈은 누군가 던져 준 몇 마디 말이 아니라 인생을 겪으며 몸소 체득한 것이다. 그러니 교훈을 얻기 위해서라도 문학 읽기를 통해 할 일은 추출하고 요약하는 것이 아니라 이야기 속에 몸을 제대로 담그는 일이다.

나의 문학 선생님이 『제인 에어』를 예로 든 것 또한 매우 적절한데, 일단 『제인 에어』는 베고 자기에 적절한 두께의 책이며 그것은 곧 독파의 성취감을 줄 만한 분량이라는 뜻이다. 근육 운동을 할 때 본인이 너끈히 들 수 있는 중량보다 조금 더 무거운 무게를 힘겹게 들어 올려야 근력이 생기듯이, 독서를 할 때도 조금 노력하면 쉽게 읽어 낼 수 있는 분량보다 더 긴 글을 읽어 낼 때 독서의 근력이 생긴다. 차를 타기보다 걷는 습관을 들이면 점점 더 많이 걸을 수 있게 되는 것과도 비슷한데, 아닌 게 아니라 독서란 한 걸음 한 걸음처럼 한 문장 한 문장을 이어 읽어 나가는 것이므로 이 비유는 꽤 쓸모가 있다. 요즘 판본으로 대략 800쪽 정도인 『제인 에어』를 다 읽는 것은 글자로 이어지는 긴 물리적 거리의 길을 눈으로 걸어서 완주하는 것과 같다. 예를 들어 제주 올레길 한 코스를 끝에서 끝까지 걸어 본 사람은 다른 코스도 걸어 낼 수 있겠다고 생각한다. 시간이 충분하다면 제주 올레길 총 26코스를 완주하는 것도 불가능하지는 않겠다고 여긴다. 휴가 때마다 시간을 내어 결국 26코스를 다 걸어 본 사람은 이제 다른 길을 더 걷고 싶어 할 것이다. 책 읽기는 이와 비슷하다. 이 재미있는 볼거리가 많고 빠른 세상에서 끊임없이 책을 읽는 사람들은 곧잘 별종 취급을 받는다. 하지만 온갖 빠른 탈거리가 가득한 이 세상을 잘 누리면서도 시간 내어 걷기를 즐기는 사람들이 많다. 그들은 하나같이 말한다. "걷기만의 즐거움이 있어." 책 읽기를 즐기는 사람들도 그렇게 말할 것이다. "독서만의 즐거움이 있어."

십여 년 전 나는 아르헨티나로 여행을 가서 부에노스아이레스에 두 달 머문 적이 있다. 거기서 한 회씩 비용을 지불하는 스페인어 수업을 몇 번 들었는데 선생님은 그곳 대학교에서 문학을 전공한, 나보다 조금 더 나이가 많은 여성이었다. 나도 국문학을 전공했다는 이야기를 하고 부에노스아이레스 출신인 보르헤스의 책을 몇 권 읽었다고 말하자 갑자기 대화는 활기를 띠었다. 내 형편없는 스페인어 실력으로 말하거나 이해할 수 없는 것은 스페인어보다 조금은 더 나은 영어로 대화를 나누었는데, 점점 스페인어 수업은 뒷전이고 영어가 많은 지분을 차지하는 "맞아 맞아!" 식의 수다를 떨게 되었다. 어설프지만 묘하게 짝짜꿍이 맞는 대화였다. 그러던 중 『제인 에어』 얘기가 나왔다. 스페인어 선생님은 말했다. "『제인 에어』에서 다락방에 갇혀 있던 여자 있잖아, 이름이…… 뭐였더라?" "버사(Bertha)?" "그래, 베르타! 혹시 진 리스의 『광막한 사르가소 바다』라는 책 읽어 봤니?" 내가 안 읽었다고 하자 선생님은 말했다. "그 책에선 베르타가 주인공이야. 너무 놀라운 책이야. 그 책을 꼭 읽어 봐야 해." 선생님은 약간 흥분해서 이 표기가 맞는지 모르겠다며 메모지에 'Wide Zargazo Sea'라고 적어 주었다.(스페인어에서는 z를 /s/로 발음한다.) 나는 그 제목을 수첩에 옮겨 적어 두었다가 반년 동안의 여행을 마치고 한국에

돌아와서 그 책을 찾아보았다. 정확한 원제는 'Wide Sar-gasso Sea'였고 한국어로 번역 출간되어 있었다. 스페인어 선생님 말마따나 놀랍도록 흥미진진하면서도 잘 쓰인 책이었고 『제인 에어』의 독서 경험을 충격적으로 확장시켜 주었다. 나는 이제 샬럿 브론테의 『제인 에어』와 진 리스의 『광막한 사르가소 바다』를 독립적으로 생각할 수가 없다.

　　나에게 『제인 에어』의 세계를 넓혀 준 것이 지구 반대편의 도시에서 단 몇 차례 만난 아르헨티나인이었다는 사실이 새삼 신기하다. 여기에 고전 읽기의 또 하나의 즐거움이 있다. 바로 세계인과 문학에 대해 이야기를 나눌 공통분모가 생긴다는 사실이다. 보르헤스나 『제인 에어』처럼 나와 스페인어 선생님 사이에 공통의 화제가 없었다면 우리 둘의 이야기는 겉돌았을 것이다. 이때 고전은 밤하늘에 가득한 별처럼 무수한 문학 작품들 속에서 한국 사람과 아르헨티나 사람이 공통으로 디딜 수 있는 단단한 징검다리 별이 되어 준다. '세계인과 대화를 나눈다.'는 표현은 꼭 만나서 문학적 감상에 대해 이야기를 주고받는다는 뜻만은 아니다. 오늘날 우리나라를 포함해 세계 각국의 작가들이 쓴 소설이나 에세이 속에서도 고전은 다양하게 언급되고 반영된다. 글을 쓰고 읽는 과정은 그 자체로 대화다. 작가 또한 그가 읽어 온 책으로 이전의 작가들과 대화를 나누어 온 것이고 독자 또한 작가의 글을 자신의 내면에 되비쳐 읽어 가는 것이니, 지구 위에서 쓰이고 읽히는 모든 텍스트들은 사실상 상호 텍스트라고 할 수 있다.

내가 대학생일 적에 통학 시간만 한 시간이 훌쩍 넘는 곳에서 학교를 다닌 기간이 있었다. 그때는 아직 세상에 스마트폰이 없을 시절이어서 지하철을 탈 때 읽을거리가 없으면 긴 시간 동안 무척 심심했다. 나는 학교 도서관에서 서성이다가 셰익스피어의 작품을 한두 권씩 빌려 지하철에서 읽기 시작했다. 초록색 셰익스피어 전집 시리즈였는데 권당 두께가 얇고 가벼워서 들고 다니기에 좋았다. 희곡이라 휙휙 읽혔다. 어떤 건 너무 재미있어서 환승역을 놓쳐서 되돌아가다가 또 놓치게 했고, 어떤 건 무슨 말인지 모르겠어서 지루해도 그냥 글줄만 눈으로 따라갔다. 다시 말하지만 책을 덮고 꺼내 들 스마트폰이 없던 시절이었다. 그러다 보니 전집을 다 읽었다. 셰익스피어 전집을 다 읽은 것은 당시로서는 별 소득이 없는 일이었다. 갑자기 똑똑해지거나 어른스러워진 것도 아니었고, 문학적 깨달음 같은 것이 엄습하지도 않았다. 그 내용이 『베로나의 두 신사』였던가 『겨울 이야기』였던가, 또는 『리처드 3세』였던가 『헨리 5세』였던가 헷갈렸으며, 내가 배경 지식이 모자라 내용을 영 엉뚱하게 이해한 것은 아닌가 싶기도 했다.

그런데 여러분, 나는 두고두고 보상받았다. 셰익스피어는 정말 깜짝 놀랄 만큼 다양한 곳에서 출몰한다. 책에서 인용 또는 언급되는 횟수만 해도 어마어마하고, 셰익스피어의 대사에서 비롯된 표현이나 관용구도 수없이 많다. 책

뿐만 아니라 영화와 드라마, 연극으로도 끝없이 다시 나오고 패러디된다. 등장인물은 또 얼마나 많은가. 햄릿, 샤일록, 로미오와 줄리엣처럼 누구나 아는 인물들은 물론이고 이아고, 폴스타프, 비올라, 코델리아, 로잘린드, 말볼리오 등등 다양한 인물들이 신문의 정치 논평이나 잡지 칼럼 같은 데서 불쑥 언급되기도 했다. 작품을 읽지 않았다면 '그런가 보군.' 하고 지나갔을 텐데 '응? 나 그거 읽었는데…… 그래, 그런 인물이 있었던 것 같아.'라는 식으로 자꾸 환기가 되었다. 반복은 최고의 학습이라, 나는 대학생 때 읽은 셰익스피어 덕분에 이후로 많은 것들을 더 풍성하게 받아들이고 이해하고 기억할 수 있었다. 내가 군이 노력하지 않아도 세상이 셰익스피어를 다채롭게 활용했으므로 많이 읽어 둔 것이 아주 유익했다. 아니, 이것은 적절한 표현이 아니다. 세상이 셰익스피어를 활용한다기보다 셰익스피어는 그 자체로 다른 곳과 활발히 교역하는 하나의 대륙처럼 세상에 커다랗게 존재하고 작용하고 있다는 것을 내가 깨달아 가는 과정이었다고 하겠다. 이를테면 '머글'이나 '도비'가 보편 용어처럼 쓰이는 세상에서 어찌 『해리 포터』 시리즈가 쉽게 기억 저편으로 사라질 수 있겠는가? 또한 『해리 포터』를 읽은 사람이라면 '머글'과 '순혈주의'와의 관계, '도비'와 '집요정해방전선'의 활동에 대해 풍부한 이해를 하고 있을 테니 단어의 맥락에 있어서 더 교양인이라 하겠다. 여기서 고전 읽기의 유익한 점을 요약할 수 있다. 내가 부에노스아이레스의 스페인어 선생님과 『제인 에어』를 이야기할 수 있었던 것처럼, 셰익스피어를 읽어 뒀더니 세상을 더 풍부하게 이해하게 된 것처럼, 고전을 읽는 것은 세계의 교양에 접속하는 일이다.

하지만 생각해 볼 점이 있다. 내가 여기서 언급한 작가들 — 마르셀 프루스트, 리처드 플래너건, 표도르 도스토옙스키, 찰스 디킨스, 호르헤 루이스 보르헤스, 유진 오닐, 샬럿 브론테, 진 리스, 윌리엄 셰익스피어, 조앤 K. 롤링 — 은 한 명 빼고 모두 서양인들이다. 그 한 명은 러시아인이며, 영국 작가가 네 명, 미국 작가가 두 명, 나머지는 프랑스, 호주, 아르헨티나 작가들이다. 아마도 내가 책을 읽어 온 취향 때문일 것이다. 그러면 그 취향은 어떻게 형성되는 것일까? 이 작가들 중 영어로 글을 쓴 사람은 열 명 중 일곱 명이다. 사람들은 막연히 고전의 반열에 오르는 책은 그 작품성을 가리려고 해도 드러나, 에밀리 브론테의 『폭풍의 언덕』처럼 저자의 생전에 혹평을 받은 책이라 해도 후대에 재평가되어 정당한 지위를 얻을 것이라고 생각한다. 비교적 근래에 나온 이 분야의 인상적인 사례는 존 윌리엄스가 쓴 『스토너』의 운명일 것이다. 1965년 미국에서 처음 출간되었을 때 『스토너』는 초판 2000부가 다 팔리지 않았고 소수의 긍정적 평가를 얻었지만 곧 잊혔다. 이 열정적이지만 고요한 분위기의 소설은 시끄러운 세상 속에 묻혀 사실상 사라지는 듯했다. 작가는 삼십 년 뒤인 1994년에 사망했는데, 2000년대에 들어서 조금은 뜬금없게도 유럽에서 슬며시

『스토너』가 재조명되기 시작하더니 초판 발간으로부터 사십팔 년이 지난 2013년에야 영국 서점 체인 워터스톤에서 '올해의 책'으로 선정되었다. 유럽에서 얻은 명성이 뒤늦게 미국으로 되돌아갔으며,《뉴요커 매거진》에서는 이 소설을 소개하며 '당신이 들어 보지 못한 가장 위대한 미국 소설'이라는 헤드라인을 쓰기도 했다.

무척 인상적인 이야기이고, 나도 이런 극적인 경로를 통해 『스토너』를 읽게 되어 정말 다행이라고 생각하지만 이와 같은 사례는 극히 드물다. 고전이 되는 책들은 대부분 저자 생전에 이미 높은 평가를 받았고 당시 베스트셀러였던 경우도 많다. 일단 널리 읽혀야 후대까지 살아남을 확률도 커지는 법이다. 작품이 전 세계적으로 읽히고 살아남고 인정받으려면 어떤 언어를 쓰는 게 유리했을까? 어느 국적을 가진 작가가 더 큰 영향력을 가졌을까? 진정 빛나는 작품은 어디에 숨어 있어도 드러날 거라고 믿는다 해도, 되도록 영어권에 숨어 있는 편이 확률 면에서 유리했다. 예로 든 에밀리 브론테와 존 윌리엄스가 추가되어 이 서문에서 영어권 작가는 아홉 명으로 늘어났다. 앞에서 '세계의 교양'이라는 표현을 썼지만 이처럼 세계의 교양이 정해지는 것은 다분히 자의적이고도 정치적인 일이다. 어떤 분야에서 어느 나라가 종주국이 되면 평가에도 그 나라의 힘이 실리고, 일단 힘이 실린 것은 더 좋은 평가를 받는다. 문학도 마찬가지다. 문학에서 영어는 여전히 강자의 언어이자 보편의 언어다. 또한 세계는 극히 최근까지도 백인 남성들이 '이끄는' 곳이었다.(지금은 아니라고 말할 수 있을까?) 오랫동안 여성과 비백인들의 목소리는 충분히 반영되지 못했다. 내가 언급한 작가들 중 여성은 열두 명 중 네 명인데, 그중 샬럿 브론테와 에밀리 브론테는 여성 작가의 책에 대한 편견을 피하려고 『제인 에어』와 『폭풍의 언덕』을 각각 커러 벨, 엘리스 벨이라는 남성 필명으로 발표했다는 사실을 상기해 보자. 세계의 교양은 아주 편향되어 있었으며 정말로 세계를 모두 반영하지는 못했다. 우리는 이 사실을 염두에 두어야 한다.

　문학 선생님의 말씀으로부터 멀리도 왔다. 대충 정리하자면 이렇다. 고전은,
　1 (두꺼운 종이책일 경우) 졸릴 때 베개의 역할을 한다.
　2 여름방학을 떠올리며 느긋하게 읽으면 좋다.
　3 독특한 분위기가 있으며 우리는 그 속으로 들어가는 것이다.
　4 졸리기만 한 것은 아니며 다양한 층위의 즐거움을 준다.
　5 세계의 교양에 접속하게 해 준다.
　5-1 세계의 교양은 편향되어 있다.
　고전을 어떻게 정의할 것이며, 어떤 책이 고전인가 하는 문제는 무척이나 복잡하다. 신중하게 경계를 긋고 행정구역을 정리하며 출입증을 검사하는 어려운 역할을 하는

사람들은 따로 있다. 나는 고전 또는 세계문학으로 불리는 책들이 모여 형성된 거대한 도시를 가벼운 마음으로 걷는 산책자라고 생각한다. 이를테면 서울은 큰 도시고 당연히 내가 잘 알지 못하는 곳도 많다. 하지만 서울에는 분명 내가 좋아하는 골목길들이 있다. 이 책에서 나는 내가 좋아하는 몇몇 골목길을 여러분과 함께 걸어가 볼 것이다. 산책 안내자로서 가끔씩 도움이 될 만한 작고 단순한 도구들을 건네기도 할 것이다. 책으로 가득한 이 도시의 모습은 매시간 변하고 있으며, 어느 불 켜진 창문 안에서 지금도 새로운 고전이 쓰이고 있다.

저 먼 곳으로부터, 금빛 종소리가 들려온다.

아우라,
너라는 아우라

『아우라』

1장

카를로스 푸엔테스

펠리페는 누구의 꿈이었을까? 나는 누구의 꿈일까? 나의 욕망은 어떤 두려움의 꼬리를 물까? 어떤 눈동자가 나의 우주를 움직일까? 『아우라』가 던진 한 알의 모래알이 독자의 마음속에서 어떻게 응결될지는 아무도 모를 일이다. 문학과 우주의 신비는 바로 거기에 있다.

100페이지의 법칙

시대마다 삶의 속도가 다르다. 콧김을 내뿜으며 달리는 말이 가장 빠른 이동 수단이던 때로부터 증기기관과 기차의 시대로 넘어가자 사람들은 그 속도에 경탄을 내뱉기도 했지만 불쾌감을 드러내기도 했다. 창밖으로 흘러가는 풍경을 인지하기에 부자연스러울 정도로 빠른 속도라는 것이다. 사람과 짐의 이동 속도뿐 아니라 정보의 이동 속도 변화 또한 인터넷과 스마트폰을 타고 최근 수십 년 동안 기적처럼 빨라졌다. 요즘 많은 사람들은 초고속 열차에 앉아 스마트폰으로 온갖 정보를 받아들이면서도 어지럼증을 느끼지 않는다. 정보가 연결되고 처리되는 속도가 빨라지면 사람들이 생각하고 행동하는 속도와 리듬도 그 영향을 받는다.

책을, 그중에서도 옛날 책을 읽어 보기로 생각했다면 환영할 만한 일이다. 그런데 그 일은 생각처럼 쉽지 않다. 문장은 시대의 호흡을 반영한다. 문장이라는 좁은 길을 따라 책 속으로 걸어 들어가 그 시대의 속도와 사고에 동기화되려면 독특한 집중력이 필요하다. 그런데 걸핏하면 울리는 문자나 새로운 소식 알람, 택배 기사가 울리는 벨소리 등으로 인해 독서 초심자는 자꾸만 현재로 튕겨 나와 버린다. 금빛 동심원을 그리며 울려 오는 옛 시절의 종소리 속으로 걸어 들어가는 일은 자꾸만 띠링띠링 울리는 전자 종소리로 인해 강력한 방해를 받는다. 요즘 사람들에게 책 읽기란 너무나 어려운 일인 것이다. 이런 고충을 토로하는 이들에게 나는 이렇게 말하곤 한다.

"100페이지만 읽으세요."

100이란 아주 믿음직스런 숫자다. 백,이라는 발음에서는 탄탄한 기백이 느껴지고, 50대 50으로 나뉘는 형평성은 좌우 페이지가 공평하게 균형 잡힌 책의 형식과도 잘 들어맞는다. 종이책으로 100페이지쯤 읽으면 왼쪽으로 넘어가 차곡차곡 쌓인 종잇장들의 두께가 제법 두툼해지고, 전자책으로 읽어도 스크롤바에 표시되는 읽은 분량이 점이 아니라 길쭉한 선으로 보일 만큼이 된다. 스마트폰 시대의 두뇌도 쉽게 무시 못 할 정도가 되는 것이다. 긴 행로의 초입에서는 포기하고 되돌아가기도 쉽지만 어느 정도 걷고 나서 뒤를 돌아보았을 때 꽤 멀리 왔구나 하고 느껴지면 지금까지 온 걸 생각해서라도 더 걷고 싶어지는 법이다. 책 읽기도 마찬가지다. 100페이지를 읽으면 등장인물과 안면이 생기고 책 속의 공간에 대해 어느 정도 파악하게 된다. 무엇보다 중요하게는, 100페이지를 읽으면 그 책의 리듬 속으로 확실히 들어가게 된다.

방법은 간단하다. 책 읽기만을 위해 시간을 낼 수 있는 날을 일부러 잡는다. 스마트폰을 무음 상태로 해 놓고 눈에 보이지 않는 곳에 둔다. 수 시간 동안 지속할 수 있는 편안한 자세를 취한다. 책을 되도록 멈추지 않고 읽어 나간다. 잘 이해가 안 돼도 100페이지까지는 읽는다. 나의 고등학교 문학 선생님 말씀처럼 까무룩 잠들었다가도 깨면 이어서 100페이지까지는 읽는다. 참 쉽죠? 실제로 해 보라. 결코 쉽지 않다. 종잇장을 50번 넘기는 게 누군가에게는 벤치프레스를 50번 하는 것만큼 힘들 수도 있다. 책을 읽는 것보다 스마트폰을 들여다보지 않는 게 더 어려울지도 모른다. 하지만 어찌 됐든 100페이지까지 읽어 내는 데 성공했다면 축하한다. 그다음은 한결 나으니까. 일단 책 속의 세계와 동기화되어 본 적이 있기 때문에 책 속으로 다시 진입하는 데 드는 에너지가 한층 절감된다. 이후로는 짬짬이 읽어도 된다. 그렇게 나아가 한 권을 다 읽어 낸다면 그 성취감을 천천히 음미한다. 나는 독서 기록을 남기는 편은 아니어서, 그저 다 읽은 책을 바로 책장에 꽂지 않고 며칠간 테이블 위에 놓아둘 뿐이다. 그러면 오가며 책 표지를 볼 때마다 잠깐씩 그 책의 분위기(aura)가 떠오른다. 비운 찻잔에 코를 대고 남은 향을 음미하는 것과 비슷하달까. 내게는 거기까지가 독서다.

그런데 지금부터 이야기하려는 멕시코 작가 카를로스 푸엔테스의 『아우라』는 '100페이지의 법칙'까지도 필요하지 않은 책이다. 민음사 세계문학전집 중 가장 짧다. 얼마나 짧으냐면, 책등이 너무 좁아서 크기를 줄이고 줄인 '민음사' 세 글자도 서로 어깨를 비집고 겨우 들어갈 정도다. 뒤에 덧붙은 작가의 글 「나 자신을 읽고 쓰기에 관하여 —— 나는 『아우라』를 어떻게 썼는가」를 제외하면 소설 자체의 길이는 52페이지에 불과하다. 또한 1962년에 처음 출간되었으니 인터넷 발명 이전이기는 하지만 그렇게까지 옛날 책도 아니다. 여러모로 '오래된 책 도시 산책' 초심자라면 도전해 볼 만하지 않은가?

그러나 『아우라』가 쉽게 읽을 만한 책이냐 하면, 꼭 그렇지만은 않다.

구슬 같은 이야기

나는 『아우라』를 대학생 시절 처음 읽었다. 이 짧고 기묘한 이야기는 강렬하게 나를 사로잡았다. 주술적인 문장과 괴기스럽고도 아름다운 이미지가 내 안에 들러붙어 버린 것 같았다. 여운이 긴 것과는 달랐다. 심지어 그것은 내 안으로 흘러들어와 여기저기에 흩어져 있다가, 서서히 작은 공간을 점유하며 응결되는 듯했다. 나는 일부러 그 이야기를 곱씹지는 않았지만 마치 조개가 한 알의 모래알을 층층이 감싸

진주를 만드는 것처럼 나의 무의식이 그 이야기를 중심으로 자전하며 결정을 만드는 것이었는지도 모르겠다. 단 한 번 읽었을 뿐임에도 오랫동안 나는 『아우라』에 대해 생각할 때마다 신비롭고 작고 영롱한, 하지만 속이 잘 들여다보이지 않는 구슬을 떠올렸다. 녹색과 핏빛으로 단단히 뭉친, 알 수 없는 힘이 깃든 환약 같기도 한.

　　오랜 시간이 지난 뒤에야 『아우라』를 다시 읽어 보고 나는 그 결정이 하나의 신화적인 씨앗, 또는 하나의 알과 같은 존재가 되었음을 깨달았다. '수미산이 겨자씨에 들어간다.'는 불경의 구절처럼 그 안에는 이미 다 자란 나무, 별들, 시간이 들어 있었다. 『아우라』는 일종의 신화소(myth-meme) 같은 이야기다. 오랜 시간 동안 나는 융, 프레이저, 캠벨, 레비스트로스, 엘리아데 등의 저작들을 통해 신화의 세계를 거닐었다. 그 세계는 지치지 않고 나를 매혹했다. 그것은 푸석한 벽돌로 층층이 쌓인 문명과 역사의 지층 아래, 범람한 나일강변의 진흙처럼 어둡고 끈적하며 모든 것을 키워 내는 마르지 않는 세계였다. 세계의 정합성에 지칠 때마다 나는 신화 속으로 탈출했고, 신화는 그 영원한 알 수 없음으로 매번 내게 대답해 주었다. 물어도 물어도 풀리지 않는 신비는 세상을 다른 방식으로 붙들어 주었다. 비밀은 언제나 힘이 셌다.

　　디즈니 애니메이션 「라이온킹」에는 내가 정말 좋아하는 농담이 나온다. 미어캣 티몬과 멧돼지 품바, 사자 심바가 밤하늘 아래 누워 별을 보며 대화를 나누는 장면이다.

> **품바**　이봐 티몬, 저 위에 반짝이는 점들이 뭔지 궁금
> 하지 않아?
>
> **티몬**　(한심하다는 듯) 품바, 난 안 궁금해. 난 알거든.
>
> **품바**　오, 저게 뭐야?
>
> **티몬**　저건 반딧불이야. 반딧불이들이 저 크고 검푸른
> 것에 끼여 있는 거야.
>
> **품바**　이런. 난 언제나 저것들이 몇십 억 마일 떨어진
> 곳에서 타오르는 가스 덩어리라고 생각했는데.
>
> **티몬**　품바, 너한텐 모든 게 가스지.

　하하하. 티몬은 항상 모든 것을 다 아는 듯 행동하고
말하지만 여기서 밤하늘에 대해 정확히 알고 있는 것은 어
수룩한 품바다. 품바가 말한 내용은 과학적으로 관측되고
증명된 사실 ── 별들은 몇십 억 마일 떨어진 곳에서 타오르
는 가스 덩어리다 ── 인데 티몬은 자신의 상상력에 불과한
것을 '안다'고 단언하고 품바는 자신이 틀렸다고 생각한다.
심지어 티몬은 걸핏하면 방귀를 뀌어 유독한 가스를 배출하
는 품바에게 '너한텐 모든 게 가스지.'라며 상상력의 범위가
고작 가스 주변에만 머무르는 것을 탓하기까지 한다. 정작
가스의 범위를 방귀 언저리에서만 생각하는 티몬의 사고야
말로 협소하기 짝이 없는데 말이다.

그런데 티몬의 이야기도 무조건 틀렸다고만 말할 수는 없다. 티몬은,

빛이 비치지 않는데 스스로 반짝이는 것 - 반딧불이
반딧불이는 움직이는데 움직이지 않으므로 - 저 크고 검푸른 것에 끼여 있다.

이렇게 자신이 보아 온 세상의 유사한 현상으로부터 별들의 상황을 유추하는데, 이 철석 같은 확신은 잘못된 관념 연합(association of ideas)이라 하겠으나 나름의 타당성이 있다. 티몬의 이야기는 품바의 것과는 다른 층위에서 어떤 문학적 진실 같은 것을 품고 있다. 별을 반딧불이라고 단언하는 것. 원관념을 보조관념으로 표현하는 것. '내 마음은 호수요.' 바로 은유(metaphor)다. 밤하늘을 바라보며 검푸른 융단에 반딧불이들이 끼여서 빛을 내고 있다고 상상해 보자. 어느 날 반딧불이들이 융단을 매단 채 모두 날아서 어디론가 떠나 버리면 어떻게 될까? 반딧불이들이 거기서 새끼를 낳는다면 밤은 점점 더 환해지다가 언젠가는 낮처럼 밝아지는 게 아닐까? 별이 총총한 밤하늘을 두고 나누는 품바와 티몬의 대화 속에는 두 개의 다른 우주가 펼쳐진다. 과학의 우주와 이야기의 우주다.

티몬과 품바는 옆에 누운 심바에게도 밤하늘에 대한 생각을 물어보는데, 심바는 머뭇거리다 이렇게 대답한다.

심바 언젠가 누가 말하길, 과거의 훌륭한 왕들이 저
위에서 우리를 지켜보고 있대.

이것은 믿음의 우주다. 심바는 반딧불이처럼 보이는
별이나 타오르는 가스에 대한 이야기가 아니라 눈에 보이지
않는 것에 대한 믿음을 이야기한다. 그러니까 이 장면 속 밤
하늘에는 과학의 우주, 이야기의 우주, 믿음의 우주가 중첩
된다. 우리는 지금도 맹렬히 성과를 더해 가는 과학의 우주
에서 살고 있기도 하지만 또한 오래전부터 이어져 온 이야
기의 우주, 믿음의 우주에서 살아왔고 또 여전히 살고 있다.
『아우라』는 바로 그 점을 일깨우는 환약이다. 신화라는 대
양으로 나아가는 길에 마주치는 작고 신비한 연못 같은 이
야기다. 작은 연못이지만 거기에는 크기를 가늠할 수 없는
검고 반짝이는 밤하늘이 고스란히 되비친다.

신화는 꿈꾸는 시간

민음사 세계문학전집의 1, 2권은 오비디우스의 『변신 이야
기』다. 성경과 함께 서양 문화를 지탱하는 두 기둥이라는
그리스 로마 신화는 실로 문학과 상상력의 끝없는 원천이
되지만, 신화의 문법에 익숙하지 않은 21세기의 독자가 이
이야기를 읽으면 당혹스러울 수밖에 없을 것이다. 유피테
르(제우스)가 백조로 변해서 여인을 강간하고, 황금 소나기
로 변해서 여인을 강간하고, 황소로 변해서 여인을 강간하

는 내용이 밑도 끝도 없이 이어지니 말이다. 강간당한 여인들은 스스로 큰 죄를 지었다고 생각해서 부끄러워하며 세상에서 달아나려 하고, 유피테르의 아내인 유노(헤라) 여신은 '질투심이 강해' 남편이 아닌 여인들을 응징한다. 달아나던 여인들은 피부가 점점 나무껍질로 변하더니 그 자리에 붙박여 나무가 되거나, 온몸에 깃털이 돋더니 새가 되어 날아가거나, 하늘로 올라가 별자리가 된다.

이게 대체 무슨 말 같지도 않은 소리란 말인가?

20세기의 신화적인 추리소설 작가 애거서 크리스티는 그가 창조해 낸 명탐정 에르퀼 포와로가 느낀 바를 다음과 같이 썼다. 포와로는 자신의 이름인 에르퀼(Hercule)을 따온 신화 속 영웅 헤라클레스(Hercules)의 모험이 궁금해져 고전 문학을 훑어본 참이다.

모든 고전 문학의 패턴이 그에게는 충격적이었다. 거기에 등장하는 신과 여신들만 봐도 그렇다. 그들한테 붙은 각양각색의 별명들은 오늘날의 범죄자들에게 그대로 물려줘도 좋을 듯싶었다. 사실 그들 모두를 범죄자들이라고 몰아세워도 할 말은 없을 것이다. 술주정, 방탕, 근친상간, 강간, 약탈, 살인, 사기 등등 —— 이 정도의 죄라면 예심판사가 몸이 두 개라도 모자랄 지경이 될 것이다. 그들한테서는 건전한 가정생활이나, 질서, 그리고 규율도 찾아볼 수 없다. 오죽하면 범죄마저 온통 뒤죽박죽일까?[5]

신화는 그야말로 뒤죽박죽이다. 신화학자 조지프 캠벨은 '신화는 공적인 꿈이요, 꿈은 사적인 신화'라고 말했다. 신화는 서사의 논리보다는 꿈의 논리에 가깝다. 꿈은 뒤죽박죽이다. 꿈에서 우리는 누군가를 죽이고, 배우자 아닌 가족과 섹스를 하며, 배설물을 뒤집어쓰거나, 하늘을 날아다닌다. 호주 원주민인 애보리진들의 창조 신화는 알체링가, 즉 드림 타임이라고 불린다. 그들은 꿈의 시간으로부터 강과 산과 별이 태어났다고 믿는다. 클로드 레비스트로스는 신화의 구조는 언어보다는 음악에 가깝다고 말했다. 신화를 읽는 일은 여타의 글 읽기와 확연히 다르다. 그것은 순전한 메타포이자 상징이고 이미지이고 음악이며 결국은 꿈이다. 인간이 자연을 문자로 번역하기 전, 꿈은 현실이었으며 인간은 신 옆에서 살았다. 언어는 붙박힘이고 상징은 풀어짐, 곧 가능성이다. 상징은 부정확의 정확함이며 옳고 그름이 아니라 품음이고 풍요로움이다. 신화는 자연이 인간의 꿈속에 상징으로 새긴 이야기다. 세상은 어떻게 생겨났을까? 이 추운 계절이 지나면 과연 태양이 다시 데워질까? 천둥과 번개는 누구의 분노일까? 바다의 포말로부터는 무엇이 태어날까? 거미는 어쩜 그리 실을 잘 뽑고 집을 잘 짤까? 등등의 온갖 의문이 과학과 문자 이전의 세계에서 나름의 대답을 찾아낸

5) 애거사 크리스티, 황해선 옮김, 『헤라클레스의 모험』(해문출판사, 1990), 13쪽.

결과다. 앞서 말한 유피테르가 벌이고 다니는 행각은 이를 테면 하늘에서 비가 내린 후 대지에서 만물이 자라는 현상 등등이 상징화되어 인류의 집단무의식 속에 자리 잡은 것이라고 해석할 수 있다. 하지만 그 무엇도 단언할 수는 없다. 그리고 아무리 신화의 문법이 다르다 한들 21세기의 독자가 유피테르의 강간 이야기들을 읽을 때 느끼는 역겨움은 실재한다. 이 역겨움의 문제는 앞으로의 천년에 중요한 부분이 될 것이다. 메타포는 순전히 메타포로서만 머물지 않으므로.

세계 각지의 독자적인 문화권에서 놀라울 정도로 비슷한 신화가 전해져 온다는 사실은 얼마나 신비로운지. 지구의 이쪽 끝 사람들은 저쪽 끝 사람들과 마찬가지로 꿈에서 불을 뿜는 용이나 얽혀 있는 뱀을 본다. 멀리 떨어진 사람들의 꿈속이 비슷한 이야기의 은빛 거미줄로 이어져 있다는 점은 이 시멘트 사막에 사는 우리에게 풍성한 밤하늘을 열어 주는 것만 같다. 신화의 세계를 읽어 나가다 보면 수많은 이야기들이 하나의 거대하고 입체적인 만다라를 이루는 듯하다. 이 지구라는 별이 대륙과 대양뿐 아니라 온갖 이야기로 짜인 반짝이는 베일로 뒤덮인 구체처럼 느껴진다. 멀리서 보면 지구는 푸른색의 신비롭고 작은 구슬이며 그 속에는 이미 다 자란 나무, 별들, 시간이 들어 있다. 해와 달, 별, 지구 같은 구체들을 형성하는 물리 법칙은 크게 보아 다 비슷하다. 떨어져 나온 것이 뭉치면서 밀어내는 힘과 끌어당기는 힘이 중심을 둘러싸고 회전하며 점점 균형을 찾아가면 저마다의 구체로 자리 잡는 것이다. 신화는 이 밀어내고 끌어당기는 힘, 그리고 그것이 응결되고 다시 변화하는 양상을 이야기한다. 신화는 알을 깨고 나오는 이야기이며 쫓고 쫓기는 이야기, 사랑하고 미워하는 이야기, 날아오르고 변신하는 이야기, 죽었다가 재생하는 이야기다. 이 이야기는 낡지 않으며 우리 안에서 구슬처럼 자리 잡고 회전하면서 영원한 꿈의 시간을 일깨운다.

『아우라』의 첫 장에는 이런 제사(題辭)가 쓰여 있다.

남자는 사냥을 하고 투쟁을 한다.
여자는 계략을 짜고 꿈을 꾼다.
그녀는 환상의 어머니이자
신들의 어머니이다.
그녀에겐 또 다른 눈이 있고
욕망과 상상력을 펼칠 수 있는,
무한정 비행할 수 있는 날개가 있다.
신은 남자와 같아서
여성의 품속에서
태어나고 죽는다.
　　　　　　　—쥘 미슐레[6]

---

6) 카를로스 푸엔테스, 송상기 옮김, 『아우라』(민음사, 2009), 5쪽.

쥘 미슐레는 『프랑스사』를 쓴 저명한 역사학자다. 이 글은 그가 쓴 『마녀』라는 책의 첫머리에 등장하는 부분인데,[7] 이 책에서 쥘 미슐레는 특유의 감상적인 문체로 마녀의 탄생과 '사바'라고 불리던 마녀의 축제, 수많은 사람이 죽어 나간 마녀 재판의 역사를 읊는다. 하늘을 찌르는 고딕 성당의 수직적 첨탑으로 상징되는 교회와 남성 사제의 권세, 핍박받던 민중의 굶주림과 고통으로부터 태어난 자연의 여성 사제이자 민중의 유일한 의사로서 마녀의 지하적 삶이 대비된다. 이 짧은 제사 속에 고딕 첨탑과 지하 동굴의 대비가 함축되어 있다. 도상학적으로는 수태고지와 피에타의 반복이다.

인간의 마음속에서 대비는 본원적이다. 들숨과 날숨, 밤과 낮, 상승과 하강, 여성과 남성, 밀물과 썰물, 삶과 죽음 등 두 가지 대극의 상호작용은 모든 신화의 원리를 이룬다. 세상의 탄생을 말하는 창조 신화는 많은 경우 혼돈으로부터 두 가지 대극이 생겨나고, 이 대극의 사이에서 세상이 태어났다고 이야기한다. 민음사 세계문학전집 16, 17권인 위앤커의 『중국신화전설』에서 창조 여신인 여와(女媧)와 남성신인 복희(伏羲)는 상반신은 사람이고 하반신은 뱀의 모습인데, 이 뱀 하반신은 이중 나선 모양으로 서로 구불구불 얽혀

7) 『마녀』 정진국 번역본에서는 2행을 '여자는 재치와 상상을 발휘한다.'라고 옮겼다.

있다. 이런 모티브는 뱀 두 마리가 타고 오르는 헤르메스의 지팡이인 카두케우스를 비롯해서 세계 곳곳에서 발견되는 이미지다. 메소포타미아의 뱀신 닌기쉬지다(Ningishzida) 도 이와 매우 유사하게 두 마리의 뱀이 나선을 그리며 꼬인 모습으로 나타나곤 한다. 인도의 요가 수행자들이 쿤달리니 라고 부르는 몸 안의 우주 에너지는 척추를 타고 오르는 뱀 신의 이중적인 얽힘으로 표현된다. 이런 이중 나선의 모양 은 두 대극의 상호작용을 이미지로서 잘 보여 준다. 위 제사 에서 드러나는 성별 이분법보다 더 중요한 것은 나선의 형 태이며, 궁극적으로 중요한 것은 모든 이원성의 초월이다. 가운데에 빨강과 파랑의 태극 문양이 있고 그 사방으로 건 곤감리, 즉 하늘과 땅, 물과 불이 마주 보는 국기를 지닌 나 라의 국민으로서 이 개념이 낯설지는 않을 것이다.

디스프루타르

『아우라』는 이런 신화의 원리가 핏방울처럼 맺힌 붉고 푸른 자두 같은 단편이다. 자두 또한 하나의 구슬이며, 햇빛과 흙 의 조각들이 시간의 축을 따라 응결된 결과물이다. 우리는 손을 내밀어 그 열매를 따는 것, 즉 서가에서 한 권의 책을 뽑아 드는 것으로 읽기를 시작한다. 카를로스 푸엔테스는 멕시코 작가이고 『아우라』는 스페인어로 쓰였다. 스페인어 에는 '즐기다, 향유하다'라는 뜻의 '디스프루타르(disfrutar)' 라는 동사가 있는데 나는 이 말을 참 좋아한다. 이 단어를 뜯어 보면 과일을 뜻하는 스페인어 '프루타(fruta)'가 들어 있다. 과일로부터 다양한 즐거움을 추출하듯 무언가로부터 즐거움을 느낀다는 뜻이 된다.

　　나무에 달린 과일을 따서 그것을 향유하는 갖은 방법들을 떠올려 보자. 우선 껍질의 다채로운 빛깔과 결을 눈으로 음미한다. 껍질을 벗기고 가를 때 나는 향기를 맡고 소리를 듣는다. 과육을 씹으며 아삭이거나 물컹한 질감을 경험한다. 혀에 흐르는 과즙의 달고 시고 향긋하고 쓰고 텁텁하고 상큼한 맛을 느낀다. 입 밖으로 흐른 과즙을 손으로 닦아 내며 그 끈적함의 정도를 촉각한다. 과일을 썰고 말리고 졸이고 튀기고 굽고 찐다. 주스를 짜내고, 화채를 만들고, 술을 담그고, 차를 우리고, 잼이나 파이, 케이크를 만들어 여럿이 나누어 먹는다. 이렇게 늘어놓고 보니 과일은 실로 자연의 축복이며, 우리는 오감을 동원해 그것의 모든 요소를 속속들이 다양한 방식으로 향유한다.

　　나는 문학을 즐길 때도 '디스프루타르' 동사를 떠올리며 과일의 즐거움을 향유하듯이 생각하고는 한다. 많은 사람들은 문학이란 글을 읽어서 이야기의 전개를 따라가고 내용을 이해하는 것이라고 생각한다. 물론 그것도 맞다. 하지만 오감을 동원해서 글을 읽을 때, 우리는 그저 글을 읽기만 하지 않는다. 이를테면 우리는 문장을 속으로 소리 내어 읽으며 단어들이 내는 저마다의 음색과 그것이 어우러져 만들어 내는 독특한 리듬을 느낀다. 다시 말해 우리는 문학을 든다. 그리고 문체의 질감을 더듬는다. 어떤 문체는 제련된 강철이고, 어떤 문체는 섬세한 쉬폰이며, 어떤 문체는 끈끈하고 가느다란 거미줄이고, 어떤 문체는 서걱이는 석고 같다. 또 우리는 문장이라는 벽돌을 쌓아 만들어 내는 거대한 구조물 속을 거닐며 건축적인 아름다움을 느끼기도 한다. 우리는 어느 단락에 앉아 쉬었다가, 어느 가파른 장을 헐떡이며 올라가고, 어느 문장에서는 아득히 떨어지거나 고요히 부양된다. 읽기는 산책이었다가 명상이었다가 암벽 등반이었다가 프리다이빙이 된다. 어떤 묘사를 읽을 때면 그 흑백의 글자들 사이로 떠오르는 다양한 빛깔과 질감을 눈으로 생생히 목격한다. 문학을 통해 한 번도 실재한 적 없는 인물을 만나고 겪으며, 살면서 실제로 만나는 대부분의 인물보다 그 사람을 더 잘 알게 되고 좋아하거나 싫어하기도 한다. 다시 말해 우리는 그들과 인간관계를 맺는다. 우리는 문학을 읽으며 달고 시고 향긋하고 쓰고 텁텁하고 상큼한 맛을 느낀다. 마지막 장을 덮고도 입가에 흘러내린 과즙을 혀로 핥듯 남은 감각을 음미한다.

　　과일이 자연의 결실이듯, 문학 작품 또한 자연의 산물이다. 과실수가 햇살과 바람과 비와 흙으로 열매를 맺듯, 어떤 씨앗을 품은 작가가 주변의 환경과 경험으로부터 양분을 얻어 하나의 작품으로 응결시킨다. 게다가 이 과일들은 오래 보존이 가능하다. 18세기의 과일을 오늘도 신선하게 음미할 수 있다. '문학(文學)'이라는 말은 글월 문(文)에 공부

할 학(學)이니 꽤나 딱딱하다. '디스프루타르'라는 먼 나라의 동사 하나가 문학을 대하는 나의 마음을 바꾸어 놓는다. 나는 문학을 공부(學)하기보다는 '디스프루타르'하고 싶다. 그 편이 우리 같은 산책자들에게 걸맞은 마음가짐일 것이다. 문학사적 의의 같은 것을 찾아보기 전에 우선 문학 작품의 맛을 다각도로 음미하라. 과일의 계보에서 이 과일이 차지하는 위치나 영양소를 생각하지 않고 맛있게 과일의 맛을 음미하는 것처럼. 그것이 본질을 포착하고 향유하는 가장 중요한 방법이기도 하다.

이제 우리는 『아우라』라는 작은 열매를 따서 손에 쥐었다. 오래전 단 한 번 읽었던 『아우라』가 내게 그토록 강렬하게 남았던 것은 숭고한 주제 의식이나 대단한 이야기 전개 때문이 아니라 오직 감각, 감각, 감각 때문이었다. 『아우라』는 감각이 무척이나 중요한 소설이며, 이 짧은 소설을 통해 감각에 주목하는 글 읽기의 즐거움을 충분히 느껴 보는 것은 블라디미르 나보코프나 마르셀 프루스트의 장황하고 아름다운 작품들을 읽기 전 좋은 워밍업이 될 것이다. 감각의 문제는 결코 가볍지 않다. 때로 감각은 추상화된 관념이나 이름보다 더 많은 정보를 가지고 있다. 다음은 C. S. 루이스의 소설 '나니아 나라 이야기' 시리즈 중 『사자와 마녀와 옷장』의 도입부다. 이 장면에 묘사된 감각들을 구체적으로 상상하며 읽어 보자.

네 명의 아이들이 당분간 머물게 된 커다란 집의 구

석구석을 탐험하다가 옷장 하나만 덩그러니 놓인 방을 발견한다. 다른 아이들은 아무것도 없다며 방을 나가지만 루시는 호기심에 옷장 문을 열어 본다. 좀약 두 알이 발밑으로 또르르 떨어진다. 옷장 안에는 길다란 모피코트들이 여러 벌 걸려 있다. 루시는 옷장 문을 열어 둔 채 그 사이로 걸어 들어가 모피코트 자락에 얼굴을 비빈다. 조금 더 들어가자 코트가 죽 걸린 두 번째 줄이 있다. 루시는 옷장이 엄청나게 크다고 생각하며 옷장 뒷벽에 부딪치지 않으려고 팔을 든 채 앞으로 더 걸어간다. 발밑에 뽀드득거리는 무언가가 느껴진다. '좀약인가?' 생각하며 허리를 굽혀 만져 보니 발밑은 매끄러운 나무 바닥이 아니라 차갑고 퍼석한 무언가, 바로 눈으로 바뀌어 있다. 어느새 모피의 보드라운 털은 따끔거리는 나뭇가지로 바뀌어 루시의 얼굴과 손을 스치고, 저 멀리 가로등 불빛이 보인다. 별안간 루시는 나니아 나라의 눈 내리는 숲에 들어와 버린 것이다!

문학사의 마법 같은 장면이다. 이 옷장은 말하자면 '해리 포터' 시리즈에서 킹스크로스역 9와 3/4 승강장에 해당하는 곳으로서 현실의 공간에서 별세계의 공간으로 차원 이동하는 과정을 짧고도 매우 그럴듯하게 그리고 있다. 이 설득력의 본질은 감각이다. 루시의 여린 피부를 스치던 모피의 보드라운 털들이 어느새 나뭇가지로 바뀌었을 때의 비슷하면서도 완전히 다른 감각, 좀약을 밟았을 때와 눈을 밟았을 때 유사하게 느껴지는 촉각과 뽀드득거리는 소리를 들는 청각, 좁고 조용하고 포근한 옷장 속 공간이 갑자기 뻥 뚫린 하늘에서 눈이 내리고 저 멀리 가로등이 빛나는 세계로 활짝 열려 버리는 극적인 대비. 살면서 느껴 보았을 여러 감각들의 묘사가 루시의 경험에 우리를 이입시키고, 공중그네와 같은 유사와 대비의 연결이 우리를 순식간에 나니아 나라 속으로 들여보내는 것이다. 특히 좀약 두 알을 눈밭으로 변화시키는 이 작은 디테일은 작가의 관찰력과 상상력의 결합이 얼마나 사실적이면서도 창의적인 효과를 발휘하는지 감탄을 금치 못하게 한다. 어찌 보면 이 장면은 책이 부리는 마법을 연상시킨다. 한 권의 책을 꺼내 첫 장을 넘기는 일은 덩그러니 놓인 옷장의 문을 여는 것과 비슷하다. 그리고 그 속에서 우리는 현실에서는 겪지 못할 일들을 맞닥뜨리게 되는 것이다.

이제 『아우라』의 감각들을 느껴 보자. 주인공인 스물일곱 살 남자 펠리페 몬테로는 어느 날 신문의 구인 광고가 정확히 자신을 부르는 듯한 느낌을 받는다. 그는 광고에 나와 있는 주소인 돈셀레스 거리 815번지를 찾아간다. 돈셀레스 거리는 멕시코시티에 실제로 있는 길로 스페인 식민지 시대 궁전들이 들어섰던 터가 지금은 잡다한 상점이 늘어선 구시가지로 변해 있다. 번지수조차 혼란스러운 그곳에서 그는 멕시코 바로크 양식으로 장식되어 있고 포도 넝쿨이 어지럽게 뒤엉킨 어둑한 건물인 815번지를 찾아낸다. 멕시코 바로크는 작가 카를로스 푸엔테스에게 중요한 의미를 갖는데 이에 대해서는 나중에 다시 이야기하겠다. 펠리페 몬테로가 이 집 안으로 들어가 구인 광고를 냈던 이를 만나기까지의 과정은 독자를 다른 세계로 차원 이동시키는 감각 정보가 촘촘하게 깔린 길과도 같다. 옷장으로부터 벌판으로, 그러니까 좁은 공간에서 넓은 공간으로 나아가는 『사자와 마녀와 옷장』과는 반대로 『아우라』는 열린 도시 공간으로부터 함정과도 같은 어둑한 집 속으로 빨려 들어가는 과정이다.

펠리페 몬테로가 돈셀레스 815번지의 문에 달린 반들반들하게 닳은 개 머리 모양 문고리를 만지자 차가운 감촉이 손끝으로 전해져 온다. 살짝 건드리니 문이 스르륵 열린다. 매연을 뿜으며 경적을 울리는 자동차들로 북적이는 환한 길을 뒤로하고 문 안으로 들어섰더니 복도는 어둑하고 눅눅하며, 아마도 갑작스레 조용해진 듯하다. 안뜰에서 이끼와 썩은 뿌리의 축축한 냄새가 난다. 아무것도 보이지 않아 펠리페가 성냥을 켜려 하자 멀리서 들리는 날카롭고 카랑카랑한 목소리가 그를 지켜보고 있기라도 한 듯 지시한다.

정면으로 열세 걸음 가시면 오른쪽에 계단이 보일 거예요. 그 계단을 따라 스물두 칸을 올라오세요.[8]

펠리페는 어둠 속에서 시각이 거의 차단된 채 다른

---

8) 『아우라』(민음사, 2009), 14쪽.

감각을 통해 공간을 더듬으며 지시 사항을 따른다. 가장 강력한 지각인 시각이 힘을 발휘하지 못할 때 다른 감각들은 더 예민해지게 마련이다. 발밑은 딱딱한 돌길이었다가, 눅눅한 나무 계단이 되고, 스물둘을 세며 올라가는 동안 계단이 삐걱이는 소리가 들린다. 늙은 소나무 냄새가 나는 문을 밀고 들어가니 제대로 펴지지 않은 얇은 카펫이 발밑에 느껴진다. '제대로 펴지지 않은 얇은 카펫'을 밟았을 때의 그 구체적 감각을 한번 떠올려 보라. 목소리의 지시에 따라 또 다른 문을 연다. 갑자기 수많은 촛불들의 불빛이 비단 그물을 수놓는 것처럼 펠리페의 속눈썹에 어린다. 펠리페가 지금까지 걸어온 어둠 속과 수많은 촛불 빛이 일렁이는 방의 대비를 상상해 보라. 또 이 공간은 건물 밖처럼 밝은 햇빛과 자동차 소리로 가득한 곳과는 판이하게 다른 분위기를 띤다. 은하수처럼 무수히 깜빡이며 벽면을 어지럽게 비추는 촛불 빛이 겨우 가닿는 방의 저 안쪽 어둑한 공간에서는 은장식이나 유리 항아리, 크리스털 조각품처럼 반짝이는 것들의 표면에 반사광이 너울거린다. 그 어둑한 곳에 놓인 침대에서 의뢰인인 콘수엘로 부인이 손짓을 하는 게 펠리페의 눈에 보인다. 침대 발치에 부딪친 펠리페는 거대한 침대를 빙 돌아서 이불 위에 놓인 부인의 손을 향해 자신의 손을 뻗지만 손끝에 닿는 건 사람의 피부가 아니라 두텁고 보송보송한 털과 귀다. 그것은 콘수엘로 부인이 키우는 빨간 눈의 토끼로 펠리페를 가만히 보며 조용하고 끈질기게 뭔가를 갉아먹고 있다. 이윽고 콘수엘로 부인의 서늘한 손가락이 펠리페의 손에 와 닿는다. 손을 잡으려고 했는데 닿았던 토끼의 감촉과, 이어서 와 닿는 서늘한 손가락의 온도를 상상해 보라.

이제 펠리페 몬테로는 별세계에 들어선 것이다. 독자들은 이 짧은 소설의 몇 페이지를 넘기는 것으로 어둡고 눅눅한 멕시코시티 구시가지의 어느 음산한 집 안에 들어와 버리고 만다. 우리는 천남성 꽃속으로 이끌려 들어가는 곤충처럼 감각의 이정표를 따라 이곳에 왔다. 이 과정은 매혹적이면서도 무척 최면적으로 느껴지는데, 그것은 푸엔테스가 특별한 장치를 더했기 때문이다.

너라는 마법

『아우라』의 주인공은 '나'가 아니라 '너'다. 이 소설은 처음부터 끝까지 펠리페를 '너'라고 지칭하는 최면적인 이인칭 문체로 진행되는데, 내내 이런 식이다.

너는 광고를 읽어.

너는 가방을 챙기고 팁을 놓고 나가.

누군가 바로 그 창가에 있다가 네가 쳐다보자 뒤로 몸을 숨기는군.

너는 그 문을 밀어.

너는 셔츠와 재킷을 입고 식당으로 향하는 종소리의 울림을 따라가.

왜 너는 그 소녀를 사랑한다고 얘기할 용기가 없을까?

여기서 '너'라고 말하는 화자는 대체 누구일까? 보통 소설의 시점은 일인칭 또는 삼인칭이다. 일인칭 주인공 시점, 일인칭 관찰자 시점, 삼인칭 관찰자 시점, 전지적 작가 시점 등에 대해 배운 적이 있을 것이다. 요즘 들어서는 이인칭 시점의 소설도 드물지만 쓰이곤 하기 때문에 아주 놀랄 만한 일은 아니지만, 1962년 당시 『아우라』의 이인칭 시점은 꽤나 색다른 실험이었다. 오히려 아주 옛날, 기원전 1세기 정도로 거슬러 올라가면 이인칭 서술이 곧잘 쓰이기도 했던 모양이다. 다음은 오비디우스의 『변신 이야기』를 옮긴 이윤기 번역가의 말이다.

라틴어 원문은 원래 운문인 데다, 상당 부분이 이인칭으로 서술되어 있다. 가령 "대지여, 그대가 뱀을 지어낸 것은 바로 이때였다." 이런 식이다. 이 말은 '이때 대지는 뱀을 지어 내었다.'는 뜻이다.

『변신 이야기』의 이인칭 시점 서술이 고대의 신화적 세계관을 담은 서사시적 문체였다면, 『아우라』의 이인칭 시점 서술은 작품의 근간이 되는 핵심적 요소이자 하나의 미스터리다. 펠리페 몬테로를 '너'라고 칭하는 '나'는 과연 누구인가? 그 화자는 어째서 펠리페의 심리 상태를 꿰뚫어 볼 수 있으며, 그와 그를 둘러싼 사물, 나아가 달과 구름에까지 최면을 걸 듯 말하는가? 이 최면적 이인칭 서술은 펠리페뿐 아니라 독자에게도 주술을 걸어 반쯤은 꿈을 꾸는 듯 몽롱하게 부유하는 이상한 세계로 끌어들인다. 이 화자의 정체, 곧 '너라고 말하는 나'를 찾는 것은 이 소설의 중심축이 된다.

광고를 낸 의뢰인 콘수엘로 부인은 오래전 죽은 남편의 회고록을 정리하는 일을 펠리페에게 맡기는데, 이 집에서 머물며 일을 하는 것이 조건이라고 말한다. 펠리페는 자신의 집에서 일하는 것이 더 낫겠다고 생각했지만 이내 마음을 바꾼다. 왜냐하면 콘수엘로 부인의 아름다운 조카 아우라를 만났고, 그 초록색 눈을 들여다보았기 때문이다. 때로 인생의 가장 마술적인 순간은 어떤 눈을 마주칠 때 찾아온다. 이런 두 눈의 마주침이야말로 주술적 이인칭이 갖는 힘의 실체, 너라는 마법 그 자체인 것은 아닐까? 화자는 이렇게 말한다.

드디어 그녀의 두 눈을 들여다볼 수 있는데, 그 안에서 너는 거품을 일으키며 파도치다 이내 잠잠해지곤 다시 파도를 일으키는 초록빛 바다를 발견해. 그 눈망울들을 바라보며 넌 꿈이 아니라고 자신을 다독여. 여태까지 보아 온, 그리고 앞으로도 볼 수 있는 그저 아름다운 초록빛 눈일 뿐이라고 말이야. 그런데도 끊임없이 출렁이며 변화하는 이 눈은 오직 너만이 알아볼 수 있고 열망하는 그 어떤 풍경을 제공할 것이라는 확신

이 들기 시작했어.[9]

　　신문 광고가 펠리페를 이 집으로 불러온 것처럼 아우라의 눈, 그러니까 이 역시 한 쌍의 구슬이라 할 신비로운 녹색 눈동자가 말 한마디 없이 그를 강력한 힘으로 사로잡은 것이다. 작은 눈동자 속에서 파도치는 초록빛 거대한 바다를 보다니, 이 얼마나 급속한 축척 변경인가. 펠리페는 저항하지 못하고 이 집에 머물겠다고 말한다.

　　펠리페는 어둠 속에서 아우라의 치마가 사각거리는 소리와 옷 장식들이 부딪치는 소리를 따라 위층으로 올라간다. (계속되는 감각 정보를 인지하라.) 그가 지내게 될 위층의 방은 천장 가득 채광창이 있고 커튼도 없어서 새벽부터 저녁 노을이 질 때까지 눈부시게 밝다. 아래층과는 극명하게 대조되는 밝음이며 가구나 물건들의 경계가 명확히 보이는, 그야말로 백일하에 모든 것이 드러나는 공간이다. 빨간 양탄자, 올리브색과 황금색의 벽, 녹색 가죽과 짙은 갈색 목재가 섞인 책상, 파란 타일로 장식된 욕실. 멕시코의 눈부신 태양빛 아래 다채로운 색감이 가득한 밝은 방은 의식 또는 문자의 공간이며 명료하다. 의식은 구분하고 정의하며 판단한다. 나선 계단을 내려가면 산란하는 촛불 빛으로 낮과

9) 위의 책, 19~20쪽.

밤을 구분할 수 없고 모든 것의 경계가 어둠에 스며드는 곳, 이상한 일들이 벌어지는 곳, 우리에게 꿈을 만들어 보내는 곳, 태초 이래 모든 이야기가 숨은 곳, 즉 무의식과 악몽과 신화의 공간인 아래층이 있다. 이 위층과 아래층의 관계는 낭만 발레의 대표작인 「지젤」의 1막과 2막의 대조와도 유사하다. 「지젤」 1막의 배경은 시골 마을의 낮이고, 2막의 배경은 혼령이 출몰하는 숲의 신비로운 밤이다. 해의 시간과 달의 시간의 관계라고도 하겠는데, 어스름한 달의 시간은 항상 더 많은 이야기를 품고 있다.

　　의식의 공간인 위층으로부터 의식의 '저변' 세계인 아래층으로 내려가는 것, 이 하강의 방향은 유래가 깊다. 파우스트도 앨리스도 신비함이 가득한 아래의 세계로 내려간다. 괴테의 『파우스트』에서 메피스토펠레스는 파우스트에게 '이미 생성된 것에서 빠져나와 매인 곳이 없는 형상들의 나라로' 가라며 '깊고 깊은 맨 밑바닥에까지' 다다르기 위해 '혼신을 다해 아래로 내려가시오.'라고 말한다. 또 콘수엘로 부인의 눈이 빨간 토끼는 마침 『이상한 나라의 앨리스』에 나오는 그 유명한 토끼를 연상시킨다. '흰 토끼를 따라가라.(Follow the white rabbit.)'는 말이 무슨 경구처럼 사용될 정도로 널리 회자되는 도입부지만 조금 더 설명을 해 보겠다. 앨리스가 메피스토펠레스의 말처럼 '깊고 깊은 맨 밑바닥'으로 떨어지기까지의 과정은 언제 읽어도 무척 재미있기 때문이다. 빨간 눈의 흰토끼가 조끼 주머니에서 시계를 꺼내 보며 "이런! 이런! 너무 늦겠는걸!" 하고 중얼거리며 허둥지둥 달려가는 것을 본 앨리스는 저도 모르게 토끼를 뒤쫓기 시작한다. 여태껏 한 번도 주머니 달린 조끼를 입은 토끼도, 그 주머니에서 시계를 꺼내는 토끼도 본 적이 없다는 생각이 들었기 때문이다. 여기서 재미있는 부분은 토끼가 말을 한다는 사실에 대해서는 앨리스가 특별히 신기해하지 않는다는 점이다. 토끼를 따라 들판을 달리던 앨리스는 토끼 굴 속까지 들어간다. 그러다 바닥이 갑자기 꺼지는 바람에 아주 깊은 우물 같은 곳으로 떨어진다. 너무 천천히 한참을 떨어져서, 떨어지는 도중에 우물 벽면에 있는 책꽂이와 찬장을 살펴보며 '오렌지 마멀레이드'라는 꼬리표가 달린 단지를 꺼내 보기도 하고 이런저런 생각도 하다가 깜빡 잠이 들어 꿈을 꾼다. 그러다 갑자기 쿵! 하고 잔가지와 낙엽 더미 위로 추락해 잠에서 깨어나지만 그 아래쪽 세상은 그야말로 꿈속처럼 이상한 일들로 가득하다.

『사자와 마녀와 옷장』의 좀약 두 알처럼 시계가 들어 있는 토끼의 조끼 주머니라든가 찬장에 놓인 오렌지 마멀레이드 단지 같은 일상적인 세부 요소가 앨리스의 낙하를 얼마나 그럴듯하면서도 이상하게 만드는지! 덧붙이자면 단지가 텅 빈 것을 알고 실망한 앨리스는 그것을 바닥으로 던져 버리려다가, 누군가 저 밑에서 단지에 맞아 죽을지도 모르기 때문에 지나가던 찬장 위에 겨우 다시 그것을 얹어 놓는다. 이 얼마나 이치에 닿으면서도 이상하기 짝이 없는 일인가? 앨리스가 떨어지고, 떨어지고, 떨어져 도착한 밑바닥인 '이상한 나라'는 꿈과 무의식의 세계, 현실의 논리나 법칙을 따르지 않는 세계다.

앞서 말했듯 메피스토펠레스는 파우스트에게 깊고 깊은 밑바닥의 세계를 이르며 '이미 생성된 것에서 빠져나와 매인 곳이 없는 형상들의 나라로 가도록 하시오!'라고 말한다. 여기서 '이미 생성된 것'이 우리가 알고 있는 것들, 백일하에 드러난, 정의된 것들의 세계라고 한다면 '매인 곳이 없는 형상들의 나라'는 알 수 없는 힘들, 가능태의 세계라고 할 것이다. 『파우스트』에서 그곳은 '어머니들의 나라'라고 불린다. 땅밑으로 어떤 뿌리가 자라고 있는지 보지 못하지만 어느 봄날 쑥 하고 올라온 싹에 놀라게 되는 것처럼, 드러나지 않는 아래쪽의 세계는 우리가 짐작할 수 없는 창조성을 가지고 있다.

다시 『아우라』로 돌아가자면, 펠리페 몬테로의 밝은 위층 방은 '이상한 나라'인 아래층의 신비한 힘 위에 위태롭게 떠 있는 섬 같다. 말 그대로 '빙산의 일각'처럼 수면 위로 드러난 부분보다 잠겨 있는 부분이 훨씬 큰 듯하다. 그곳은 오래된 집이라 건물을 둘러싸고 높은 건물들을 지어 버려 아래층에는 햇빛이 들지 않는다는 설명이 나온다. 펠리페는 아우라가 문앞에서 울리고 멀어져 가는 종소리를 따라 나선형 계단을 내려가 기묘한 일들을 겪고 다시 올라온다. 이것은 우리가 밤마다 겪는 일의 구조와도 흡사하다. 어두워지

렘브란트, 「명상하는 철학자」(1632, 루브르 박물관 소장).

면 우리는 잠에 '깊이 빠져들어' 아래층으로 내려갔다가 꿈속에서 어떤 일을 겪고 다시 위층으로 올라와 깨어난다. 위층과 아래층의 단순한 구분으로 표현된 돈셀레스가 815번지의 공간 구성은 우리의 의식과 무의식의 구조를 비유적으로 전달한다. 마치 렘브란트의 선(禪)적인 그림 『명상하는 철학자』같다. 그 그림에서 햇빛이 들어오는 곳과 어둑한 곳은 가운데 놓인 나선형의 계단으로 나뉘면서 동시에 결합된다.

『아우라』는 펠리페 몬테로가 이 집에 들어와 지내는 나흘간의 낮과 밤을 다룬다. 펠리페가 해야 할 일은 오래전 사망한 콘수엘로 부인의 남편인 요렌테 장군의 회고록 원고를 손보는 작업이다. 요렌테 장군은 젊은 날을 프랑스에서 보내며 나폴레옹 3세의 측근 등과 교분이 있었고, 멕시코에 귀국해서는 초대 황제 막시밀리안 1세 제정 시대를 화려하게 보내다 파리로 망명한 인물이다. 구인 광고의 요건을 충족하는 '프랑스어에 능통한 역사학도'인 펠리페는 이 원고를 이미 남들이 다 한 이야기, 지겨운 제국 시대의 군사 서류 정도라고 생각하며 콘수엘로 부인이 생각하는 것만큼 원고에 큰 가치를 부여하지 않고 기계적으로 작업한다.

　　새벽부터 햇살이 천장의 채광창을 통해 쏟아지는 위층의 방에 조금씩 촛불의 세계인 아래 세계의 힘이 틈입하기 시작한다. 펠리페는 비몽사몽간에 고양이들이 불타 죽는 환영을 본 것 같다. 식사 시간을 알리는 몽롱한 종소리를 따라 아래층으로 내려가면 더욱 기이한 일들이 이어진다. 사람은 분명 셋인데 식탁에는 네 명 분의 식기가 준비되어 있고, 펠리페가 느끼기에 아우라는 어쩐지 콘수엘로 부인에게 조종당하는 것만 같다. 콘수엘로 부인은 신과 천사와 악마가 뒤섞인 그림 앞에서 섬뜩한 제의를 올리고, 촛불 빛이 미치지 않는 어둠 속에서는 벽을 따라 쥐들이 돌아다니며, 어디선가 고양이가 고통에 울부짖는 소리가 들리고, 빨간 눈의 토끼는 끊임없이 무언가를 갉아먹고 있다.

펠리페 몬테로는 이를테면 걸그룹 레드벨벳의 「피카부(Peek-A-Boo)」 뮤직비디오에 나오는 피자 배달원 남자와 비슷한 처지에 놓이게 된다. 일을 하러 갔다가 어딘가 이상하고 서늘하며 무기를 쓰는 데 거침없는 여자들이 있는 집에 들어가 기묘한 일을 겪는 상황 말이다. 그 뮤직비디오 속에는 빨간 옷을 입은 피자 배달원이 눈이 가려지고 손이 묶인 채 식탁에 엎드려 초록색 젤리에 얼굴을 파묻으며 먹는 장면이 나오는데, 펠리페 몬테로의 상황도 손이 묶이지 않았을 뿐 별다를 바가 없거니와 색채적으로도 꽤나 유사점이 있다. 펠리페는 녹색 옷의 아우라가 주는 붉은 음식을 먹는다. 상표를 읽을 수 없을 정도로 그을음으로 뒤덮인 오래된 녹색 병에 담긴 붉은 와인, 자극적인 냄새가 나는 콩팥 요리에 곁들인 통째로 조리한 붉은 토마토들. 촛불 빛에 일렁이는 녹색과 붉은색 물체의 경계선은 어둠에 잠겼다 드러나곤 한다.

　　그런데 이 녹색과 붉은색은 어떤 녹색과 붉은색인가? 범위를 좁혀 아우라가 입은 녹색 옷과 녹색 눈동자는 어떤 색깔일까? 녹색이 녹색 아닌가 생각하는 독자가 있다면 애나 번스의 맨부커상 수상작 『밀크맨』의 한 부분을 소개하고 싶다. 정치적으로 무척 불안정하고 폭력적인 분위기가 지배하는 북아일랜드의 어느 마을. 주인공이 듣는 프랑스어 수업 시간 중 선생님이 읽어 준 문학책에 '하늘이 파랗지 않다.'는 구절이 나온다. 학생들이 하늘은 당연히 파란

것이 아니냐며 항의한다. 이곳 학생들은 여러 이유에서 자신들이 들어온 대로 '하늘은 파란색이어야만 한다.'고 믿고 있는데, 선생님은 학생들을 데리고 해 지는 창밖을 보며 어떤 색들이 보이냐고 물어본다.

선생님이 창문 한칸 한칸으로 나뉜 하늘을 가리키며 파란색이 아닌 연보라색, 보라색, 분홍색 조각을 각각 짚었다. 노란 금빛이 길게 뻗은 녹색 조각도 있었다. **녹색? 어떻게 하늘에 녹색이 있을 수 있지?** (……) 하늘에서는 지금 분홍색과 레몬색이 섞이고 그 뒤쪽은 아른아른한 연보라색을 띠었다. 우리가 복도를 따라 이동하는 짧은 시간 동안에도 색이 바뀌었고 지금 우리 눈앞에서도 바뀌고 있었다. 연보라색 위에 나타난 금색이 은은한 은색을 향해 움직이고 또다른 연보라색이 구석에서 번졌다. 분홍색이 점점 깊어졌다. 라일락색도 더 퍼졌다. 이번에는 옥색이 구름을 ── 흰색이 아닌 구름을 밀어냈다. (……) 색이 물들고 녹아들고 흘러들고 번지고 새로운 색이 나타나고 모든 색이 섞이고 색이 영원히 이어졌는데 딱 한가지 색 파란색만 없었다. [10]

혼란스러워하는 학생들에게 선생님은 말한다. 저녁

10) 애나 번스, 홍한별 옮김, 『밀크맨』(창비, 2022), 112~118쪽. *Milkman*. Copyright © 2018 by Anna Burns. First published in 2018 by Faber & Faber Limited, London.

놀을 보고 불편해하는 것은 좋은 일이며, '앞으로 나아간다는 의미이자 깨어난다.'는 의미라고. 립스틱을 사러 가 본 적 있는 사람이라면 알겠지만 레드라든지 핑크라는 말은 너무나 거대하다. 레드 안에는 수천수만의 가능성이 있고 핑크나 오렌지 또한 마찬가지다. 아우라가 입고 있는 녹색의 드레스는 어떤 녹색일까? 그 드레스는 어떤 질감일까? 빛을 반사하는 옷감일까 빛을 흡수하는 옷감일까? 디자인은 풍성하게 주름이 잡힌 스타일일까 심플하고 단정한 스타일일까? 햇빛이 들지 않는 이 어둑한 아래층의 촛불 빛은 이 드레스를 어떻게 비출까? 드레스의 녹색은 아우라의 눈동자의 녹색과 어떻게 비슷하고 또 다를까? 작품 속의 묘사를 읽으며 그것을 눈앞의 그림으로 그려 보는 일은 중요하다. 줄거리를 훑어보는 것이 아니라 작품을 처음부터 끝까지 읽을 때는 작은 세부 묘사가 작품에 그럴듯함과 깊이, 텍스처를 더한다. 그것은 마치 알함브라궁에서 정확히 대칭적이고 아름다운 건축물의 외양을 바라보며 다가가서 아치형 문안으로 들어가 고개를 들고 천장과 기둥에 새겨진 화려하고 정교한 장식들, 엄정한 기하학적 문양들을 가까이서 세세히 바라보며 경탄하는 것과도 비슷하다. 그 디테일을 살펴보며 음미한 시간이 알함브라궁에 대한 인상을 훨씬 두텁고 풍요롭게 만드는 데 중요한 역할을 하는 것이다. 문학 작품을 읽을 때 세부에 충분히 주의를 기울여야 한다는 것을 나는 어릴 적 추리소설을 탐독할 때 익혔다. 테이블 위에 놓인 장갑

고야, 「자식을 먹어 치우는 사투르누스」(1820-23, 프라도 미술관 소장).

한 짝, 지나가듯 언급되는 그는 심장이 약하다는 말, 반쯤 열린 창문이나 구두 뒤축의 흙 자국 등 작은 단서라도 놓치면 명탐정에게 또 뒤지고 만다. 물론 모든 책을 추리소설처럼 읽을 필요는 없지만, 문학 작품을 처음부터 끝까지 읽는 것은 그저 사건의 전개를 따라가는 것과는 다르다. 언급된 작은 세부 사항이나 신중하게 묘사된 모습을 마음속에 구체적

심상으로 그려 나갈 때 우리는 문학을 충분히 디스프루타르 할 수 있다.

펠리페를 엄청난 공포에 몰아넣는 붉은색도 있다. 어느 날 아침 펠리페는 아우라가 부엌에서 새끼 양을 죽이는 장면을 본다. 잘린 목에서 수증기가 뿜어나오고 피비린내가 진동하는데, 헝클어진 머리로 온몸에 붉은 피를 뒤집어쓴 아우라는 펠리페를 보고도 못 알아본 듯 멍한 눈빛으로 도살 작업을 계속한다. 놀란 펠리페가 콘수엘로 부인의 방문을 힘껏 열었더니 부인이 어둠 속에서 허공에 대고 짐승의 가죽을 벗기는 시늉을 하고 있지 않은가. 프란시스코 고야가 그린 '검은 그림들' 중 「자식을 먹어 치우는 사투르누스」의 섬뜩함 같은 것이 떠오르는 장면이다. 카를로스 푸엔테스는 남미의 통사를 쓴 자신의 책 『라틴 아메리카의 역사』에서 고야의 이 그림들이 진보와 환상에 사로잡혀 '삶의 비극적 의미'를 잃었을 때 지불해야 하는 대가에 관한 경고가 될 것이며, 사투르누스처럼 '역사는 자기의 자식들을 집어삼킨다.'라고 말했다. 로마의 신 사투르누스는 농경의 신으로, 그는 자기 자식이 태어나는 족족 먹어 치웠다. 사투르누스의 이름을 딴 토성(saturn)의 가장 큰 위성의 이름이 타이탄(titan)이듯, 그는 거신족인 티탄족이어서 그림 속에서 그가 손에 들고 뜯어먹고 있는 자식이자 피 흘리는 제물보다 훨씬 크고 무시무시하게 위력적이다. 게다가 그 희번득하고 초점 없는 눈이 시사하는 무목적성은 이 그림이 내뿜는 공포의 핵심이다. 한번 보면 잊을 수 없을 섬뜩함을 지닌 이 그림을 고야는 자신이 말년을 보낸 집의 부엌에 걸어 두었다.

부엌에서 피를 튀기며 새끼 양을 도살하는 아우라는 일종의 희생 제의를 치르고 있다. 세계 수많은 문화권에서 집행되었던 희생 제의에서 피는 핵심 요소였다. 인간들은 신선하고 성화된 제물의 피를 신에게 바쳤다. 특히 멕시코 지역에 있었던 아즈텍 문명에서는 인간을 제물로 바치는 인신 공희가 대규모로 이루어졌으며, 이곳 멕시코시티가 바로 아즈텍 제국의 수도, 엄청난 양의 피가 땅을 적신 테노치티틀란이었던 것이다. 희생 제의는 신에게 피와 생명을 바쳐야 인간의 삶을 이어갈 수 있다는 고대인들의 가치 체계를 반영한 의식이다. 가톨릭의 성찬례에 쓰이는 와인도 예수 그리스도의 피이자 그의 희생을 상징한다. 붉은 피를 뿌린 땅에서 녹색의 밀싹이 자라난다. 녹색 옷을 입은 아우라는 새끼 양의 붉은 피를 뿌려 무엇을 얻으려는 것일까? 공포에 질린 펠리페는 위층으로 달아난다. 펠리페를 지배하는 것은 콘수엘로 부인에게서 느끼는 공포와 아우라에 대한 강렬한 욕망이다. 공포와 욕망은 펠리페의 내면에서 원심력과 구심력으로 엇갈리게 작용한다. 마치 두 마리의 뱀이 이중나선 모양으로 얽히듯. 그는 흑마술을 부리는 듯한 콘수엘로 부인으로부터 사랑하는 아우라를 구해 내기로 마음먹는다.

둘째 날 서류를 편집하다 잠든 펠리페는 악몽을 꾼

다. 꿈속에서 어떤 깡마른 손이 종을 들고 다가오더니 자신에게 소리를 지르는데, 다가온 얼굴을 들여다보자 두 눈이 텅 비어 버린 해골이다. 놀라서 땀을 흘리며 깨어난 펠리페의 침대에 누군가가 들어와 있다. 그를 어루만지는 손길과 낮게 속삭이는 목소리. 열쇠고리가 흔들리는 익숙한 소리가 들려와 그 사람이 벌거벗은 아우라임을 알아채는데, 그녀는 펠리페 위로 포개어 눕더니 그에게 키스하고 입술로 온몸을 더듬는다. 아우라의 머리카락에서는 안뜰의 화초, 아마도 벨라도나의 향기가 난다. 둘은 섹스한다.

행위가 끝나고 기진맥진했을 때 아우라는 펠리페에게 그가 자신의 남편이라고 말하고, 그는 동의한다. 펠리페는 아우라가 자신에게 모든 걸 바쳤다고 생각하며 만족하지만 아무래도 그것은 순진한 생각이다. 그들은 나흘간 세 번 사랑을 나누는데 그때마다 펠리페는 아우라를 아주 다르게 느낀다. 하루가 지났을 뿐인데 달빛에 비친 그녀의 모습은 전날에 비해 스무 살쯤 성숙한 것 같기도 하다. 두 번째 섹스에서 그는 아우라의 몸을 둘러싼, 경계가 희미한 황금색 빛이 어디서 비추는지 보려고 고개를 든다. 아우라는 말한다.

"하늘은 높거나 낮지도 않아요. 우리 바로 위에 있으면서 동시에 우리 아래 있어요."[11]

---

11) 『아우라』(민음사, 2009), 47쪽.

그녀의 이름 아우라(aura)는 또한 무언가에 서린 기운, 그것이 내뿜는 독특한 분위기 같은 것을 뜻하는 단어다. 우리나라에서 '아우라'의 공식 표기는 스페인어 발음과 달리 영어 발음으로 '오라'인데 이 '오라'라는 말에는 아무래도 '아우라'의 아우라가 없다. 발터 벤야민은 『기술 복제 시대의 예술 작품』에서 아우라를 알 듯 말 듯하게 설명한다.

아우라란 무엇인가? 그것은 공간과 시간으로 짜인 특이한 직물로서, 아무리 가까이 있더라도 멀리 떨어져 있는 어떤 것의 일회적인 현상이다. 어느 여름날 오후 휴식 상태에 있는 자에게 그늘을 드리우고 있는 지평선의 산맥이나 나뭇가지를 따라갈 때 —— 이것은 우리가 산이나 나뭇가지의 아우라를 숨 쉰다는 뜻이다. [12]

이 말은 한편으로 인도의 고대 경전 『우파니샤드』에 나오는 한 구절을 연상시킨다.

해 지는 광경의 아름다움이나 산의 아름다움 앞에서 문득 걸음을 멈추고, '아!' 하고 감탄하는 사람은 벌써 신의 일에 참여하고 있는 사람이다. [13]

---

12) 발터 벤야민, 최성만 옮김, 『기술복제시대의 예술작품』(도서출판 길, 2007), 50쪽.
13) 조지프 캠벨, 빌 모이어스, 이윤기 옮김, 『신화의 힘』(Philos 시

벤야민의 말처럼 아우라는 펠리페의 가까이에 있지만 산이나 바다처럼 멀고 총체적인 어떤 장(場)이나 힘의 고유하고 한 번뿐인 드러남처럼 느껴지며, 펠리페는 그 아우라를 숨 쉰다. 펠리페 앞에 있는 아우라의 몸을 둘러싼 경계가 희미한 황금색 빛은 어디선가 비쳐오는 것이 아니라 그녀에게서 풍겨 나오거나 서려 있는 듯하다. 멕시코의 수호자 과달루페의 성모 그림에서 성모를 휘감고 있는 황금빛 후광이 연상된다.

하늘이 높거나 낮지도 않고 우리 바로 위에 있으면서 동시에 우리 아래 있는 곳은 어디일까? 내게 이 말은 너무 높지도, 너무 낮지도 않게 날았던 다이달로스의 높이를 연상시킨다. 그리스 신화에서 다이달로스와 달리 태양을 향해 높이 날아오르다 추락한 그의 아들이 이카로스다. 이카로스의 이야기는 무척 유명하지만 여기에도 다시 음미해 볼 부분이 있다. 건축가이자 발명가인 다이달로스는 바다를 건너 고향으로 돌아가려고 새의 깃을 모아, 짧은 것에서부터 긴 것 순서로 늘어놓아 부채꼴을 만든 뒤 실로 묶고 밀랍으로 붙여 날개를 만든다. 옆에서 아들 이카로스는 바람에 날려가는 깃을 주워다 주거나 엄지손가락으로 밀랍을 부드럽게 이겨 준다. 이쯤에서 독자들은 눈치챘겠지만 나는 이상한 이야기를 사실적으로 만드는 이런 작은 부분들을 무척

리즈 4(아르테, 2020)], 375쪽에서 재인용.

좋아한다. 옷장에서 또르르 떨어지는 좀약 두 알 같은 것 말이다. 이런 작은 부분들이야말로 마법의 징검돌이 된다. 이윽고 날개를 다 만든 다이달로스는 이카로스에게 날개를 달아 주면서 이렇게 말한다.

"이카로스, 내 아들아. 내 단단히 일러 두거니와 하늘과 땅의 한 중간을 겨냥하여 반드시 그 사이로만 날아야 한다. 너무 올라가면 태양의 열기에 깃이 타 버릴 것이요, 너무 낮게 날면 바닷물에 젖어 깃이 무거워질 것이기 때문이다. 그러니까 꼭 하늘과 바다 한중간을 날도록 하여라."

이것은 위험한 모험이므로 단단히 주의를 주면서도 아버지 다이달로스의 뺨에는 두려움의 눈물이 흐르고, 날개를 달아 주는 손은 몹시 떨린다. 부자는 하늘과 바다 중간으로 날갯짓을 하며 날아오른다. 아들 이카로스는 하늘을 나는 데 흥분을 느끼고 저 빈 하늘을 날고 싶다는 욕망에 사로잡혀 높이, 더 높이 날아올랐다가 태양의 열기에 날개를 붙인 밀랍이 그만 녹아 버리고 만다. 이카로스는 바다로 추락해 사망하고, 아들의 이름을 목 놓아 부르던 아버지는 물 위에 떠다니는 깃털을 보고 비통해한다. (망망한 푸른 바다 위의 한 지점에 떠다니는 하얀 깃털 몇 개를 다이달로스의 높이에서 내려다보는 걸 상상해 보라.) 많은 사람들이 이 이야기에서 이카로스의 욕망과 추락에 초점을 맞추지만 또한 중요한 것은 다이달로스가 하늘과 바다의 꼭 한중간을 날아 바다를 건넜다는 점이다. 다이달로스는 아주 좁고 어려운 길을 갔다. 그것은 추락의 공포와 상승에의 욕망, 다시 말해 죽음의 공포와 삶의 욕망이 맞닿은 경계를 따라 난 실금 같은 길이다. 아우라가 말하는 '하늘이 높거나 낮지도 않고 바로 우리 위에 있으면서 동시에 우리 아래 있는' 곳은 다이달로스가 날았던 공포와 욕망의 한 중간, 어떤 평형점, 두 시공간이 맞닿은 문지방, 차원을 가르거나 만나게 하는 경계, 렘브란트의 「명상하는 철학자」에서 나선 계단에 해당하는 곳일지 모른다.

이들이 사랑을 나누는 아우라의 방에는 다른 장식이 없이 벽에 걸린 커다란 멕시코풍 십자가, 즉 '검은 그리스도(Cristo negro)'와 그 아래 침대가 있을 뿐이다. 원형의 불빛이 비추는 이곳은 이 자체로 하나의 사원 또는 제단을 이룬다. 검은 그리스도상은 스페인의 침입 이전, 이곳에 오래도록 뿌리 내리고 있던 토착 신앙과 그리스도교가 만나 생겨난 종교적 싱크레티즘(syncretism)의 산물이다. 이 그리스도는 침입자들의 흰 피부색이 아닌 토착민들의 짙은 피부색을 닮았다. 카를로스 푸엔테스는 『라틴 아메리카의 역사』에서 이렇게 쓰고 있다.

여기에는 하나의 특징적 사실이 있다. 멕시코의 그리스도는 모두 죽어 있거나, 아니면 적어도 고뇌하고 있는 모습이다. 칼바리 언덕의 십자가에 걸려 있든, 유리관에 누워 있든, 멕시코 마을의 교회에서 볼 수 있는 그리스도는 피를 흘리고, 초췌한, 고독한 그리스도이다. 이와는 반대로, 아메리카의 성모들은 스페인의 성모들처럼 영원한 영광과 축복, 꽃들, 행렬로 둘러싸여 있다. [14)]

멕시코의 검은 그리스도상들은 평온한 모습이 없다. 하나같이 피를 많이 흘리고 끔찍하게 고통받는 형상이다. 그 모습과 균형을 맞추기라도 하듯 성모의 모습은 화려하기 그지없다. 오늘날 멕시코에서 과달루페 성모(La virgen de Guadalupe)만큼 인기 있고 열광적으로 숭배되는 대상도 없다. 카를로스 푸엔테스는 "과달루페 성모를 믿지 않는다면 멕시코인이라 할 수 없다."라고 말했다. 과달루페 성모 또한 검은 그리스도처럼 피부색이 짙다. 1521년 스페인의 에르난 코르테스가 아즈텍의 수도 테노치티틀란을 무너뜨리고 멕시코시티(Ciudad de Mexico)로 개칭한 후로 줄곧 정복 세력은 원주민들에게 그리스도교를 전파하려고 했으나 여의치 않았다. 그러던 중 1531년 12월 테페약 언덕에서 짙은색 피부의 과달루페 성모가 정복자들의 언어인 스페인어가 아니라 아즈텍의 언어인 나우아틀어로 말하며 원주민인 짐꾼 후안 디에고 앞에 출현한 것이다. 마침 테페약 언덕은 원

---

14) 카를로스 푸엔테스, 서성철 옮김, 『라틴아메리카의 역사』(까치, 1997), 179쪽.

래 아즈텍의 여신 토난친틀라를 경배하는 신전이 있던 장소였으며, 이 사건 이후 수많은 멕시코 사람들이 가톨릭으로 개종했다. 고통으로 쪼그라든 검은 그리스도와 대조적으로 과달루페 성모의 그림에는 항상 온몸에서 밖으로 번져 나오는 금빛 후광이 돋보인다.

　　조금 전까지 황금색 빛으로 둘러싸인 모습이었던 아우라는 어딘지 과달루페 성모의 이미지를 연상시켰는데, 이제 침대 위에 양팔을 뻗고 누운 아우라의 모습은 벽에 걸린 검은 그리스도 목상과 닮아 보인다. 풍요로운 성모와 고통받는 그리스도는 아우라의 모습 위로 한데 겹쳐진다. 제단과도 같은 그 침대에서 사랑을 나눈 뒤 펠리페의 등을 끌어안은 아우라는 속삭인다.

　　"언제까지고 저를 사랑할 거예요?"
　　"영원히, 아우라, 영원히 널 사랑할 거야."
　　"영원히라고요? 내게 맹세할 수 있나요?"
　　"맹세하지."
　　"내가 늙어도? 미모를 잃어도? 백발이 되어도?"
　　"내 사랑, 널 영원히 사랑할 거야."
　　"펠리페, 내가 죽어도 영원히 날 사랑할 거예요? 정말 죽어도 날 사랑할 거예요?"
　　"영원히, 항상. 너에게 맹세하지. 그 어떤 것도 너와 날 갈라놓을 수 없어."

"이리 와요, 펠리페, 이리 와요……" [15]

이 숨가쁜 맹세를 통해 마침내 펠리페는 시간과 생명을 넘어 아우라에게 체결된다. 이것은 일종의 신화적이고 연금술적인 결합, 말하자면 상징적인 히에로스 가모스(Hieros Gamos)와도 같다. 히에로스 가모스는 '성스러운 결혼'이라는 뜻이다. 두 물질의 결합이 새로운 것으로 화(化)하는 것. 그 변화를 연구하는 학문이 '화학(化學)'이다. 두 사람 또는 팀 사이에서 일어나는 화학 작용을 뜻하기도 하는 '케미스트리(chemistry)'라는 말은 화학을 의미하고, 그 말은 본래 연금술을 뜻하는 '알케미(alchemy)'로부터 왔다. 『파우스트』에서는 연금술로 증류기 속에서 두 물질을 결합시켜 약을 만들어 내는 과정을 이렇게 상징적으로 표현한다.

대담한 구혼자인 붉은 사자가 미지근한 목욕탕 속에서 백합과 혼인을 하게 되고, 그 다음 두 놈은 활활 타오르는 불꽃과 더불어, 이 신방(新房)에서 저 신방으로 가는 고초를 겪었지. 그 다음에야 오색찬란한 색채를 띠며 젊은 여왕이 유리그릇 속에 나타나는 것일세. [16]

---

15) 『아우라』(민음사, 2009), 49쪽.
16) 요한 볼프강 폰 괴테, 이인웅 옮김, 『파우스트』(문학동네, 2009), 33쪽.

이는 산화수은과 염산이 만나 증류기 속에서 혼합되는 것을 뜻한다. 혼인이라는 표현은 꼭 남녀 간의 결합뿐 아니라 물질과 물질의 결합, 의식과 무의식의 결합, 아니마와 아니무스의 결합, 한 존재 안의 두 측면의 결합을 의미할 수도 있다. 다시 말해 혼인은 모든 하나에 두 측면이 있음을 인식하게 하는 상징의 장치로도 기능한다. 대극은 결합을 통해 마침내 존재의 이분법을 초월한다. 제단과 같은 침대 위의 펠리페와 아우라 사이에서 몸과 마음과 말씀으로 오직 둘 사이에서만 가능한 전면적이고 남김 없는 결합이 일어났고, 그 변화를 통해 직선으로 나아가던 시간은 일순간 리본처럼 풀린다. 그들은 시간으로부터 비껴나, '하늘이 높거나 낮지도 않고 우리 바로 위에 있으면서 동시에 우리 아래 있는' 곳으로 진입한다. 순간은 영원을 향하기 시작한다.

우리를 꿈꾸는 꿈

애니메이션 「코코」를 본 사람이라면 10월 말부터 11월 초 사이 멕시코의 인구 밀도가 크게 늘어난다는 사실을 알 것이다. '죽은 자들의 날(Día de los muertos)'을 맞아 죽은 자들이 산 자들의 세상으로 대거 몰려오기 때문이다. 멕시코의 유명한 판화가 호세 과달루페 포사다의 그림처럼, 두 눈이 텅 빈 해골의 모습을 한 죽은 자들이 저마다 다양한 차림으로 거리를 활보한다. 그보다는 덜 활기찬 죽은 자들을 멕시코 작가 후안 룰포의 『페드로 파라모』에서도 한꺼번에 만날 수 있다. 멕시코만큼 산 자와 죽은 자가 스스럼없이 어깨를 맞대고 어울리는 곳도 없으리라. 펠리페와 아우라가 결합한 돈셀레스가 815번지의 집에도 마침내 죽은 자가 찾아온다. 독자들이 생각하지 못한 방식으로. 스포일러가 될까 봐 자세한 이야기를 하지는 않겠다. 멕시코의 뜨거운 햇빛을 가리기 위한 챙이 넓은 모자인 '솜브레로'는 그것을 쓴 사람의 얼굴과 어깨에 '솜브라', 즉 그림자를 드리운다. 햇빛이 강렬할수록 챙 아래 그림자 속의 형체는 어둠에 가려 잘 보이지 않는다. 마치 돈셀레스가 815번지의 위층과 아래층처럼 챙을 경계로 위쪽은 밝고 아래쪽은 어둡다. 솜브레로를 쓴 인물이 저 멀리서부터 내게로 걸어온다. 가까이 와서 선 그가 고개를 들면 두 눈이 텅 비어 있는 해골이 드러난다. 이때 느끼는 오싹한 경악처럼 마침내 독자는 그늘에 가려졌던 진실의 얼굴을 마주하게 된다. 펠리페를 '너'라고 부르는 화자가 드러난다. 죽은 자가 돌아와 네 명의 식탁이 채워지고 반 걸음씩 엇갈리는 넷의 끝없는 왈츠가 시작된다. 여성과 남성, 욕망과 공포, 삶과 죽음, 밤과 낮은 끝없는 왈츠 속에서 서로 손을 맞잡고 돌고 돈다. 이것은 저주일까?

제사에서 쥘 미슐레의 『마녀』의 일부분을 인용했듯 『아우라』 속의 콘수엘로는 마녀를 암시한다. 그리스도와 성모, 성인과 천사와 악마 모두에게 격렬하게 기도하는 콘수엘로는 비밀스런 힘으로 아우라를 조종하고 새끼 양의 목을 따 피를 뿌린다. 축축하고 끈적이는 안뜰에서는 벨라도나처럼 마녀들이 옛날부터 최면제와 독약으로 써온 약초들을 키운다. 미슐레가 고딕 성당과 마녀의 지하 동굴을 대비시켰듯, 검은 그리스도와 균형을 맞추는 과달루페 성모의 이미지가 떠오른다. 이 모든 이야기는 마녀 콘수엘로의 손아귀에 들어온 펠리페 몬테로의 환각일 수 있다. 그런데 이 작품의 결정타는 펠리페 몬테로의 스물일곱 해 삶 자체가 환각일 수도 있다는 자각이다. 그리고 그 환각을 실체로 만든 것은 사랑에 빠진 그 스스로의 맹세였다! 여기서 이 작고 기묘한 이야기는 제 꼬리를 문 뱀 우로보로스처럼 처음과 끝이 체결되며 순환하기 시작한다. 펠리페의 욕망의 대상과 공포의 근원은 하나이고, 그의 죽음과 삶 또한 하나다. 다름 아닌 이것이 수많은 신화가 우리에게 넌지시 암시하는 바이기도 하다. 그러니 이것은 공포의 이야기이기도, 사랑의 이야기이기도 하다.

미완으로 남았지만 한국 만화사에서 무척 중요한 작품인 유시진의 『쿨 핫』에는 이런 대사가 나온다. '두 사람이 같은 마음으로 서로를 바라본다는 것은 흔하지 않은 기적'이며, '우주적인 이벤트'라고. [17] 이 대사의 배경에는 은하와 여러 천체가 그려져 있다. 펠리페가 아우라의 녹색 눈동자를 들여다보는 순간, 우주는 이미 다르게 움직이기 시작

---

17) 유시진, 『쿨 핫』 5권(서울미디어코믹스, 1999), 134쪽 참조.

한 것이다. 마침내 리본처럼 풀려난 시간은 꼬리를 물고 반지와 같은 원의 형태로 빙글빙글 돈다. 자식을 먹어 치우는 사투르누스로부터 콘수엘로는 있는 힘을 다해 사랑을 살려내고 시간 속에 결계를 친 것이다. 펠리페는 이제 다시는 시계를, 시간을 속이는 것에 불과한 그 바늘들을 보지 않기로 한다. 달이 구름에 가려 앞이 안 보이는 어둠 속에서 그들은 되살아난 기억의 어느 순간으로 대기 중에 이끌려 간다. 이들은 『변신 이야기』에서 유피테르의 강간 피해자들처럼 하늘로 올라가 별이 되지 않는다. 그것은 승천이며, 밤하늘의 여러 별 중 하나가 되어 그것을 올려다보는 사람들로 하여금 이야기의 그물을 짓게 만드는 일이다. 그들은 하늘까지 올라가지 않고, 다이달로스의 높이 어딘가로 스며든다. 보이지 않는, 차원의 경계에 있는 어딘가로 부양되어 순간의 영원 속에서 왈츠의 속도로 회전하며 서서히 응결될 것만 같다. 그리하여 이 이야기는 한 알의 작은 로사리오, 묵주 알처럼 남는다. 바다가 들어 있는 초록빛 눈동자처럼.

카를로스 푸엔테스는 1928년 파나마의 수도 파나마 시티에서 태어나 외교관이었던 아버지를 따라 여러 나라를 다니며 자랐다. 미국에서도 어린 시절을 보냈는데 스페인어보다 영어가 더 능숙한 아들을 걱정한 부모는 집에서 스페인어를 쓰게 하고 멕시코 역사책을 권했다. 열여섯 살이 되어서야 멕시코에서 살기 시작했는데, 이런 경험 때문에 멕시코와 라틴 아메리카에 대해 외부적 시선을 견지하면서도 강한 애정을 느끼게 된다. 멕시코의 정체성에 대한 성찰과 탐구는 그의 작품 세계를 관통하는 중요한 근간이다. 그도 아버지처럼 외교관이 되어 세계 곳곳의 도시에서 살았고 프랑스 주재 멕시코 대사를 지내기도 했으니 평생을 코즈모폴리턴으로 산 셈이다. 스페인어권 최고의 문학상을 여럿 수상하고 왕성히 창작을 하면서도 멕시코 현실 정치에 대해 끊임없이 적극적으로 발언했던 그는 또한 멕시코의 역사와 신화에 대해서도 관심이 많았다.

『아우라』의 배경이 되는 돈셀레스 거리는 멕시코시티의 가장 오래된 거리 중 하나로, 땅 밑에는 아즈텍 제국의 수도 테노치티틀란의 잔해가 묻혀 있고, 제국주의 시대에 지어진 오래된 건물들이 남아 있으며, 주위로는 신시가지의 근대적 건물들이 둘러싸고 있는 곳이다. 카를로스 푸엔테스는 멕시코시티가 스페인의 정복 이전과 이후를 연결 지을 다양한 문화로 구성되어 있다고 생각했다. 펠리페가 찾아가는 돈셀레스가 815번지는 멕시코 바로크 양식으로 장식된 현무암 건물이다. 멕시코시티의 다층적 복잡함이야말로 바로크 그 자체라 할 수 있다. 바로크 양식은 스페인 정복자들의 침입으로 신대륙에 전파된 것이기는 하나, 라틴 아메리카 각 지역의 원주민 문명과 만나 독특하게 발전했다. 식민 시대 초기에는 백인들이 건물을 지었지만 나중에는 원주민 장인들에게 예배당 등의 건축과 장식을 맡겼는데, 이들은 제국주의에 짓밟혔던 그들의 영혼을 교묘히 거기에 새겨 넣었다. 기독교의 양식을 변용해 멕시코의 꽃과 자연, 원주민을 닮은 천사들을 부조로 가득 새겨 넣고, 스페인 정복자들은 두 개의 혀를 가진 악마로 표현한 멕시코 바로크의 걸작 토난친틀라 예배당에 대해 카를로스 푸엔테스는 『라틴 아메리카의 역사』에서 '이렇듯 정복자가 정복되는 순간, 종교의 혼합은 마침내 승리를 거둔다.'고 말한다.

아즈텍에서 태초의 창조신 오메테오틀은 단수 또는 복수로 지칭되며 양성을 모두 가진 한 쌍이자 하나인 존재로 표현된다. 존재의 단일성 안에 이중성이 내재된 신이다. 인신 공희를 통해 죽음을 바치는 것이 곧 삶을 이어가는 일이라고 여겼던 아즈텍인들은 죽음과 삶을 대립 관계가 아니라 상호 보완적인 것으로 파악했다. 죽음이 곧 삶이고, 삶이 늘 죽음과 어깨를 맞대고 있었던 것이다. 카를로스 푸엔테스는 고대의 신화를 통해서 과거를 살려 내고 그것을 현재의 삶에 들어오게 하는 데 관심이 있었다. 세계 곳곳의 복잡한 대도시에서 살았던 푸엔테스에게 바로크적인 것은 언제나 중요했으며, 그의 삶 자체의 양식이기도 했다. 『아우라』를 통해 푸엔테스는 제국주의의 직선적 시간관에서 풀려나 다중의 시간관이 혼재된 바로크적 멕시코를 그리려고 했는지도 모른다. 콘수엘로와 아우라를 멕시코로, 요렌테 장군과 펠리페를 제국주의나 스페인의 알레고리로 읽을 수도 있을 것이다. 푸엔테스의 일관된 주제를 생각해 볼 때 그런 식의 해석도 일리가 있겠지만, 그런 도식화는 아무래도 재미가 없다. 중요한 것은 바로크적인 이중성과 복잡함이 이 작은 소설 속에서 세밀하고 반짝이는 미늘을 세워 절묘하게 물고 물리는 양상을 지켜보는 즐거움이다. 무엇보다도 멕시코시티를 배경으로 한 으스스한 고딕 소설을 통해 현대의 독자들에게 훌륭히 고대의 신화적 종소리를 전달한다는 점이 흥미롭다. 『아우라』는 두 존재, 또는 두 물질, 또는 두 세계의 결합 — 히에로스 가모스 — , 우주적 이벤트에 대한 이야기며, 이는 대륙과 대륙 사이의 역사보다도 더 크다.

한 편의 이상한 꿈같은 이야기를 읽었다. 옛날 인도에서는 비슈누 신이 거대한 뱀인 아난타 위에 누운 채 우유 바다를 떠다니며 꾸는 위대한 꿈이 바로 이 모든 우주라고 생각했다. '아난타'라는 이름은 끝없음이라는 뜻이다. 조지프 캠벨은 어느 책 첫머리에서 칼라하리 사막의 어느 원주민이 한 말을 인용했는데, 나는 이 단순한 말을 종종 곱씹는다.

"우리를 꿈꾸는 꿈이 있답니다."

펠리페는 누구의 꿈이었을까? 나는 누구의 꿈일까? 나의 욕망은 어떤 두려움의 꼬리를 물까? 어떤 눈동자가 나의 우주를 움직일까? 『아우라』가 던진 한 알의 모래알이 독

자의 마음속에서 어떻게 응결될지는 아무도 모를 일이다. 문학과 우주의 신비는 바로 거기에 있다. [18)

18) 유튜브에는 카를로스 푸엔테스가 직접 낭독한 『아우라』 일부가 오디오북으로 올라와 있다. "Aura" en voz de Carlos Fuentes (https://youtu.be/sa-qVSB4Z28) 젊은 시절 본인이 썼던 소설을 수십 년이 지나 나이 지긋해진 목소리로 읽는 이 오디오북은 시간을 뒤섞는 『아우라』의 몽환적인 구조를 되풀이하는 듯 듣는 이의 마음을 사로잡는다. 스페인어를 알아듣지 못하더라도 "너는 광고를 읽어."라고 펠리페 몬테로에게 최면을 걸듯 말하는 카를로스 푸엔테스의 목소리를 한번 들어 보기를 권한다. 백미는 침대에서 영원히 당신을 사랑할 거라고 맹세하는 장면인데, 푸엔테스는 은근히 목소리 연기도 잘한다.

내 인생을 망치러 온
나의 구원자

『순수의 시대』

2장

이디스 워튼

한번 열린 세계를 보아 버린 눈은 이전으로 돌아갈 수 없다. 엘렌의
집에서 보낸 한 시간이 그의 전 생애를 밝게 비추어 줄지도 모른다.
이미 벌어지기 시작한 꽃잎을, 어떤 관습과 예법으로 묶어 놓을 수
있겠는가.

내가 책에 푹 빠져 내내 들고 돌아다니는 것을 보고 어머니가 무슨 책이냐고 물어보셨다. 평생 근면한 독서가였으나 최근 노안을 비롯한 여러 이유로 "이제 책은 읽을 만큼 읽었다."라며 더는 도서관에 가지 않겠다고 선언한 칠십 대의 어머니에게, 나는 이렇게 답했다.

"이디스 워튼의 『환락의 집』이요. 미국 박완서 같은 작가예요."

어머니는 피식 웃더니 말했다.

"재미있겠네."

이디스 워튼은 나의 어머니가 가장 열정적으로 세계의 고전을 섭렵해 가던 무렵에는 우리나라에 거의 알려지지 않았으나, 요즘에 와서 점점 더 영향력이 커지고 더 많이 읽히는 작가다. '미국 박완서'라는 표현에는 그럴듯한 데가 있는데, 두 작가 모두 놀라울 정도로 다작을 했고, 일상 아

내 인생을 망치러 온 나의 구원자

래 깃든 허위의식이나 속물근성을 깊숙이 파악했으며, 여성이 처한 현실을 서늘하게 조명했고, 활자 중독이었고, 전쟁을 치열하게 겪었으며, 무척 현대적인 느낌을 주고, 무엇보다 한번 손에 들면 놓을 수가 없을 정도로 재미있다는 점에서 그렇다.

이디스 워튼의 작품들은 스마트폰 탄생 이후 소셜미디어의 시대가 되면서 더 기이할 정도로 현대적인 느낌을 준다. 마치 이 명민한 작가가 이미 100년 전에 이런 흐름을 훤히 내다보고 쓰기라도 한 것처럼. 1990년대의 독자들보다 2000년대 이후의 독자들이 그의 작품을 더욱 흥미진진하게 읽을 듯하다. 물론 기기가 인간의 사고나 행동 양식을 바꾸어 놓기도 하지만 사실은 인간의 내면에 잠재되어 있던 요소들을 증폭시키는 것이니까, 이디스 워튼은 스마트폰이 거대한 배율로 그 잠재성을 확대하기 전에 이미 인간의 본성을 세밀히 들여다보고 놀랍도록 날카로운 글들을 쓴 것이다. 『환락의 집』을 집어 들어 굉장한 미모의 문제적 주인공 릴리 바트가 얼마나 요즘 시대의 '셀럽'과 유사한지를 보라. (그리고 어째서 이 얄팍하고 윤리적으로 탐탁지 않은 인물에게 빠져들게 되는지, 또 어떻게 책을 내려놓을 수 없게 되는지 경험해 보라.) 자신이 쓴 주인공 못지않게 작가 또한 이 비주얼 시대의 인기인이 될 만한 인물이었다. 본인의 외모에 대한 이야기가 아니라, 아름다운 공간을 만들어 내는 그의 능력 때문이다. 이디스 워튼은 조경과 인테리어 디자인에 뛰어났는데 첫 번째 정식 출간 도서가『데코레이션 오브 하우스(The Decoration of Houses)』였을 정도다. 그가 직접 설계했고『환락의 집』을 쓸 때 살았던 저택인 메사추세츠주 레녹스의 '더 마운트'는 국가 유산으로 지정되어 일 년에 5만 명의 관람객이 찾는 명소가 되어 있다. '더 마운트'는 지금도 각종 문학 예술 행사와 워크숍, 낭송회 등으로 활발히 이용된다고 하는데, 그의 소설들처럼 현재에도 생생한 울림을 전하는 듯하다.

우리가 함께 읽어 볼 책은 그의 대표작인『순수의 시대』다.『환락의 집』,『그 지방의 관습』과 함께 이디스 워튼의 사교계 삼부작이라 불리는 이 작품은 셋 중 가장 나중에 쓰였으며 가장 점잖은 작품인데, 점잖음과 읽히는 속도는 반비례하여 앞의 두 책만큼 책장이 획획 넘어가지는 않을 수도 있으나 아주 아름답고 훌륭하게 쓰인 작품이다. 그는 미국의 어느 작가보다도 사교계와 상류 사회에 대해 잘 알았는데, 몇몇 특권층만이 들어갈 수 있는 사교계의 가장 깊숙한 내부에 속해 있었던 사람이기 때문이다. 이디스 워튼을 소개할 때는 그 막대한 부와 뉴욕의 최상류층이었다는 배경을 제외하기가 어렵다.

이디스 워튼의 결혼 전 이름은 이디스 뉴볼드 존스다. 영어 관용구 중에 'keep up with Johnses'라는 표현이 있는데 '(물질적, 사회적 성취 등에서) 남들에게 뒤지지 않으려고 애쓰다.'라는 뜻으로, 직역하면 '존스 가문을 따라 하다'

라는 뜻이다. 여기서 존스 가문이 이디스 워튼의 집안이라는 얘기가 있을 정도로 수많은 사람의 동경과 주목을 받았던 당대의 이름난 집안이었다. 콧대 높은 올드 뉴욕의 최상류층은 한 줌의 사람들이었으며, 만약 어느 작가가 그들의 삶에 대해 묘사한다면 모든 수단을 동원해 조사한다 해도 어느 정도는 상상에 기댈 수밖에 없을 것이다. 물론 작가가 모든 것을 직접 겪고 써야만 하는 것은 아니며, 이디스 워튼 또한 『이선 프롬』과 『여름』, 『버너 자매』 등에서 본인은 결코 비슷한 것도 겪어 보지 못했을 빈곤층의 삶에 대해 자연주의적 방식으로 쓰기도 했다. '자연주의적'이라는 표현이 허락된다면, 사실 이디스 워튼은 자신을 둘러싼 뉴욕 최상류층의 삶의 방식에 대해서도 자연주의적 방식으로 썼다. 일체의 미화나 환상을 배제하고 그 화려하기 짝이 없는 삶의 속물근성과 공허함, 관습에 찌들어 개인의 자유가 바스라져 가는 과정을 인류학자가 어느 부족을 면밀히 관찰하듯이 썼다.

그가 거대한 부를 지닌 최상류층의 일원이었다는 사실이 작가로서의 삶에 유리하기만 한 것은 아니었다. 당시 상류층 여성이 잉크로 손을 더럽혀 가며 글을 쓴다는 것은 바람직하지 않을뿐더러 오히려 추한 일에 가까웠다. 네다섯 살 무렵부터 이야기를 지어내고 하녀가 머리를 빗겨 줄 때도 쉼없이 책을 읽으며 열한 살에 첫 소설을 쓰기 시작한 딸의 존재는 부모에게 당혹스러운 일이었다. 글쓰기가 금지된 터라 종이를 구할 수 없어 그는 하인을 통해 부엌에서 쓰는 갈색 포장지 조각을 얻어다 몰래 글을 쓰기 시작했다. 탐탁지 못하게도 '지성'을 갖추어 가는 딸을 견딜 수 없어 한 어머니는 관례보다 일 년 일찍 사교계에 딸을 데뷔시켰다. 상류층 여성은 의견을 가지거나 표현하기보다는 드레스를 차려입고 참하고 아름답게 스스로를 연출하는 것이 진정한 미덕으로 여겨지던 때였다. 여성은 교육을 받지 않았고 적극적으로 경제 활동을 하는 것은 엄청난 추문이 될 것이었으므로 자신의 아름다움을 최대한 활용해 부자 남성과 결혼하는 것만이 여생을 살아갈 경제 계획의 전부였다. 다시 말해 결혼이야말로 대부분의 상류층 여성에게 허락된 유일한 사업이자 직업이었다. 아름다움은 잠재적 자산이었고, 많은 이들이 선망하는 화려한 세계 속의 여자들은 미모가 시들기 전 가장 높은 값에 거래를 마쳐야 한다는 초조함 속에 사실상 팔려 가는 것과 다름없었다. 이디스 워튼은 이 구조를 명확히 꿰뚫어 본 사람이었고, 그의 손에는 펜이 들려 있었다.

『환락의 집』은 부자 구혼자들이 줄을 서는 눈부신 외모와 치밀한 자기 연출로 사업을 유리하게 이끌다가도 결혼이라는 거래 직전에 마지막 한 끗을 참아내지 못해 경제적으로 곤두박질치곤 하는 '노처녀' 릴리 바트의 이야기다. 『그 지방의 관습』은 신흥 부자들과 함께 새로운 가치관이 밀려오고 이혼이 이전 시대보다 덜 수치스러운 일이 되자 오히려 여자가 결혼과 이혼을 사업 수단으로서 적극적으로

내 인생을 망치러 온 나의 구원자

이용하면 어떻게 될까 하는 일종의 사고 실험을, 릴리 바트보다 훨씬 더 가치 없는 또 하나의 화려한 미인 언딘 스프라그를 통해 풀어가는 이야기다. 이디스 워튼 자신은 결혼 사업 방면에는 영 재능이 없어 이십팔 년 동안의 암담한 부부 생활 끝에 이혼했지만, 『환락의 집』 한 작품만으로도 지금 가치로 50만 달러 이상의 소득을 거두었고 이후로 수많은 베스트셀러를 만들어 내면서 '천박한 글쓰기'를 대단한 경제 활동으로 바꾸어 냈다. 마침내 남편 없이도 자유를 누릴 수 있는 극소수의 여자들 중 한 명이 된 것이다.

『환락의 집 』에서, 성공이란 무엇이냐는 질문에 릴리바트는 이렇게 답한다.

"글쎄요, 인생에서 최대한 많이 얻어 내는 것 아닐까요?" [19]

릴리 바트의 미모를 항상 '멋진 구경거리'라고 생각하는 로런스 셀던은 이렇게 말한다.

"제 생각엔 성공이란 개인적인 자유예요. (……) 그 어떤 것으로부터도 자유로운 걸 말합니다. 돈, 가난, 안락과 걱정, 모든 물질적인 조건들로부터의 자유지요. 일종의 정신의 공화

---

19) 이디스 워튼, 전승희 옮김, 『환락의 집』 1권(민음사, 2022), 127쪽.

국을 유지하는 것…… 그게 제가 생각하는 성공입니다."[20]

　　근사한 표현이지만, 그는 남성이기에 이렇게 말할 수 있었던 것이다. 그리고 이디스 워튼은 오랜 세월이 지난 후 그가 말한 대로의 성공을 거두었다.

마차의 시대

『순수의 시대』의 시대적 배경은 1870년대 초로서 작가가 작품을 발표한 1920년으로부터 오십 년 전쯤이다. 이디스 워튼은 1862년생이므로 본인의 열 살 무렵을 배경으로 삼은 셈이다. 100년 뒤로 생각해 보면 2020년대인 지금 1970년대를 배경으로 삼은 것과 같은데, 이 사이에는 인터넷 혁명과 스마트폰의 탄생이 있었으므로 사람들의 생활상과 가치관이 꽤나 많이 바뀌었다. 그런데 100년 전 또한 만만치 않게 거대한 변화의 물결이 밀려오던 때였다. 특히 1870년대부터 1900년 무렵까지 이어진 미국의 급속한 경제 성장 시대를 도금 시대(Gilded Age)라고 부르는데, 부의 편중 현상이 극심하던 때였다. 이때 나타난 신흥 부자 세력은 막대한 부를 갖게 되었고 과시적 소비와 유흥을 일삼으며 옛 시대의 귀족처럼 군림했는데, 이에 대해 '정말 놀고들 있네.' 느낌으로 쓴 것이 1899년에 발표된 소스타인 베블런의『유한

―――――――――

20) 위의 책, 128쪽.

계급론』이다. '유한계급'으로 번역되는 이 말은 영어로 'the Leisure Class'로, 그야말로 '레저'를 즐기며 노동을 천박한 것으로 여기고 자본의 이윤으로 놀고들 있는 부유한 계급을 뜻한다.

　　1870년대는 마차의 시대였으나, 1920년대는 자동차의 시대다. 마차와 자동차가 동시에 중요하게 등장하는 아동 문학의 고전, 케네스 그레이엄의 『버드나무에 부는 바람』은 영국에서 1908년에 출간되었는데, 바로 이 해에 미국에서는 포드사의 혁명적인 대량 생산 자동차인 모델 T가 양산되기 시작했다. 이디스 워튼은 일찍부터 자동차를 소유했고 차량 여행도 많이 다닌 사람이었다. 통신과 교통 수단의 이노베이션은 사람들의 인식과 가치관에 강력한 영향을 미친다. 상상해 보자. 말과 마차가 주요 교통 수단일 때 거리의 모습은 사뭇 다르다. 일단 말은 생물이므로 먹고 배변한다. 1900년대 초 뉴욕에서는 약 12만 마리의 말이 거리에서 매일 6만 갤런의 소변과 250만 파운드의 분뇨를 생산했다고 하니, 거리의 모습뿐 아니라 냄새와 위생 상태도 지금과는 꽤나 달랐을 것이다. 말을 사육하는 농장, 말을 돌보는 사육사, 수의사, 건초를 재배하는 농부들, 안장과 마구 제작자, 마차 제작자, 마부, 도심에서 말이 대기하는 마구간과 집에 있는 마구간, 거리의 말 분뇨 청소부 등등 말과 마차에 관련한 일련의 거대한 산업과 그 종사자들은 『순수의 시대』의 배경이 되는 1870년대부터의 오십 년 동안 격변을 맞았다. 일례로 프랑스의 럭셔리 브랜드 에르메스의 역사상 가장 큰 위기는 바로 자동차의 등장과 함께 찾아왔다. 원래 말안장과 마구를 만들던 에르메스는 자동차가 마차를 대체하자 회사 문을 닫을 위기에 놓였으나, 자동차 여행이 크게 늘어날 것이라는 혁신적인 판단에 따라 말안장용 고급 가죽과 특유의 박음질법으로 여행 가방 등의 신상품들을 내놓아 비로소 살아남을 수 있었다. 지금도 에르메스의 심볼에는 말과 마차가 그려져 있다. 그리스 신화에서 헤르메스는 신과 인간 사이의 전령이자 '여행하는 자', '이동하는 자', '경계를 건너가는 자'다. 에르메스처럼 마차의 시대에서 자동차의 시대로 '건너가지' 못한 말안장 업계의 다른 장인들은 모두 파산했다.

『순수의 시대』는 가치관의 변화에 대한 이야기이기도 하므로 이 오십 년의 시간차와 1870년대 초라는 시대 배경은 중요하다. 작품에 나오는 브루엄, 란다우, 갈색 쿠페, 핸섬 등의 마차 종류들은 『순수의 시대』가 발표되던 1920년에는 이미 '맞아, 그땐 그랬지.' 같은 반응을 일으키는 추억의 이름들이었다. 말하자면 당시의 레트로물이었던 셈이다. 요즘 한국 작가가 1970년대를 배경으로 쓴 소설에서 등장인물이 '현대 포니'를 타는 것과 같다. 포니는 조랑말이라는 뜻이고, 조랑말은 작고 온순해서 여가를 위한 승마용으로 쓰이던 말이었다. 초기의 자동차는 '말 없는 마차(horseless carriage)'로 불렸는데, 생각해 보라. 말이 없이 달리는 마차가 처음에는 얼마나 마법 같은 물건이었을지.

지금으로부터 100년 전의 세계에 대해 읽으면서, 나는 지금으로부터 100년 후의 세계를 그려 본다. 2120년대에는 많은 교통 수단이 자율주행으로 움직이지 않을까? 사람이 직접 모는 자동차는 그 위험성 때문에 퇴출되고, 우리의 후손들은 '그때는 어떻게 사람이 직접 차를 몰았을까? 당시에는 사람들이 그렇게나 많이 차에 부딪혀 사망했다니 지금으로서는 상상도 못 할 일이다.'라고 생각할지도 모른다. 심지어 옛날에는 우리나라 사람들이 하도 술을 마시고 운전을 하는 통에 경찰들이 음주 측정기를 가지고 다니면서 단속했다는 얘기를 들으면 아연실색하지 않을까? 바로 1900년대 초만 해도 광화문 앞 대로에 말과 말똥이 가득했다는 사실에 깜짝 놀라는 우리처럼 말이다.

다시 『순수의 시대』의 1870년대 뉴욕으로 돌아가 보자. 책에 나오는 브루엄, 란다우, C형 버루시 등등은 최상류층의 매우 호화롭고 값비싼 마차 모델들이다. 롤스로이스, 벤틀리, 마이바흐 같은 지금의 호화 자동차 브랜드들을 떠올리며 읽으면 분위기가 비슷하지 않을까 싶다. 이 럭셔리 마차들에 쓰인 마구는 에르메스에서 만들었을 수도 있다. 1870년대는 아직 에르메스가 트윌리가 아닌 하네스를 만들던 때다.

시간적 배경을 설명했으니, 이제는 장소를 살펴보자. 『순수의 시대』의 첫 장면은 오페라 『파우스트』가 공연되고 있는 뉴욕의 음악 아카데미(Academy of Music)다. 이곳은 1870년대 초 세계 최대 규모의 오페라하우스였으며, 뉴욕 상류 사회의 사교에서 가장 중요한 장소였다. 유럽에 비해 미국의 문화가 뒤떨어지지 않음을 증명하기 위해 만들어진 곳이었으나, 음악을 감상하기에는 시설이 그리 뛰어나지 않았다. 애초에 음악 감상보다는 유럽에 '보이기' 위해 만들어진 이곳의 박스석 입장권은 돈이 많다고 해서 구할 수 있는 종류가 아니었다. 유서 깊은 귀족 명문가에게만 주어지는 특권이었던 것이다. 이 무렵 막대한 부를 몰고 뉴욕에 나타난 신흥 부자 세력들이 이곳의 박스석을 차지할 권리를 얻지 못하자 아예 새롭게 최고의 시설을 갖춰 건립한 곳이 바로 메트로폴리탄 오페라하우스다. 소설 도입부의 배경은 그 새로운 오페라하우스가 준공되었다는 소식이 들려올 즈음의 음악 아카데미이며, 명문가의 귀족들이 박스석을 차지하고 있다.

이 박스석에 소설의 주인공인 뉴랜드 아처가 오페라를 관람하러 왔다. 이디스 워튼의 사교계 삼부작에 등장하는 다른 남성 인물들과 비교하자면 그는 『환락의 집』의 로런스 셀던보다는 신분이 높고, 『그 지방의 관습』의 랠프 마블보다는 덜 고지식하다. 그는 뉴욕의 유행에 대해 잘 알고 독서와 예술을 진지하게 즐기는 딜레탕트이며 올드 뉴욕의 관습을 무척 존중한다. 오페라 배우들이 열창하며 한창 『파우스트』를 공연하는 동안, 객석에서는 다들 박스석이니 특별석, 일등석을 체크하느라 정신이 팔려 있다. 당시의 귀족과 부자들은 단지 귀족이고 부자라는 이유만으로 오늘날 연예인급의 관심을 받았는데 그들의 정찬 모임, 여행, 결혼 등의 동정을 다루는 잡지도 있었다. (『그 지방의 관습』에서 신분 상승을 꿈꾸는 언딘 스프라그는 그 잡지에 실리고 싶어서 안달이 나 있다.) 하긴 요즘도 재벌가의 동정이나 옷차림이 언론에 오르내리니 그리 다르지 않은 듯하다.

　　어느 가문의 박스석에 오늘은 누가 나왔고, 어떤 옷이나 보석, 모자를 착용했는지, 누구와 함께 앉았는지 등등의 세부 사항이 모두 입방아에 오르기 때문에 특정 관객들은 공연을 보는 사람이자 사람들 앞에 보이는 사람으로서의 자신을 잔뜩 의식하고 있다. 다시 말해 이곳의 관객들은 관객인 동시에 어느 정도 배우이며 스스로를 연출해 내야 한다. 시선은 미묘하게 작용하는 권력이다. 볼 수 있는 것도 권력이고, 시선을 많이 받는 것도 권력이다. 특히 여성에게 꽂히는 시선의 수효는 여성의 권력을 키워 주기도 하지만 그 여성의 행동 반경을 옥죄고 심지어는 죽일 수도 있다. 시선과 평판의 폭력으로부터 살아남기 위해 여성은 베일을 쓴다. 이디스 워튼의 작품 중에는 여성이 남들의 시선을 피해 달아나는 동안 베일 속에서 느끼는 극도로 숨 막히는 불안감을 빼어나게 묘사한 것들이 많다. 평판의 사회를 그대로 축소해 놓은 듯한 세계가 바로 이 오페라하우스다. 이곳은 그야말로 파놉티콘이다.

파놉티콘. 제러미 벤담에 의해 창시되고 미셸 푸코를 통해 더욱 잘 알려진 이 개념은 원래 적은 수의 간수로 많은 죄수를 효율적으로 감시하는 감옥 시스템을 가리킨다. '모두'를 뜻하는 '판(pan)'과 '보다'를 뜻하는 '옵티콘(opti-con)'의 합성어다. 오페라하우스라는 이 화려한 파놉티콘에서는 모두가 모두를 지켜보고 있다. 몇몇은 오페라글래스를 눈에 대고 작은 감시탑처럼 적극적으로 객석을 훑어본다. 서로의 시선은 감시의 사슬을 이루어 올드 뉴욕의 관습에서 벗어난 사람을 죄수처럼 옭아맨다. 뉴랜드 아처 또한 그곳의 관습과 감시망, 미묘한 신호에 익숙하며 오페라를 마음 깊이 사랑하는 한편으로 객석의 이곳저곳을 체크하고 사람들의 속삭임에 귀를 기울인다. 모두가 이곳의 파놉티콘적 정체에 대해 알고 있다. 단 한 사람만 빼고. 바로 또 다른 주인공 엘렌 올렌스카다.

엘렌 올렌스카

엘렌 올렌스카는 처음부터 뉴욕의 유행과는 거리가 먼 차림으로 자신에게 쏠리는 눈길을 전혀 의식하지 못한 듯 나타난다. 엘렌이 앉은 밍고트 가문의 박스석에는 뉴랜드와 약혼 발표를 앞둔 지체 높고 순진한 아가씨 메이 웰랜드도 함께 앉아 있다. 사촌지간인 메이와 엘렌은 여러모로 대비된다. '아무리 꼬투리를 잡으려고 보아도 뉴욕에서 메이 웰랜드만 한 신붓감은 없다.'라고들 말하는 메이는 뉴욕에서 나고 자랐고 반듯하다. 반면 엘렌은 어려서부터 유럽의 온갖 나라를 돌아다니면서 살았으며, 폴란드 백작 올렌스키와 결혼했다가 불행한 결혼 생활 끝에 그에게서 달아나 고향인 뉴욕에 돌아온 참이다. 남편 올렌스키는 엄청난 부를 가진 사람이며 화려한 생활을 일삼았지만 '아주 몹쓸 인간'으로, 폭력적인 방식으로 엘렌을 거의 가둬 놓다시피 했고 다른 여자들을 쫓아다녔다. 혼인 관계는 유지되고 있었으므로 엘렌은 백작 부인으로 불리지만 돈줄을 쥔 남편으로부터 달아났으니 경제적으로 쪼들리며, 남편으로부터의 도주를 도와준 남성 비서와 함께 살았다는 소문도 들린다. 남성이라면 모를까, 여성에게 이런 추문은 사교계에서 용납할 수 없는 것이며 그 추문의 당사자를 박스석에 대동하고 나타난 밍고트 가문의 뻔뻔함에 객석은 술렁인다. 사교계의 언짢음을 감지한 뉴랜드는 메이와의 결혼으로 곧 자신과도 이어질 가문의 명예를 보호하려 하지만 '남의 눈에 띄지 않기를 바라야 할 숙녀답지 않게' 거리낌없이 행동하고 말하는 올렌스카 백작 부인에게 불쾌감을 느낀다. 박스석은 이런 재판정 같은 상황에 처해 있는데도 재판을 받는 당사자인 엘렌은 아무것도 모르고 있는 것이다.

이십 대 후반 정도로 나이가 크게 차이 나지 않을 엘렌과 뉴랜드의 사이에는 커다란 축척의 차이가 있다. 여기서 잠시 스코틀랜드 출신의 시인이자 에세이스트 캐슬린 제이미의 산문집『시선들』중에서 일부분을 읽어 보자.

나는 모든 것이 분홍색인 다른 세상으로 들어갔다. 높은 곳에서 분홍색 시골 풍경을 내려다보았다. 북쪽과 남쪽에 제방이 있는 하구가 보였다. 하구에는 날개 모양으로 생긴 섬들이 있었다. 혹은 썰물 때의 모래언덕처럼 보이기도 했다. 놀라웠다. 익숙한 곳의 지도를 보는 느낌이랄까. 매가 내려다보는 우리 동네 강 모습이었다. "테이강 같아요!" 내가 말했다. "썰물이고 모래언덕이 보여요."[21]

작가는 제방과 하구와 섬들, 썰물과 모래언덕처럼 익숙한 풍경을 내려다보고 있는 듯하다. 그런데 어째서 모든 것이 분홍색일까? 사실 이 작가가 들여다보고 있는 것은 현미경이며 놀랍게도 이 풍경은 사람의 간(肝) 속 세포들의 지형이다. 맨눈으로는 보이지도 않을 미세한 융기와 침강이 크게 확대해서 보자 그 안에서 익숙한 시골 풍경 같은 소우주를 형성하고 있는 것이다. 뉴랜드의 시야는 이와 비슷하게 올드 뉴욕이라는 극도로 작고 폐쇄된 세계 속에서 익숙해져, 그곳의 언덕과 제방이 육중하고 신성한 것이라고 믿고 있다. 당시의 귀족들은 그들만이 알 수 있는 예법과 관습

---

21) 캐슬린 제이미, 장호연 옮김,『시선들』(에이도스, 2016), 41쪽.

을 정교하게 발전시켜, 그것을 익숙히 따르는 사람을 세밀히 구분해 돈으로도 살 수 없는 우월감을 즐겼는데 뉴랜드는 그런 지표를 의심 없이 따름으로써 그 작은 세계의 충실한 일원이 되려 했다. 그는 예술과 독서와 여행을 즐겨 스스로 견문이 넓다고 생각하지만 그가 뿌리내리고 자라온 좁은 틈새를 밖으로부터 바라보기엔 역부족이었다. 주위의 모든 사람이 그렇게 믿고 있는 가치 체계에 그 또한 의심 없이 몸을 담그고 살아왔다.

반면 엘렌 올렌스카는 시야가 매우 넓은 코즈모폴리턴이다. 어려서 부모를 잃고 자유분방한 고모와 함께 세계 곳곳을 오가며 살았던 엘렌은 삶의 방식이나 가치가 바라보는 위치에 따라 달라진다는 것을 알고 있고, 그 흔들리는 시계추 같은 생활 속에서 정립한 자기 내면의 윤리 체계를 따른다. 종종 고단했던 삶 속에서도 놓치지 않았던 것이며, 어떤 의미로는 삶을 통해 비로소 벼려지고 내면에 확고히 자리 잡은 윤리이기도 하다. 뉴랜드의 시야가 올드 뉴욕의 틈새에 끼인 현미경에 가깝다면, 엘렌의 시야는 천문학의 연주시차(parallax) 개념에 비유해서 말할 수 있다. 시차는 하나의 천체를 서로 다른 위치에서 관측했을 때 발생하는 위치 변화의 정도를 의미하는데 그를 통해 대상까지의 거리를 가늠할 수 있다. 삶의 진실이라는 대상을 두고 엘렌이 겪은 경험의 넓은 폭은 그 대상을 다양한 각도에서 바라보게 해 주었다. 진실은 결코 평면적이지 않기 때문에 그 폭넓은 경험은 어떤 통찰을 가능하게 하고, 대상으로부터의 거리를 가늠하게 해 주었다. 그리고 삶의 진실은 주로 강자보다는 약자에게 그 맨얼굴을 적나라하게 드러내는 법이므로 곱게 자란 최상류층 남성인 뉴랜드보다는 비교적 온실 밖에서 살아온 여성인 엘렌이 그것을 목도하기에 더 적합할 것이다. 지성을 가진 부유한(물론 엘렌은 이제 부유하지 않다.) 귀족 여성은 긴 시간 노동해야 하는 하층 계급 여성보다 시간이 많고 남성들이 이끄는 사회 속에 객체로서 삽입된 처지이므로 도취 없이 그것을 관찰할 수 있다. 그는 남편으로부터 달아난 여성으로서 부딪히는 현실 세계의 냉혹함에 대해서도 잘 알고 있다. 그러나 엘렌은 타협 없이 삶을 정직하게 마주한다. 엘렌 올렌스카 백작 부인은 고전 소설의 세계에 등장하는 여성 캐릭터 중 자주성이 아주 높은 편이다. 이제 그는 불행한 결혼과 뿌리 없이 떠도는 삶에 지쳐 뉴욕으로 돌아왔다. 엘렌은 주변 사람들과 동화되고 싶고, 진정한 의미의 미국인, 뉴욕 사람이 되고 싶다. 하지만 이 좁고 숨 막히도록 미세한 관습에 젖은 올드 뉴욕에서는 이 코즈모폴리턴이 몸을 움직일 때 무언가를 밀치거나 망가뜨리지 않기가 불가능하다.

내 웃기는 집 어때요?

엘렌 올렌스카의 등장에 오페라하우스의 객석이 술렁이는 것을 보고 사교계의 불쾌함을 알아챈 뉴랜드 아처는 사태를 수습하기 위해 노력하지만 '외국인'이나 다름없는 엘렌의 행동과 말에 처음에는 눈살을 찌푸린다. 자신이 철저히 준수하는 올드 뉴욕의 규칙에 대해 백작 부인이 불경하게 구는 것처럼 여겨진 것이다. 그러나 점점 엘렌의 행동에서 신선한 충격을 느끼기 시작한다. 이를테면 엘렌을 싸늘히 배척하는 사교계의 여론을 움직이기 위해 뉴랜드는 뉴욕 사람 중 그 누구도 무시할 수 없는 최고의 명망가인 밴 더 라이든 부부를 설득해 엘렌을 위한 파티를 열도록 주선한다. 그 파티에서, 주빈인 공작과 이야기를 나누던 엘렌은 자리에서 일어나 홀로 넓은 거실을 또박또박 가로질러 오더니 뉴랜드 옆에 앉는다. 엘렌의 이 행동은 뉴욕에서는 예법에 크게 어긋나는 일이다. 예법대로라면 숙녀는 남자들이 자신과 이야기 나누기를 원해서 옆에 와 앉을 때까지 가만히 기다려야 하기 때문이다. 엘렌의 솔직한 태도와 화법에 점점 마음이 움직이던 뉴랜드는 그녀가 "나랑 조금만 더 있어요."라며 깃털 달린 부채로 그의 무릎을 가볍게 치자 알 수 없는 전율을 느낀다. 그는 지금껏 이런 식으로 행동하는 여성을 단 한 번도 만난 적이 없었다. 게다가 엘렌은 뉴랜드가 숭앙하는 밴 더 라이든 부부의 권위와 영향력에 대해서도 별로 개의치 않는다.

뉴랜드는 엘렌의 집을 방문한 뒤 더욱 마음이 흔들린다. 뉴욕의 세력가인 밍고트 가문의 후손이고 백작 부인이라는 지위를 가졌으면서도 엘렌의 집이 있는 곳은 웨스트

23번가의 남루하고 지저분한 동네다. 남들의 시선을 세상 그 무엇보다 신경 쓰는 뉴욕의 귀족들로서는 상상도 못 할 위치에 있는 그 집의 이웃에는 작은 양장점, 박제사, 글쟁이들이 있다. 당시 '글쟁이'의 신분이 어떤 것이었는지를 짐작케 하는 대목이다. 인테리어와 공간 디자인에 뛰어났던 이디스 워튼은 그 허름한 지구에 있는 작은 집을 엘렌 올렌스카라는 독특한 개인의 내면을 섬세히 반영한 곳으로 묘사한다. 엘렌은 뉴랜드에게 이렇게 말한다. "내 웃기는 집 어때요? 나한테는 천국이에요."

『순수의 시대』에서 주의 깊게 읽어야 할 부분이 바로 엘렌 올렌스카의 작은 집에 대한 묘사다. 벽난로 장식 위에 놓인 작고 섬세한 그리스 청동상, 낡은 액자에 넣은 이탈리아풍 그림 두 점과 그 위에 못으로 박아 드리운 붉은색 다마스크 천, 자크미노 장미가 두 송이 꽂힌 날씬한 꽃병, 멀리 떨어진 곳에서 풍겨 오는 듯한 터키산 커피와 용연향과 말린 장미가 어우러진 향…… 이제 여러분은 붉은색 다마스크 천의 문양과 그것이 어떤 붉은색인지에 대해 상상해 보기 바란다. 자크미노(jacqueminot) 장미를 검색해 보고 가드닝과 꽃에도 박학했던 이디스 워튼이 왜 엘렌의 집에 다른 장미가 아닌 그 장미를 두 송이 꽂았을까 생각해 보는 것도 좋겠다. 용연향(ambergris)은 어떤 향인지 알아보고, 그것과 터키산 커피와 말린 장미의 향이 어우러지면 어떤 느낌이 들지도 그려 보기 바란다. 진지하게 구체적으로 상상해 보는 동안 우리는 웨스트 23번지의 작은 집에 들어가 그 집 주인의 '아우라를 숨 쉬게' 된다.

뉴랜드 아처는 그 방이 그가 여태껏 숨 쉬어 온 공간과 너무나도 다르고, 살면서 보았던 그 어느 곳과도 닮은 데가 없다고 생각한다. 그는 이 집이 이국적이면서도 아늑하고 낭만적이라고 느끼는데, 이것은 뉴랜드가 엘렌에 대해 느끼는 감정의 변화와도 겹친다. 마음 한편으로 뉴랜드는 그가 메이 웰랜드와 결혼 후 살도록 예정되어 있는 집의 모습을 그려 보는데, 그곳에는 예측을 뛰어넘는 요소라고는 단 하나도 없다. 그는 어렴풋이 자신의 운명이 약혼과 함께 이미 정해져 버린 듯하다고 느낀다. 생이 예비한 수많은 가능성을 뒤로 남겨둔 채. 어찌 된 일일까. 그는 불과 얼마 전까지만 해도 약혼녀의 완벽한 아름다움과 상류층의 예법을 능숙히 따르는 조신함에 가슴 가득 자랑스러움을 느끼지 않았던가?

그는 엘렌의 분위기이기도 한 그 방의 이국적 분위기에 흠뻑 취해 마치 사마르칸트에서 머나먼 뉴욕을 바라보고 있는 것처럼 느낀다. '망원경을 거꾸로 들여다본 것처럼' 뉴욕이 당황스러울 만큼 작고 멀어 보이는 듯하다. 그 미니어처 같은 뉴욕의 모습 속에 약혼녀 메이 웰랜드의 흰 실루엣이 희미하게 어른거린다. 뉴랜드 아처의 마음은 그만큼이나 고향으로부터 멀어져 버린 것이다. 처음으로 축척이 뒤흔들렸다. 이것은 '각성'인지도 모른다. 누구나 한 번쯤 인생에서 그런 순간이 있을 것이다. 이전에는 좁은 줄도 몰랐던 나의 시야를 광활하게 넓혀 놓는 어떤 경험을 하는 순간이. 그런 순간을 겪고 나면 그는 결코 이전으로 되돌아갈 수 없다.

이디스 워튼은 누군가와 보낸 한 시간을 이렇게 표현한 적이 있다. "그 한 시간이 (자신의) 전 생애를 밝게 비추어 주었음에 틀림없다." 그 누군가는 워튼의 불륜 상대였던 세 살 연하의 저널리스트 모턴 풀러턴이었는데, 그저 불륜 상대라고만 쓰기에는 부족한 면이 있어 설명이 좀 필요하다. 이디스 워튼은 열두 살 연상의 에드워드 워튼과 결혼했으나, 초반부터 행복한 결혼 생활과는 거리가 멀었다. 결혼한 지 십 년이 훌쩍 넘도록 그녀는 성적으로 무지했으며, 당연히 둘 사이에는 아이가 없었다. 남편의 우울증과 신경 질환은 갈수록 심해졌고 나중에는 이디스 워튼의 돈으로 정부를 두기까지 했다. 끔찍한 결혼 생활 중에 이디스 워튼의 눈앞에 모턴 풀러턴이 나타나 사랑에 빠졌는데, 이후 이삼 년간 지속된 이 관계는 당시 사교계에 커다란 스캔들이 되었다. 풀러턴과 헤어진 후 몇 년이 지나서야 이디스 워튼은 마침내 이혼했고, 『순수의 시대』는 이혼 후 칠 년이 지나서 썼였다. 작품의 내용을 작가의 개인사와 연결 짓는 것은 조심스러운 일이나, 모턴 풀러턴과의 만남 이후 워튼의 작품에는 확실히 사랑과 성애적 열정, 그리움 등에 대한 묘사가 깊이를 더한다. 모턴 풀러턴은 권력과 명성을 가진 사람이라면 성별을 가리지 않고 접근해 연애 행각을 일삼다가 사라지는 매력적인 바람둥이였던 모양인데, 윤리적으로는 탐탁지 않지만 이디스 워튼 같은 비범한 재능을 가진 작가에게 감정적, 육체적으로 커다란 세계를 열어 준 점을 생각하면 후대의 독자들에게 나름의 기여를 했다 하겠다.

다시 1870년대로 돌아가자. 엘렌의 집에는 갑작스레 손님들이 찾아온다. 뉴랜드는 방문을 끝내고 자신에게 놀라운 세계를 열어 준 작은 집을 나와 다시 눈앞에 펼쳐진 뉴욕의 겨울 밤거리 속으로 들어간다. 찬바람을 맞으니 축척의 마법이 사라지고 다시 약혼녀 메이의 모습이 사랑스럽게 떠오른다. 그는 꿈에서 깨어나 뉴욕이라는 현실로 다시 돌아온 듯 보인다. 꽃집에 가서 메이에게 보낼 은방울꽃 한 상자를 주문하던 뉴랜드는 노란 장미가 눈에 띄자 이렇게 생각한다.

이렇게 태양처럼 빛나는 꽃은 한 번도 본 적이 없었다. 은방울꽃 대신 이 꽃을 메이에게 보내고 싶은 충동이 솟았다. 그러나 그 꽃은 그녀처럼 보이지 않았다. 타오르는 듯한 아름다움 속에는 뭔가 지나치게 화려하고 강렬한 것이 있었다. [22]

그리고 그는 자신도 모르게 노란 장미 한 상자를 올

---

22) 이디스 워튼, 송은주 옮김, 『순수의 시대』(민음사, 2008), 102쪽.

렌스카 백작 부인에게 보내는데, 자신의 이름이 적힌 카드를 넣었다가 마음을 바꾸어 빼 버린다. 그는 태양처럼 빛나는 세계를 향해 다가가기 시작한 것이다. 축적의 마법은 사라지지 않았다. 한번 열린 세계를 보아 버린 눈은 이전으로 돌아갈 수 없다. 엘렌의 집에서 보낸 한 시간이 그의 전 생애를 밝게 비추어 줄지도 모른다. 이미 벌어지기 시작한 꽃잎을, 어떤 관습과 예법으로 묶어 놓을 수 있겠는가.

그러던 어느 날

세상의 모든 이야기에는 변화가 있다. 변화가 있기에 이야기가 시작되는 것이다.

'옛날 옛날 어느 숲속에 심성 착한 나무꾼이 살았습니다. 그는 숲속 모든 동물들에게 친절했어요. 그러던 어느 날……'

여기서 '그러던 어느 날' 생기는 일이 바로 이 이야기를 이끌어 가는 변화다. '나무꾼이 동물들에게 친절히 대하며 살다가 나이가 들어 죽었답니다.'라면 그것은 하나의 진술이지 이야기가 되지는 않는다. 이야기에서 어떤 변화가 일어났는지, 또 그 동력이 무엇인지를 살펴보는 것은 가장 기본적인 독법이 된다. 픽사와 디즈니의 클래식 애니메이션들을 예로 들어 이야기해 보자.

『라이온 킹』에서는 무파사의 왕국이 스러지고 심바가 달아나는 것이 변화고 스카의 탐욕이 그 동력이다. 심바는 티몬과 품바를 만나「하쿠나 마타타」를 부르며 평생 느긋하게 살 수도 있었지만 결국 왕국으로 돌아가는데, 이 변화의 동력은 운명의 부름이다. (아빠-삼촌-아들의 권력 다툼이라는 전형적인 부계 사회적 서사에 정통성을 더해 주는 장치다.)

『니모를 찾아서』에서는 니모가 인간의 배에 실려 사라지는 것이 변화고, 그 동력은 아빠의 보호에서 벗어나 더 큰 세계를 보고 싶은 니모의 호기심이다. 한편 아빠 멀린은 아내와 다른 자식들을 모두 잃고 하나 남은 자식인 니모마저 잃을까 봐 노심초사하며 과보호하다가 니모의 실종 사건이 일어나자 자식을 찾기 위해 먼 길을 나선다. 이 변화의 동력은 니모에 대한 사랑이다.

『겨울왕국』에서는 아렌델 왕국의 공주인 엘사가 동생 안나와 놀다가 마법으로 안나를 다치게 한 것이 첫 번째 변화다. 동력은 엘사만이 타고 태어난 얼음 마법이다. 훗날 엘사가 왕이 되는 대관식에서 오랫동안 비밀로 간직해 온 자신의 마법이 세상에 드러나자 북쪽 산으로 달아나는 것이 두 번째의 큰 변화다. 동력은 엘사의 두려움이다.

『월-E』에서는 쓰레기별이 된 지구에 혼자 남아 평생 쓰레기를 치우며 살 운명이었던 청소 로봇 월-E 앞에 다른 로봇 이브가 나타나는 것이 변화다. 이것이 월-E에게 커다란 영향을 미치게 하는 동력은 이브에게 완전히 반해 버린 월-E의 사랑이다. 월-E가 평생 일해 온 지구를 떠나 우주로 날아가게 되는 거대한 변화를 만들어 내는 동력도 바로 이브에 대한 사랑이다.

혹시 위의 네 작품 중 보지 않은 것이 있다면 이 책을 덮고 인류의 훌륭한 유산인 이 작품들을 먼저 보기 바란다. 이 이야기들은 모두 어떤 원형을 품고 있다. 위의 네 이야기 모두에서 등장인물에게는 안온하고 익숙한 세계가 있다. 심바에게는 '하쿠나 마타타'의 세계가, 멀린에게는 니모를 과보호하며 유지했던 바닷속 작은 마을의 세계가, 엘사에게는 대관식 이전의 아렌델 성 또는 북쪽 산으로 달아나 「렛잇고」를 부르며 마음껏 마법을 펼쳐서 지은 자신만의 화려한 얼음성이, 월-E에게는 매일의 루틴으로 프로그래밍되어 익숙하고 나름대로 안락했던 쓰레기별 지구가 있었다. 그 익숙한 세계에 머무르는 이야기라면 서사가 추동되지 않을 것이다. 등장인물은 '그러던 어느 날'의 변화를 통해 자의에서든 타의에서든 그 세계를 벗어나 미지의 세계로 발을 들여놓게 된다. 여기서 헤르만 헤세의 『데미안』 중 가장 잘 알려진 구절을 인용해도 좋을 것이다. "새는 알에서 나오려고 투쟁한다. 알은 세계이다. 태어나려는 자는 하나의 세계를 깨뜨려야 한다."[23] 이 말은 여러 차원에서 진리이며 디즈니 픽사 애니메이션과 뉴랜드 아처의 차원에서도 그렇다. 『데미안』 역시 『아우라』처럼 신화의 영향이 큰 소설인데, 세상의 수많은 신화와 통과의례들은 바로 이 구절이 뜻하는 바를 품고

---

23) 헤르만 헤세, 전영애 옮김, 『데미안』(민음사, 2000), 124쪽.

있다. 태어나려는 자는 하나의 세계를 깨뜨려야 한다.

　뉴랜드 아처의 안온한 세계는 올드 뉴욕이다. 그는 좋은 집안에서 태어난 귀족 청년이며, 평생 단 하루도 일을 하지 않아도 되는 지위를 가지고 있다. 당시 '신사'들은 '천박한 돈벌이'보다는 법조계에 몸담는 게 점잖다고 여겨져 뉴랜드도 법률 사무소에 나가지만 딱히 할 일이 많지는 않다. 그는 가르마를 탈 때 이름 머리글자를 푸른색 에나멜로 새긴 은빗 두 개를 사용하고, 사람들 앞에 나설 때는 반드시 단춧구멍에 생화를 꽂는 사람이다. 그는 런던에서 책을 주문하고 유럽을 여행할 때면 전시들을 놓치지 않는 교양인이다. 그의 약혼녀는 빼어난 미모를 가진 명문가의 자제다. 뉴랜드 아처는 엘렌 올렌스카를 만나기 전까지 그가 쾌적하고 편안하게 몸담은 세계의 정합성을 한 치도 의심하지 않았다.

　앞서 예로 든 클래식 애니메이션의 변화와 동력 중 뉴랜드 아처의 이야기와 가장 유사한 것은 월-E다. 월-E가 쓰레기별 지구에서 프로그래밍 된 대로 쓰레기를 성실히 치우며 살아온 것처럼, 뉴랜드도 정해진 관습에 의문을 제기하지 않고 성실히 그것을 따르며 살아왔다. 월-E는 이브를 쫓아가다가 고향 별인 지구를 떠나 광활한 우주로 나아가게 된다. 얼마나 오랜 세월인지도 모를 기간 동안 스스로를 수선하고 충전해 가며 혼자 무의미한 청소 노동을 계속하던 로봇에게는 그것이 삶의 전부였을 것이고 그에 대한 의심도 없었을 것이다. 이 작은 로봇이 로켓을 붙들고 우주로 나아가 토성의 고리를 쓸어 보고 저 멀리 나선 은하를 눈에 담는 장면은 마음이 저려 올 정도로 아름답다. 월-E가 작은 쓰레기별 지구로부터 광활한 우주로 나아가게끔 만든 동력은 물론 그를 태운 로켓의 동력이기도 하지만, 왜인지 이브를 놓칠 수 없었던 월-E의 사랑과 용기이기도 하다.

　　자, 매우 단순하게 얘기하자면 뉴랜드 아처에게도 그의 삶과 가치관을 뒤흔드는 엘렌 올렌스카라는 존재가 나타났다. 과연 그는 월-E처럼 순수하고도 용감하게 그의 마음이 이끄는 대로 돌진해 그 마음을 지켜 낼 수 있을 것인가? 그의 전부였던 세계의 껍질을 깨뜨리고 알 밖으로 나갈 수 있을 것인가? 이것이 『순수의 시대』라는 복잡미묘한 사랑 이야기를 흥미진진하게 끌고 가는 질문이다. 물론 월-E가 떠나온 것은 치워도 치워도 끝이 없는 쓰레기별 지구이고, 뉴랜드가 걸어야 할 대가는 화려하고 안락한 삶과 그의 모든 인간 관계라는 커다란 차이가 있다. 월-E는 감정을 가졌지만 무척 단순한 로봇이고, 뉴랜드는 생각이 많을뿐더러 복잡한 관계망 속에 묶여 있는 사람이기도 하다. 하지만 엘렌을 만난 뉴랜드는 점점 자신을 둘러싼 세계가 무너져 내리는 것을 느낀다. 박찬욱 감독의 영화 『아가씨』의 명대사인 '내 인생을 망치러 온 나의 구원자'라는 표현은 이에 딱 들어맞는다.

엘렌은 유럽에 있는 남편 올렌스키 백작과 이혼하고 자유롭게 살기를 바란다. 엘렌에게는 자유가 추문에 휩싸이지 않는 것보다 더 귀중한 가치다. 그러나 뉴랜드가 보기에는 어차피 남편과 대서양을 사이에 두고 떨어져 있으니 추문을 일으키는 것은 불필요해 보인다. 그는 "아무도 사회를 바꿀 수는 없어요."라고 말하며 사회 관습에 대항하는 것을 상상하지 못한다. 그에게 사회 체계와 관습이란 결코 바뀌지 않을 굳건한 무언가다. 어느 날 뉴랜드는 극장에 연극을 보러 갔다가 아는 사람들의 박스석에 앉아 있는 엘렌 올렌스카와 마주친다. 그는 올렌스카 부인의 뒷자리에 앉았는데 그녀는 옆사람들을 의식해 무대에서 시선을 떼지 않고 몸을 돌려 연극의 등장인물에 대해 이야기하듯 뉴랜드에게 속삭인다.

"그가 내일 아침 그녀에게 노란 장미 한 다발을 보낼 거라고 생각하시나요?" [24]

뉴랜드는 너무 놀라 얼굴이 붉어지고 심장이 쿵쾅거린다. 그는 엘렌의 집을 지금껏 두 번 방문했고, 그때마다 카드를 동봉하지 않은 노란 장미 상자를 그녀에게 보냈다. 엘렌의 집에는 손님의 방문이 잦고 유력한 남자들이 다투

---

24) 『순수의 시대』(민음사, 2008), 150쪽.

어 꽃을 보내므로 그는 지금껏 엘렌이 노란 장미를 보낸 사람의 정체에 대해 큰 관심을 두지 않거나 모르리라고 생각했던 것이다. 게다가 지금 극장의 무대에서 상연 중인 연극 속의 '그'와 '그녀'는 절절한 연인 사이다. 나는 이 작품을 읽을 때마다 이 부분에서 뉴랜드처럼 심장이 쿵 떨어지는 것 같다. 뉴랜드의 알 수 없는 충동에 대해 엘렌은 미묘한 방법으로 알고 있다는 신호를 주는 것이다. 엘렌의 입장에서 뉴랜드는, 모두가 이야기를 꺼리는 이혼 문제에 대해 법률적인 조언을 해 주고, 자신이 이방인인 이곳 뉴욕에서 사람들이 그 문제를 어떻게 받아들일지에 대해 엘렌 편에서 생각해 주는 유일한 사람이다. 어려서부터 분방한 예술 교육을 받았고 지금도 예술적인 것을 열렬히 좋아하는 엘렌에게 뉴랜드는 자신의 세계를 진정으로 이해하는 거의 유일한 뉴욕 사람이기도 하다.

이제 둘 사이에는 무언가가 흐르기 시작한다. 결혼을 앞둔 뉴랜드의 처지, 관습을 무엇보다 중요하게 생각하는 뉴욕 사회가 이들의 기류를 무척이나 불안한 것으로 만든다. 그들은 거대한 감정으로부터 도망치려고 노력한다. 하지만 피어나려고 하는 노란 장미 꽃잎은 계속해서 벌어진다. 이 파놉티콘, 평판의 사회에서 그들은 시선의 폭력으로부터 달아나는 베일 속 여인의 처지가 된다. 게다가 뉴랜드가 엘렌을 위한다고 생각하며 했던 모든 일들은 오히려 활시위를 그들 스스로에게 향하게 놓고 제 손으로 팽팽히 당겨 둔 셈이 되어 버린다. 이윽고 그들은 빙 둘러 그들을 에워싼 화살촉들의 한가운데 놓이게 된다.

마침 소설에는 활을 잘 쏘는 사람이 등장하는데, 뉴랜드의 '순수하고 고결한' 약혼녀 메이 웰랜드다. 메이는 부유층들이 휴양지에서 여름날을 보내기 위해 하는 것이기는 하지만 활쏘기 대회에서 1등을 할 정도로 뛰어나다. 그들 사이에서 활쏘기가 인기인 이유는 예쁜 드레스와 우아한 자태를 과시할 기회이기 때문이다. 메이는 흰 드레스를 입고 다이애나 여신 같은 초연한 모습으로 과녁 중앙을 맞힌다. 뉴랜드는 메이가 너무 순진하고 상상력이 부족하다고 여기며, 자신이 남자답게 여러 가지를 가르쳐 줘야 한다고 생각한다. 그러나 뉴랜드는 단단히 착각하고 있다. 뉴랜드는 "여자들도 자유로워져야 합니다. 우리들처럼 말입니다."라며 제법 현대인처럼 말하기도 하지만 여성을 겹겹이 둘러싸고 그 자유를 박탈하는 총체적인 시스템에 대해서는 결코 이해하지 못한다. 메이 웰랜드는 그 척박한 환경에서 어떻게든 살아남기 위해 가능한 모든 것을 동원해서 과녁 중앙을 맞혀 버리는 여성이다. 앞서 메이가 다이애나 여신 같았다는 표현이 나오는데 다이애나, 즉 디아나 여신이 누구인가? 항상 화살통을 메고 다니는 사냥의 여신이다.

오비디우스의 『변신 이야기』에 따르면 어느 날 사냥꾼 악타이온이 길을 잘못 들어 하필이면 디아나 여신이 몸을 씻고 있는 곳에 가게 되었다. 여신이 노하여 악타이온을 사슴으로 변신시키고 가슴에는 공포의 씨앗을 뿌렸다. 자기가 사슴이 된 줄 모르는 악타이온은 두려워 달아나면서도 자신이 그처럼 빠른 속도로 달릴 수 있는 데 놀랐다가, 물에 비친 자신의 모습을 보고 괴성을 지른다. 사슴이 된 악타이온은 제 손으로 기른 충직한 사냥개들에게 쫓기다가 물어뜯긴다. 사냥 친구들은 고함을 지르며 개들을 부추기면서 악타이온이 이 사냥 구경을 못하는 것을 안타까워한다. 디아나 여신은 악타이온을 직접 처단하지 않고 그의 가장 가까운 존재들이 그를 갈가리 물어뜯어 죽여 버리도록 만든 것이다. 메이 웰랜드는 확실히 디아나 여신 같은 면모가 있다. 놀라운 타이밍과 치밀함으로 그녀는 뉴욕의 관습과 사람들의 시선, 평판을 절묘하게 이용해 원하는 것을 쟁취해 낸다. '우아하고 순수한' 모습을 흐트러뜨리지 않으면서. 뉴랜드는 그녀가 숨을 다하는 날까지도 메이가 그의 머리 위에 있다는 것을 완전히 파악하지 못한다. 『순수의 시대』는 엘렌과 뉴랜드의 사랑 이야기를 베일처럼 덮고 있지만 또한 노란 장미와 은방울꽃의 대결이기도 하다. 이디스 워튼은 놀라운 솜씨로 이 두 가지를 완벽히 균형 잡히게 직조해 낸다.

사랑 이야기의 복잡한 행로가 어떻게 되는지를 상세하게 밝히지는 않겠다. 다만 은방울꽃이 순수하고 희고 여린 모습과 달리 맹독성을 지닌 식물이며 생명력과 번식력이 강하다는 점을 짚어 두고 싶다. 여성을 꽃으로 비유하는 것은 오래되고 관습적인 일이다. 19세기 말 상류층 여성은 옴쭉달싹 못한 채 그저 어여쁜 꽃으로만 존재해야 했다,라고 쓰고 넘어갈 수도 있겠지만 원래 꽃은 누군가에게 보이기 위해 피는 것이 아니라 대단히 맹렬한 생명 활동이라는 점 또한 잊어서는 안 된다. 그리고 식물은 엄청나게 강한 존재다. 이디스 워튼이 『순수의 시대』를 쓰기 몇 년 전에 발표했던 『여름』은 이런 식물적 생명력을 보여 준다. 『여름』의 주인공 채리티 로열은 루시어스 하니(워튼의 연인 모턴 풀러턴을 떠올리게 하는 인물이다.)와의 사랑으로 점점 성애에 눈을 뜨는데, 워튼은 이를 이런 식으로 표현한다.

그녀의 새로운 자아가 신비롭게 펼쳐지는 것, 그녀의 오그라든 덩굴손이 빛을 향해 손을 뻗는 것만이 유일한 현실이었다. [25]

그녀 몸속에 깊이 잠들어 있던 것들이 온 힘을 다해 빛을 향해 꿈틀거리더니 햇빛 속의 꽃처럼 활짝 피어올랐다. [26]

교육 기회의 박탈, 남성 중심의 사회 시스템, 선택의 여지 없이 꽉 조여진 관습 등등 '돌무덤' 속에 피어난 식물

---

25) 이디스 워튼, 김욱동 옮김, 『여름』(민음사, 2020), 165쪽.
26) 위의 책, 169쪽.

처럼 붙들린 삶의 환경 속에서도 여성들은 빛을 향해 오그라드는 덩굴손을 내뻗고, 온 힘을 다해 꽃처럼 결연히 피어나기 위해 분투한다.『여름』은 미국에서 젊은 여성을 주인공으로 그의 성적 열정과 성장을 진지하게 다룬 최초의 소설로 평가된다.

영화적 독서 경험

바로 이 활짝 피어나는 꽃들의 이미지로 영화『순수의 시대』는 시작된다. 민음사 세계문학전집 183번『순수의 시대』는 위노나 라이더와 다니엘 데이 루이스가 나온 이 영화의 한 장면을 표지로 사용하고 있다. 뉴욕의 인간, 마틴 스콜세지 감독의 1993년 작 영화「순수의 시대」는 책을 읽고 나면 꼭 봐야 할 중요한 보조 자료(?)다. 화려하기 그지없는 드레스, 음식, 인테리어, 그림, 마차 등으로 꽉 찬 이 영화는 소설의 배경이자 주인공이라 할 1870년대 뉴욕 상류층의 삶을 구성한 요소들을 빼곡하게 보여 준다. 눈이 핑핑 돌아갈 정도로 화려한 시각적 요소가 많은 영화지만 조앤 우드워드의 우아한 내레이션이 내내 흘러 마치 이야기를 듣거나 기묘한 형식으로 책을 읽는 것처럼 느껴진다. 실제로 나는 지금도 '오디오북'이라고 하면 이상하게도 조앤 우드워드의 「순수의 시대」 내레이션이 먼저 떠오르고, 나 또한 '읽고 쓰고 듣고 말하기'가 직업인 사람으로서 언젠가 이렇게 우아하고 음악적인 느낌으로『순수의 시대』오디오북을 녹음해 보는 것이 남몰래 품은 소망이다. 마틴 스콜세지는 위대한 영화감독이지만 『순수의 시대』를 본인 스타일의 독자적 영화로 만들기보다는 책을 살아 움직이게(animate) 하는 역할에 자신의 장인적 기교를 쏟아부었다. 책을 사랑하는 사람이라면 이 화려한 '영화적 독서'라 할 진기한 경험을 놓쳐서는 안 된다.

영화에 등장하는 '화려한 시각적 요소' 중에는 배우들을 빼놓을 수 없는데, 여기서 한 가지 짚고 넘어갈 부분이 있다. 책에서 엘렌 올렌스카는 영어로 브루넷(brunette)이라고 하는 흑갈색 머리이고 메이 웰랜드는 금발인데, 영화에서는 반대로 엘렌이 금발이고 메이가 짙은 색 머리다. 아시아권에서야 머리가 새기 전에는 대부분 흑발이니 이것이 중요한 요소가 아니겠지만 서양에서는 다르다. 일단 밝은 금발과 짙은 흑발은 시각적으로 완전히 다른 인상을 주지 않는가. 나는 금발의 히스클리프를 도저히 상상할 수가 없다. 그건 전혀 다른 『폭풍의 언덕』이 될 것이다. 문학이론가 노스럽 프라이의 저서 『비평의 해부』 중에는 이런 언급이 있다.

19세기 소설의 극히 평범한 관습 가운데 하나는 한 사람은 흑발의 여인, 또 한 사람은 금발의 여인인 두 여주인공을 등장시키는 일이다. 흑발의 여인은 대체로 정열적이고 거만하고 볼품이 없고, (……) 왠지 모르게 탐탁잖은 것 또는 근친상간과 같은 일종의 금단의 과실이 연상되고 있다. 두 여인이 똑

같은 남자 주인공과 관련을 맺고 있으면 이야기의 줄거리는 보통 흑발의 여인을 제거한다든가, 또 그 이야기를 해피엔드로 끝마치지 않으면 안 될 경우 그 여인을 여동생으로 만들어 버린다. (……) 이 남성편이 브론테의 『폭풍의 언덕』의 상징 체계의 기초가 되고 있다. [27]

　　21세기에 이런 편견을 언급한다는 것은 인종 차별적인 일이 되겠으나 19세기의 소설에는 대체로 흑발에 대한 이런 인식이 자리하고 있었음을 알아둘 필요는 있다. 19세기 소설에서 흑발은 야성적이고 관능적이며 단죄와 연관된다. 그에 반해 금발의 여성은 순수함을 의미하는 경우가 많았다. 20세기 들어서는 여러 대중문화, 특히 영화를 통해 금발 여성이 관능적이고 유혹적이라는 이미지가 강조된다. 그러다 못해 점점 금발 여성은 외모에 관심이 치우쳐 있고 지능이 낮다는 편견마저 확산된다. (이 편견이 쌓이고 쌓여 2001년에 이르면 이 편견을 지렛대로 뒤집는 리즈 위더스푼의 빛나는 코미디 영화 「금발이 너무해」가 탄생한다.) 반면 흑발은 점점 친근하고 지적인 이미지로 받아들여진다.

　　의도한 것인지는 알 수 없지만 당시의 이런 편견들을 배면에 깔고 책을 읽으면 캐릭터는 한층 흥미로워진다. 짙은 색 머리인 엘렌은 자유롭고 분방해 보이지만 내면의

---

27) 노스럽 프라이, 임철규 옮김, 『비평의 해부』(한길사, 2000), 213쪽.

윤리를 끝끝내 따르려 노력하고 자신 때문에 주변 사람들이 불행해지는 것을 원치 않는다. 금발인 메이는 순진하고 주체적이지 못한 듯 보이지만 매우 주도면밀하고 목표 지향적이며 지능적이다. 책을 먼저 읽은 사람은 머릿속에 그리던 엘렌과 메이의 머리 색이 영화에서 뒤바뀐 것에 대해 혼동을 느낄 것이다. 어찌되었든 나는 마틴 스콜세지가 엘렌과 메이의 머리색을 바꾼 것에 아무런 불만이 없다. 왜냐하면 그 덕분에 나는 미셸 파이퍼의 엘렌 올렌스카를 만나게 되었기 때문이다! 마틴 스콜세지는 어느 인터뷰에서 오랫동안 자신의 마음속에서 엘렌 올렌스카 역할을 할 단 한 명의 배우는 미셸 파이퍼였다고 말한 바 있다. (그는 옳았다.) 게다가 메이 웰렌드는 위노나 라이더다. (머리색 따위가 무슨 상관인가!) 그리고 뉴랜드 아처는 다니엘 데이 루이스다. (목소리와 발성이 무척이나 아름답다.) 책 속 등장인물로서의 뉴랜드는 온실 속에서 자라 현실을 모르는 응석받이 도련님 같은 면이 있으나, 영화 속 뉴랜드는 책에 비해 훨씬 점잖고 깊은 인물이다.

책을 읽으며 상상했던 여러 부분을 정교한 영상으로 접하는 재미도 큰데 무도회가 열리는 보퍼트 저택의 내부라든가 맨슨 밍고트 부인의 응접실 장면이 그렇다. 엘렌 올렌스카의 집도 나의 상상과는 조금 다르지만 섬세하게 묘사되어 있다. 또 영화가 책의 디테일을 그려 내는 몇몇 장면은 결코 잊을 수가 없다. "마차가 나룻배로 건너가는 널판을 지나자, 그는 몸을 굽혀 그녀의 꼭 끼는 갈색 장갑의 단추를 풀고 유물에 입 맞추는 듯한 태도로 손바닥에 입을 맞추었다."[28)]라는 단 한 문장을 영화가 어찌나 황홀하게 보여 주었던지, 나는 이것을 내가 본 모든 영화 중 가장 '에로틱한' 장면으로 기억하고 있다. 또 하나의 잊을 수 없는 영화적 해석은 마지막 장면인데, "마침내 창문으로 불빛이 새어 나왔고, 잠시 후 하인이 발코니로 나와 차양을 걷고 덧문을 닫았다."[29)]라는 워튼의 건조한 문장을 스콜세지가 어떻게 영화적으로 번역하고 풍성하게 패러프레이즈 했는지를 볼 때면 나도 모르게 탄식하며 눈물을 흘리게 된다.

내가 구식이라고 해라

『순수의 시대』는 당시의 베스트셀러였고 여러 번 영화로 만들어졌다. 워튼의 생전에 이미 두 번 영화화되었고 브로드웨이 연극으로도 상연되었다. 첫 영화는 1924년에 발표된 무성 영화였다. 워튼은 1926년 사적인 편지에 이렇게 썼다.

"나는 항상 똑똑하고 교육받은 사람이 만들면 『순수의 시대』가 멋진 영화가 될 텐데 하고 생각했어."

워튼은 첫 번째 영화가 그리 만족스럽지 않았던 것 같다. 두 번째 영화는 1934년에 만들어졌는데 흥행에 실

---

28)『순수의 시대』(민음사, 2008), 352쪽.
29) 위의 책, 443쪽.

패했다. 워튼이 스콜세지의 1993년 영화를 보았다면 꽤나 만족하지 않았을까 상상해 보지만 그건 알 수 없는 노릇이다. 앞서 『순수의 시대』 대부분의 배경이 되는 1870년대 초와 책이 출간된 1920년 사이에 마차의 시대에서 자동차의 시대로 이행하는 변화가 있었다고 이야기했다. 그 사이에는 또 하나의 굉장한 기술이 생겨나고 또 급속히 퍼져 나갔는데, 다름 아닌 영화다. 필름을 이어 붙여 움직이는 영상을 만드는 기술은 점점 발전해서 1895년 뤼미에르 형제가 시네마토그래프로 최초의 상업적 상영을 하는 데 이른다. 이후 영화는 대단한 인기를 얻고 빠른 기술 혁신과 함께 세계적으로 거대한 사업이 되어 간다. 1924년의 첫 번째 『순수의 시대』 영화와 1934년의 두 번째 영화 사이에는 기술적으로 커다란 도약과 격변이 있었다. 토키(talkie), 즉 유성 영화의 시대가 시작된 것이다.

진 켈리가 빗속에서 우산을 들고 춤을 추는 장면으로 유명한 고전 뮤지컬 영화 「사랑은 비를 타고」는 1952년 작이지만 배경은 1927년 언저리로서, 바로 이 유성 영화 기술이 출현하던 시기의 이야기를 다룬다. 영화 속에는 마치 스티브 잡스가 애플 사의 새로운 제품이나 기술을 발표하듯이, 영화 제작사가 당시의 최신 기술 '토키'의 등장을 VIP들에게 프리젠테이션하는 장면이 나온다. 영화 속에서 프리젠테이션 영상이 재생되면 흑백 화면에 나오는 남자가 카메라 가까이 얼굴을 들이대고 말한다.

"저는 지금 말을 하고 있습니다. 제 입술과 목소리는 완벽하게 들어맞습니다."

영상과 음성을 꼭 맞게 싱크해서 등장인물이 말하는 것을 보면서 동시에 그 내용을 들을 수 있게 한 것이다. 이 혁신적인 신기술 프리젠테이션이 끝나자, 머리 뒤로 화려한 깃털들을 꽂고 못마땅한 표정을 한 여성 배우가 영화 제작자에게 한마디 쏘아붙인다.

"천박하군요.(It's vulgar.)"

또 다른 신사는 이렇게 말한다.

"이걸로 대체 뭘 하겠나."

그러자 등장인물 코스모 브라운이 이렇게 대꾸한다.

"그게 바로 말 없는 마차를 두고 사람들이 하던 말이었죠."

물론 말 없는 마차는 초기의 자동차를 일컫는 말이다. 자동차와 영화가 생겨나던 때라니, 얼마나 커다란 변화의 시대인가. 영화 속 장면이지만, 토키 기술이 처음 시험되었을 때 틀림없이 이런 여성 배우와 신사처럼 반응하는 사람들이 있었을 것 같다. 세상의 모든 신기술의 탄생에는 눈살을 찌푸리는 사람들이 있었으니까. 심지어 문자라는 새로운 발명품이 쓰이기 시작했을 때도 자연스러운 기억력 대신 문자에 의존하게 되는 것은 탐탁지 않다며 반대하는 사람들이 많았다. 소크라테스도 그중 한 명이었다.

무성 영화(silent film)는 영상에 소리가 입혀져 있지 않았을 뿐 결코 조용한 영화가 아니었다. 무성 영화는 등장 초기부터 늘 음악과 함께했기 때문이다. 이 시절의 영화 음악은 점점 라이브 오케스트레이션으로 발전해, 오페라 서곡을 쓰거나 고전 음악 중 일부를 발췌하기도 하고 새로 작곡을 하는 등 다양한 레퍼토리를 관현악단이 영상에 맞춰 극장에서 직접 연주했다. 당시의 부르주아와 상류 사회의 사람들에게 영화 감상은 영상이 있는 음악회를 즐기러 가는 것이기도 했다. 화려한 옷을 차려입고서 대리석 계단 위로 붉은 양탄자가 깔리고 높다란 커튼이 드리운 극장에 영화를 보러 가는 사람들을 상상해 보라. 화면에는 근사한 배우들의 연기가 흑백으로 상영되고, 그들의 대사는 장식적인 서체로 쓰여 사이사이에 배치된다. 그동안 화면 바로 밑에서는 오케스트라가 지휘자의 손놀림에 맞춰 라이브 음악을 연주한다. 이런 형식은 금세 관습으로 자리 잡고, 이 관습에 익숙한 관객들을 불러모은다. 그런데 음악이 끊기고 배우가 말할 때마다 대사 하나하나가 실시간으로 들린다면 그것은 얼마나 관습과 다른 경험이 되겠는가? 영상 아래에서 관현악단이 직접 연주하는 생생함에 비해 이미 녹음된 것은 얼마나 납작하게 느껴지겠는가? 이전의 형식을 사랑한 관객일수록 새로움에 더 크게 저항하게 된다. '천박하다'고 말하게 되는 것이다. 그리고 알다시피 오늘날 우리들은 이 천박한 기술을 좋아하게 되었다.

책 『순수의 시대』에는 이런 문장이 나온다.

"오, 틀림없이 그렇겠지요. 보퍼트는 천박한 사람(a vulgar man)이니까." [30]

여기서 보퍼트는 올드 뉴욕의 꽉 짜인 관습을 뒤흔드는 신흥 부자 세력의 기수인 줄리어스 보퍼트를 말한다. 전력은 베일에 가려져 있으나 어마어마한 부를 과시하고 또 관대히 그것을 베풀며 '평민보다 못한' 신분에도 불구하고 뉴욕 상류 사회에 당당히 입성한 그를 올드 뉴욕 사람들은 선망하고 질시하면서도 천박하다고 수근거린다. 실제로 그는 결혼한 몸으로 끝없이 여자들과 염문을 뿌리는 바람둥이이며, 투자 방식에도 어딘지 석연치 않은 데가 있다. 그런 보퍼트를 진심으로 반기는 올드 뉴욕의 몇 안 되는 중심 인물 중 하나가 맨슨 밍고트 부인으로, 사촌지간인 엘렌과 메이의 할머니다. 호방한 대장부 스타일의 밍고트 부인은 올드 뉴욕의 여러 관습을 몸소 물리치며 살아온 입지전적인 인물로서 항상 새로운 것에 열려 있고 세상 돌아가는 형세와 사람의 내면을 꿰뚫어 보는 날카로움을 지녔다. 밍고트 부인은 뉴욕에 새로운 균열을 일으키는 줄리어스 보퍼트의 대담한 행보를 지켜보며 즐거워하는데, 그 둘은 '냉정하고

---

30) 위의 책, 50쪽. 이하 원문은 추가한 것이다.

오만불손한 태도와 관습을 무시하고 질러 가는 방식에서 어딘가 닮은 데가 있었다.'

밍고트 부인은 어느 날 뉴랜드에게 자신의 자손들 중에 자기를 닮은 건 엘렌이 유일하다고 말한다. 이런 할머니의 기질을 닮아선지 엘렌은 줄리어스 보퍼트와 거리낌없이 어울리고, 뉴랜드는 질투심을 느낀다. 보퍼트를 '가장 천박한 위선자'라고 생각하고 엘렌을 '보퍼트와 놀아나는 여자라면 더 볼 것도 없다.'라며 마치 자신이 그들을 위에서 내려다보는 양 깎아 내렸다가도 곧바로 엘렌의 시점에서 보퍼트와 자신을 나란히 놓고 비교하며 보퍼트의 유연하고 넓은 세계가 자신의 뻣뻣하고 협소한 세계보다 더 매력적일 것 같아 괴로워한다. 그가 천박하다고만 여겼던 사람의 매력과 미덕이 무엇인지에 대해 생각해 보는 것이다. 뉴랜드는 이전까지 올드 뉴욕 가치관의 수호성인이라 할 밴 더 라이든 부부를 거의 신앙처럼 섬겼으나 이제는 그들도 그리 대단치 않게 여겨진다. 그를 둘러싼 작고 미묘한 세계가 뒤흔들리는 것만 같다. 그렇다면 그의 인생에서 끝내 붙들어야 할 가치란 도대체 무엇이란 말인가? 그는 과연 무엇을 '향해' 살아야 할까? 뉴랜드는 엘렌을 만난 이후 처음으로 이런 질문을 품게 된다. 그는 알을 깨고 밖으로 나가고 싶다.

기술의 변화, 시대상의 변화, 속도의 변화, 가치관의 변화는 긴밀히 맞물려 돌아간다. 책의 종결부에 이르면 세상은 그동안 너무도 많이 변해 있다. 책 속의 시간으로는 삼십 년이 흘렀다. 삼십 년 전, 엘렌 올렌스카와 뉴랜드 아처와 줄리어스 보퍼트는 '전화'라는 물건에 대해 이야기를 나눈 적이 있다. 이 '전선으로 얘기하는 새로운 발명품'은 초기 단계라 아직 제대로 구실을 못 했고, 꿈 같은 얘기지만 언젠가는 진짜로 멀리 떨어진 도시에서도 서로 대화할 수 있게 될지도 모른다며 그들은 에드거 앨런 포나 쥘 베른을 떠올린다. 이들은 환상 문학이나 SF 작가들이니, 전화로 이야기를 주고받는 것은 현실이 아닌 상상의 세계에서나 가능한 일이라고 여기는 것이다. 삼십 년이 지난 지금, 뉴랜드는 벨이 울리는 소리에 전화기를 집어 들며 생각한다. '놋쇠 단추 달린 제복을 입은 사환의 다리가 뉴욕의 유일한 긴급 연락 수단이었던 시절에서 얼마나 멀리 왔는가!'

삼십 년 전에 뉴랜드는 저지 시티의 기차역에 내린 엘렌을 브루엄 마차에 태우고 나룻배에 올라 맨해튼으로 들어온 적이 있다. 두 시간 정도가 걸리는 그 여정은 뉴랜드의 인생에서 너무도 귀중한 시간이었다. (그 두 시간이 그의 '전 생애를 밝게 비추어 주었을' 것이다.) 당시에도 펜실베이니아 철도 기차가 허드슨강 아래 터널을 통해 뉴욕으로 곧장 이어질 날이 올 거라고 말하는 사람들이 있었다. 닷새 안에 대서양을 횡단할 수 있는 배라든가 하늘을 나는 비행기, 또는 전선을 쓰지 않는 통신 수단 등등 『아라비안나이트』에나 나올 법한 이야기를 하는 그런 사람들을 뉴랜드는 꿈같은 소

　　　　　　　내 인생을 망치러 온 나의 구원자

리를 하는 부류라고 생각했다. 세월이 흘러『순수의 시대』가 출간된 1920년에는 이 모든 것이 현실이 되었고, 뉴랜드가 그토록 두근거리며 엘렌을 태웠던 브루엄 마차도, 마차를 태워 허드슨강을 건넜던 나룻배도 이제는 모두 흔적도 없이 사라져 버렸다. 세상의 모습이 바뀐 만큼 사람들의 가치관과 삶도 그동안 상상도 못 했을 만큼 바뀌었다. 정보와 물체와 물질의 유동성과 속도는 전에 없던 가능성을 만들어 낸다. 기업들은 그로부터 새로운 시장을 발견하고, 사람들의 관계, 일상, 생애도 변화한다. 덧붙이자면 바로 그래서 요즘 대부분의 사람들이 책을 읽지 못하는 것이다. 삼십 년의 세월만으로도 수많은 것이 상상도 못 하게 변화하는데 심지어 100년 전에 쓰인 책 이야기를 책으로 하고 있다니. 갑자기 읽고 계신 독자 여러분께 감사를 드리고 싶다. 하지만 장담하건대 여러분과 나 같은 부류에게는 매우 다른 종류의 보상이 주어지며, 그것은 아주 비밀스럽고도 값진 것임을 보증한다.

　삼십 년 전, 보퍼트보다 더한 위선자 래리 레퍼츠는 자신이 마치 도덕군자인 양 보퍼트를 경멸하며 이렇게 소리 높인 적이 있다. "사태가 이런 속도로 진행된다면, 우리 자식들이 보퍼트의 사생아들과 결혼하는 꼴을 보게 될 겁니다." 세월이 흐른 지금 정말로 뉴랜드 아처의 아들이 그 '천박한' 보퍼트의 딸과 결혼하게 될 참이다. 그렇지만 누구도 놀라거나 비난하지 않고, 아무도 과거니 출신 따위에 신경 쓰지 않는 세상이 되었다. 한때 모든 노력을 다해, 인생에서 가장 소중한 것을 희생해 가며 지켜 내려고 했던 모든 것이 불과 삼십 년 사이에 아무것도 아닌 것이 되어 있다.

　　여기서 이디스 워튼이 삼십 년(또는 출간 시기를 기준으로 하면 오십 년)의 시간차를 두고 소설을 쓴 이유를 엿볼 수 있다. 엘렌 올렌스카가 세계 다양한 곳에서의 공시적 삶의 차이를 경험하며 연주시차를 통해 내면의 윤리를 벼렸듯, 흐르는 세월 속에 덧없이 사라지는 것은 무엇이고 끝내 남는 것은 무엇일까를 통시적 차이를 통해 생각해 보게 하는 것이다. 한때 뉴랜드가 품었을 법한 의문처럼, '우리는 과연 무엇을 '향해' 살아야 할까.'라는 질문을 던진다. 워튼은 성급한 결론을 내리지 않는다. 모든 것은 헛되니 마음을 좇으라고도 하지 않고, 사라져 버린 올드 뉴욕의 가치관을 우스꽝스럽기만 한 것으로 그리지도 않는다. 만약 그럴 마음이었다면 이토록 공을 들여 오십 년 전의 세계를 복구하지도 않았을 것이다. 모든 것이 변해 버린 세계가 천박하기만 한가? 그렇지도 않다. '새로운 질서에도 역시 좋은 점이 있다.' 이제 쉰일곱 살이 되어 개방적이고 활기찬 아들과 함께 프랑스를 방문한 뉴랜드 아처는 생각한다. 그는 모든 의무를 충실히 다하며 살아왔다. 그리고 그 삶도 나쁘지만은 않았다. 옛날에는 옳은 것과 그른 것, 정직과 부정직 등의 경계가 명확했다. 그런데 그것은 누구의 기준이었던가? 그는 오랫동안 샹젤리제 거리의 벤치에 앉아 삶이 흘러갈 동안

　　　　　내 인생을 망치러 온 나의 구원자

무슨 일이 있었을까 생각한다……

　"내가 구식이라고 해라.(Say I'm old-fashioned.) 그거
면 충분해."[31]

　　이윽고 뉴랜드 아처가 남기는 말은 오랜 세월이 만
들어 낸 공간을 가득 채우며 울리는 종소리처럼 독자의 마
음을 함께 울린다. 모든 것은 가능했다. 다만 그러지 못했을
뿐. 이 말에는 책을 읽어 온 우리도 알게 된, 너무도 많은 사
건과 감정과 기억과 회한, 세월의 흔적이 담겨 있어 쉽게 그
뜻을 몇 마디로 요약하기 어렵다. 도저히 요약되지 않는 말
을 받아 들게 되는 것. 저마다의 안에서 무수히 다른 향을
피워 올릴 한두 문장이 삶 속에 남는 것. 소설 읽기의 아득
한 즐거움이 또한 여기에 있다.

　배면의 이야기
가장 표면적인 층위에서 보면 『순수의 시대』는 나무랄 데
없는 주인공 뉴랜드 아처, 그러니까 아들, 아버지, 남편으로
서 그리고 한 사람의 시민으로서 자신의 의무를 다하며 살
아온 한 남자의 생애에 드리운 가슴 아픈 사랑과 회한의 이
야기로 읽힌다. 이 책이 층층이 다른 풍미의 레이어를 정교

---

31) 위의 책, 442쪽.

하게 쌓아 만든 케이크라고 치면 가장 겉면에 발린 코팅만 놓고 봤을 때 그렇다. 이 작품으로 이디스 워튼은 여성 최초로 퓰리처상을 수상했다. 심사위원들은 "미국의 건전한 생활 분위기와 미국인들의 예의범절 및 남성적 미덕의 가장 높은 기준을 표현했다."라고 심사평을 밝혔다고 한다. 이에 대해 이디스 워튼조차 심사위원들이 소설을 제대로 이해한 것인지 갸웃했다고 하는데, 다시 읽어 봐도 참 조목조목 역설적이다. 코팅을 한 겹만 벗겨 봐도 이 소설은 심사평과는 완전히 반대로 '미국인들의 가식과 시선의 폭력, 경직된 가치관 속에 묶여 버린 진실한 열정, 결국 패배한 한 남성의 이야기'로 읽히기 때문이다.

아까 『순수의 시대』는 뉴랜드와 엘렌의 사랑 이야기이기도 하지만, 한편으로는 엘렌과 메이의 대결에 대한 이야기이기도 하다고 했다. 마찬가지로 『순수의 시대』는 사회에 억압당한 한 남성의 순애보이기도 하지만, 어찌 보면 점잖은 버전의 『배빗』처럼 읽히기도 한다. 『배빗』(1922)은 동시대의 미국 작가 싱클레어 루이스의 대표작으로, 이종인 번역가는 역자 해설에 이렇게 쓰고 있다. "『배빗』이라는 말은 일반 명사가 되어 모든 영어 사전에 등재되어 있으며 랜덤하우스판 영어 대사전에는 이렇게 정의되어 있기도 한다. 중산층의 관습과 이상을 아무 비판 없이 받아들이는 교만한 사람, 기업과 물질적 성공의 가치관을 무비판적으로 받아들이는 사람을 뜻한다. 싱클레어 루이스의 동명 소설에 나오는 주인공의 이름에서 나온 말로, 주로 속물을 의미한다."[32] 『배 빗』의 주인공 조지 F. 배빗은 자기가 진정 원하는 대로, 자신 의 신념대로 살 수도 있었다. 하지만 그러지 않았다. 매번 그 는 어쩔 수 없다고 생각하며 속물적인 삶을 살아간다. 갈등 이 없었던 것은 아니고, 어떤 자각이 일어날 뻔도 했으나, 그 는 결국 그렇고 그런 부동산 업자이자 자본주의를 종교 삼 은 사업가로 살았다. 소설의 맨 마지막에 이르면 이제 성인 이 되는 아들의 어깨를 두드리며 배빗은 말한다. "평생 동 안 난 내가 원하는 일을 단 한 가지도 해 보지 못했다! 그냥 시류를 타고 흘러가는 것 외에 뭘 성취했는지 모르겠어."[33] 그가 그런 삶을 산 것은 그런 삶을 선택했기 때문이다.

　　뉴랜드 아처는 고결한 뉘앙스를 지닌 배빗이라고도 볼 수 있다. 이렇게 말하는 것은 가혹한 일일지도 모르겠다. 뉴랜드는 어느 순간 깊이 자각했고, 자신이 속한 세상으로 부터 도망치려고도 했으나 수많은 거미줄로 꽁꽁 묶여 옴쭉 달싹 못하게 된 것도 사실이니까. 마틴 스콜세지는 이 우아 한 영화 『순수의 시대』가 사실은 본인이 자주 만든 폭력적 인 마피아 영화와 비슷하게 '조직 아니면 죽음'이라는 논리 로 전개되며, 이 영화야말로 자신의 모든 필모그래피 중에 서 가장 잔인한 영화라고 말하기도 했다. (그럴 리가!) 그만

---

32) 싱클레어 루이스, 이종인 옮김, 『배빗』(열린책들, 2011), 499쪽.
33) 위의 책, 496쪽.

큼 뉴랜드의 사정은 가슴 아프다. 하지만 결국 뉴랜드는 그 작은 세계 속에서 지켜야만 한다고 여긴 것을 지키느라 자신이 진정으로 원한 삶을 살지 못한다. 조지 F. 배빗과 마찬가지로 그가 그런 삶을 산 것은 그런 삶을 선택했기 때문이다. 뉴랜드는 차마 로켓을 붙들고 날아오르지 못해 영원히 지구에 남아 프로그래밍된 일을 하는 월-E가 되어 버렸다. 물론 쓰레기별이 아닌 안락하고 풍요로운 상류사회 속의 모범 시민으로서.

어떤 각도에서 보느냐에 따라 전혀 다른 색깔로 읽히기도 하는 『순수의 시대』에는 지독하게 쓴맛과 가장 감미로운 달콤함이 정교하게 배합되어 있다. 싱클레어 루이스는 『배빗』을 이디스 워튼에게 헌정했다.

시선이라는 폭력

'춤춰라, 아무도 보고 있지 않은 것처럼.'이라는 말을 한 번쯤 들어 봤을 것이다. 실제로 누가 보고 있는데 아무도 보지 않는 것처럼 춤추기란 어려운 일이다. 바로 그렇기 때문에 저 말이 인상에 남는 것이다. '남들 눈이 무섭지도 않으냐.', '남들 볼까 두렵다.'라는 표현도 자주 쓰인다. 인간은 사회적 동물이다. 다시 말하면 '인간은 군집 생활을 하는 포유류다.' 군집 생활을 하는 대부분의 동물들에게 그렇듯이, 군집으로부터 낙오되는 것은 곧 죽음을 의미한다. 호모 사피엔스에게 집단 따돌림은 생명까지 위협하는 공포스런 일이다.

인간은 어려서부터 '남들 눈'에 부합하도록 교육받으며 자란다. 그러니 남들의 시선을 신경 쓰지 않기란 여간 어려운 일이 아니다. 춤을 출 때조차도.

그런데 시선에는 매우 복합적인 힘이 작용한다. 내가 어렸을 때 아이들이 곧잘 불렀던 노래 중에는 이런 것이 있다. '텔레비전에 내가 나왔으면 정말 좋겠네 정말 좋겠네 춤추고 노래하는 예쁜 내 얼굴.'[34) 훗날 케이팝 산업의 탄생을 예견한 듯한 가사다. 텔레비전에 출연해 춤추고 노래하는 사람을 보면서 '나도 저렇게 다른 사람들이 바라보면서 감탄하는 사람이 되면 좋겠다.'고 생각하는 마음을 노래하고 있다. 물론 노래를 지은 사람은 어린이가 아니라 어른이지만, 왜 가족들 앞에서 춤추고 노래하는 데서 그치지 않고 텔레비전에 나왔으면 좋겠다는 노래가 그렇게 광범위하게 불렸을까? 다른 사람들이 바라보는 사람, 많은 시선을 받는 위치가 되는 데에는 분명 어떤 매력이 있다. 2020년대의 SNS 사회에 사는 우리는 시선의 수를 계측할 단위도 갖게 되었다. 팔로워 수를 뜻하는 K, M, B로서 각각 천(Kilo), 백만(Million), 십억(Billion)을 뜻한다. 팔로워가 지나치게 많은 사람은 '아무도 보고 있지 않은 것처럼' 춤추기가 얼마나 더 어려울까? 하지만 자신을 지켜보는 시선이 많다는 것은 곧 권력이기도 한 것이다. 우리는 지구 역사상 시선이라

---

34) 정근 작사, 작곡, 「텔레비전」(1980년대)에서 일부 인용.

는 문제가 가장 복잡하고 거대해진 시대를 살고 있다. 이디스 워튼은 SNS는커녕 텔레비전도 탄생하기 전에 시선의 문제에 대해 깊이 있게 성찰했던 사람이다.

옛날부터 권력을 가진 사람은 많은 이들의 시선을 받았다. 왕(또는 왕의 상징)은 제의를 집전하거나 행사를 치를 때 가장 많은 사람이 볼 수 있는 위치에 있었고 또한 가장 많은 사람을 내려다볼 수 있는 높이에 있었다. 왕의 행차, 퍼레이드, 개선식 등은 옛날 사람들에게 중요한 볼거리이자 엔터테인먼트였다. 또한 왕의 권위에 대한 대중의 동의를 확인하고 강화하는 수단이었다. 권력을 가진 사람이 많은 시선을 받기도 하지만 시선을 많이 받는 사람이 권력을 가지게도 되는 것이다. 하지만 왕은 필요 시 다른 이들의 시선을 차단할 수 있었다. "물렀거라." 한마디면 해결이었다. 하지만 요즘의 스타들은 아무리 "물렀거라."를 외쳐도 파파라치들의 카메라나 생활 반경 안의 모든 사람이 가지고 있는 스마트폰을 완전히 물리치기가 어렵다. 에이미 와인하우스나 브리트니 스피어스에 대한 다큐멘터리를 보면 플래시 세례를 지긋지긋해하며 카메라로부터 황급히 달아나는 그들의 모습이 꼭 총을 든 추격자들로부터 달아나는 사냥감의 공포에 질린 모습 같다.

앙리 카르티에 브레송은 사진작가가 되기 전 아프리카에서 사냥을 하며 지낸 적이 있었는데, 나중에 사진가와 모델 사이의 관계의 '침입적' 측면에 대해 이렇게 말한다.

다른 사람들의 사진을 찍는 일에는 아주 끔찍한 면이 있으며, 이 행위는 분명 뭔가를 위반하는 것이어서 예민하게 접근하지 않으면 야만적이 된다고.[35] 수전 손태그는 그의 저서 『사진에 관하여』에서 카메라에 필름을 넣는다(loading), 카메라를 들고 겨냥한다(aiming), 사진을 박는다(shooting)는 단어들에서 관찰되는 카메라와 총의 유사성에 대해 말하며, '결국 사람들은 자신이 지닌 공격성을 총보다는 카메라를 통해서 분출하는 방법을 깨우치게 될 것이다.'라고 다소 으스스하게 썼다. '남들 눈'은 카메라라는 기술을 만나고, 카메라는 스마트폰이라는 기술에 이식되며, 스마트폰에는 SNS라는 기술이 탑재되어 오늘날의 세상을 이룬다. 기술은 생활상을 바꾸고, 바뀐 생활상은 가치관에 영향을 미친다. 오십 년 전 1970년대의 세상에서 살던 사람이 점진적 적응의 기간 없이 하루아침에 지금의 세상으로 오게 된다면 모두가 어딘가에(또 많은 경우 스스로의 얼굴에) 스마트폰을 들이대고(aiming) 사진을 박고(shooting) 온라인에 올려 대는(uploading) 지금의 세태가 천박(vulgar)해졌다고 느낄 것이다. 사진과 영상이 무기가 되는 디지털 성범죄에 대해서는 엄청난 충격을 받을 것이다.

　'텔레비전에 내가 나와서 정말 좋을' 무대 위의 케이팝 스타는 일거수일투족이 다양한 앵글로 모두 찍혀 동작

---

35) 마이클 키멜만, 박상미 옮김, 『우연한 걸작』(세미콜론, 2009) 참조.

이나 몸매, 액세서리 하나하나까지 다른 사람들의 평가 앞에 놓이게 된다. 많은 시선을 받는 것은 많은 사랑을 받는 것과 같지만 또한 그 시선의 폭력적인 감시망 앞에 스스로를 놓아 두는 일이 되기도 한다. 한순간의 실수는 영원히 박제된다. 수많은 선망의 시선은 이면이 드러나거나 오해에 휩싸이면서 순식간에 싸늘한 시선으로 돌변할 수도 있다. 동시에 이 시선의 감시망은 약자에게 안전망으로 작용하기도 한다. 오랜 갑질 문화나 권력형 성범죄는 스마트폰에 담긴 영상 몇 개로 만천하에 드러나 죗값을 치르기도 한다. 시선은 또한 형벌의 일종이 된다. SNS 시대에도 곧잘 일어나는 '조리돌림'은 원래 죄를 지은 사람을 많은 사람에게 보이도록 거리에서 끌고 다녀 수치심을 주는 것을 일컫는다. 이때의 시선은 형벌이지만, 때로는 시선을 주지 않는 것도 형벌의 일종이 된다. 의도적인 무시란 얼마나 정확한 고통인가.

이디스 워튼의 단편집 『올드 뉴욕』(1924)에 수록된 「새해 첫날」이라는 단편은 시선을 둘러싼 서스펜스를 마치 히치콕 영화처럼 숨 가쁘게 끌고 간다. 알프레드 히치콕 감독은 서스펜스와 서프라이즈의 차이에 대해 프랑소와 트뤼포에게 이렇게 설명한 적이 있다. 아무 일도 없다가 식탁 밑에서 갑자기 '쾅!' 하고 폭탄이 터지는 것은 서프라이즈다. 식탁 밑에 누군가 폭탄을 설치하는 것을 관객이 보았고, 그 폭탄은 1시에 터지게 되어 있다는 것을 관객이 알고 있는데,

마침 카메라가 비춘 벽시계가 12시 45분을 가리키고 있는 것이 서스펜스다. [36] 단편 「새해 첫날」의 주인공 리지 하젤딘 부인은 내연남과 5번가의 호텔에서 만났다가 호텔에 불이 나는 바람에 베일을 제대로 쓸 겨를도 없이 뛰쳐나온다. 이 일이 모든 것의 발단이다. 사실 건너편 유리창 안에서 수많은 사람이 리지 하젤딘을 목격했지만 그녀는 이 사실을 모른다. 재빨리 베일을 내리고 거리를 걸어 내려간 리지 하젤딘의 속마음이 서술된다. '베일을 내리기 전에 누가 내 얼굴을 보았을까? 나는 거리낌없이 호텔에 있었다고 인정해야 의심을 덜 받을까, 아니면 그 근처에 가지 않았다고 잡아떼야 할까? 저 사람은 나를 의심하고 있을까, 아니면 아무것도 모를까?' 시선의 감시망 속에서 극도의 불안감을 느끼는 여성의 심리가 베일 속에서 가쁘게 몰아쉬는 숨소리처럼 생생하게 다가온다. 시선의 여부가 히치콕이 말한 식탁 밑의 폭탄 같은 긴장감을 자아낸다. 그녀는 생존의 위협을 느끼고 있다.

그날 저녁 파티에서 리지 하젤딘은 사비나 웨슨과 정면으로 마주친다. 사비나 웨슨은 그날 낮에 호텔에서 뛰쳐나온 그녀를 보았지만 리지는 그 사실을 모른다. 리지는 사비나가 자신을 보았는지, 또 그녀가 어떤 태도를 취할지

---

36) 프랑수아 트뤼포, 곽한주, 이채훈 옮김, 『히치콕과의 대화』(한나래, 1994) 참조.

가 무척 중요하겠다고 생각되어 말을 건다.

"웨슨 부인, 정말 친절하시게도……."

그런데 사비나 웨슨은 사라졌다! 불과 이 초 전만 해도 눈앞에 있었는데 '자신을 사람들 눈에 보이지 않게 하거나 알 수 없는 방법으로 지구상의 다른 장소로 이동시켜서라도 누군가를 피하려는 그 신비한 보호 능력을 발휘함으로써' 리지를 무시하고 빨간 부채를 흔들며 다른 사람들에게로 가 버린 것이다. 리지 하젤딘은 꼼짝 않고 서서, 이마를 강타당한 것처럼 눈앞이 아찔하다고 느낀다. 올드 뉴욕에서 그런 의도적이고도 공개적인 무시는 치명적인 상처를 주는 것이며 상대를 '매장'시키려는 행위다. 시선을 줌으로써가 아니라 시선을 거둠으로써 상대의 이마에 총을 쏜 것이다.

시선의 문제가 유독 여성에게 왜 그렇게 생존과 직결되는 문제인지를 이디스 워튼은 정확히 간파했다. 평판의 사회 속에서 추문이 벌어질 때 남성보다 여성이 입는 타격이 훨씬 컸기 때문이다. 사회는 남성에게는 그럴 수도 있다는 관대함을 보였으므로 남성은 얼마든지 재기할 수 있었지만 여성에게는 그럴 기회를 주지 않았다. 평판에 오점이 생기면 여성은 그대로 나락으로 떨어졌다. 그리고 더 근본적인 문제가 있다. 지금은 이 문제를 더 간단히 설명할 수 있다. '대상화(objectification)'라는 말이 점점 더 많이 쓰이고 있기 때문이다. 1997년 바버라 프레드릭슨과 토미앤 로버츠는 '대상화 이론'을 발표했다. 대상화란 인간을 총체성을 지닌 인간으로 보지 않고 물건이나 수단처럼 취급하는 것을 뜻한다. 성적 대상화(sexual objectification)는 타인을 자신의 성적 욕망을 만족시키기 위한 수단 또는 그럴 용도를 위한 신체 부위의 총합으로 대하는 것이다. 자기 대상화(self-objectification)는 스스로를 주체적으로 인식하기보다 다른 사람의 시선의 대상으로 인식하는 것으로, 종종 타인의 시선을 내재화하여 스스로의 신체 이미지를 혐오하거나 비판하는 결과로 이어진다. 거식증이나 폭식증 등을 초래하기도 하고, 일상 생활 내내 극도의 긴장감과 스트레스를 유발한다. 언어, 영상물, 광고, 관습 등등 문화 전반에서 촘촘히 일어나는 대상화의 거미줄을 완전히 피해 갈 수 있는 여성은 없다. 그 결과 수많은 여성이 스스로도 인식하지 못한 채 거미줄에 꽁꽁 묶인 삶을 살게 되기 쉽다. 여성들에게는 너무도 거대하고 근본적인 문제지만 여성에 관한 것에는 언어를 부여하지 않는 오랜 역사와 관습 탓에 오랫동안 그것을 표현할 말조차 없었다. 마치 역사의 시작부터 늘 존재했던 '성희롱(sexual harassment, 요즘은 '성적 괴롭힘'이라고 쓴다.)'이 1976년에 미국에서 처음으로 언어화되기 이전에는 세상에 그것을 지칭할 말이 없었던 것처럼.

이디스 워튼은 대상화 이론이 발표되기 100년쯤 전에 『환락의 집』을 썼다. 서문을 쓴 신시아 그리핀 울프의 정확한 지적처럼, 이 책에서 중요한 주제 중 하나는 '늘 대상으로서만 존재하는 여성이 능동적인 주체(또는 예술가)가 될 수 있을 것인가.'다. 더구나 주인공 릴리 바트는 모든 이의 눈길을 사로잡을 만큼 굉장한 미인이다. 릴리 바트는 아름다움을 연출하고 북돋는 능력을 가지고 있지만 그 스스로가 장식적인 역할을 맡은 존재로서 늘 타인의 시선을 통해 자신을 그리면서 대상으로서의 스스로를 연출해야 한다. 이 무한 재귀의 루프에서 빠져나오는 것이 과연 가능할 것인가?

　　　몇 년 후 발표한 사교계 삼부작의 두 번째 작품인 『그 지방의 관습』에는 거의 잔혹하다 할 만한 결혼 비즈니스우먼 언딘 스프라그가 등장한다. 언딘 역시 눈부신 미인이지만 '유리처럼 단단해 보이는 겉모습에도 불구하고, 속은 밀랍처럼 말랑말랑하기 짝이 없었던' 릴리 바트와 달리 겉도 속도 유리처럼 단단한 여인이다. 그러나 언딘의 내면은 유리처럼 투명하게 비어 있기도 하다. 언딘은 지능이 높은 인물이지만 그 지능을 사용할 방법과 그것으로 추구해야 할 가치를 제대로 배울 기회가 전혀 없었다. 언딘이 '향해서' 살아야 할 그 무언가는 결혼밖에 없다. 그리고 언딘 역시 릴리처럼 끝없이 거울을 보는 자기 대상화의 화신이다.

　　　'대상화'라는 말이 비교적 상식적인 단어로 자리 잡기 100년 전에 이미 이디스 워튼은 여성을 향한 시선의 권력과 폭력이 얼마나 깊숙이, 근본적인 곳까지 작용하는가에 대해 썼다. 그것도 2020년대의 독자들 또한 손에서 책을 놓지 못할 만큼 흡인력 있는 이야기와 매혹적인 문체를 통해. 『순수의 시대』 또한 시선이라는 폭력이 마치 악타이온을 물어뜯는 사냥개들처럼 무언가를 죽여 버리는 이야기다. 이디스 워튼의 작품들은 '고전은 계속 숨을 쉬어야 한다.'는 말의 가장 현재적인 증거다.

감옥 같은 삶

앞으로 '대상화'라는 개념은 점점 더 광범위하게 쓰일 것이다. 앞서 말한 대로 우리는 카메라와 온라인의 융합물인 스마트폰을 통해 이미지가 범람하는 시대를 살고 있고, 초소형 카메라와 무한 저장 공간의 결합으로 CCTV나 차량용 블랙박스, 불법 촬영물 등의 시선이 어디에나 있다는 감각을 내재화하기에 이르렀다.

이제 다시 소설의 출발점이었던 오페라하우스로 돌아가자. 그곳은 파놉티콘이자, 뉴랜드 아처에게는 자신을 둘러싼 '세계'의 중심이었다. 그는 시선을 던지는 사람, 오페라글래스를 눈에 대고 객석을 훑는 사람, 앙리 카르티에 브레송의 말처럼 '카메라 렌즈 뒤에서 사냥감에게 시선의 방아쇠를 당기는' 사람, 자신이 익숙하게 알고 있는 예법과 관습을 벗어나는 모습을 포착하면 불쾌함을 느끼는 사람 중의 하나였다. 그는 배워 온 대로 자연스럽게 거미줄을 내뱉고 그것을 함께 짜는 데 동참해 온 사람, 즉 일종의 감시자였다. 엘렌 올렌스카가 나타나 거미줄의 존재도 모른다는 듯 행동하자 그는 자신도 모르게 거미줄을 끌어와 미국인이 되고픈 엘렌에게 하나씩 정성스레 걸어 준다. 엘렌에게는 시선의 권력을 무화시키는 힘이 있었다. 하지만 이 뛰어난 소설이 전개하는 촘촘한 연쇄 반응을 통해 엘렌은 뉴랜드를 위하는 마음 때문에 스스로 거미줄 속으로 걸어 들어가게 된다. 뉴랜드는 엘렌을 사랑하게 되면서 거대한 새로운 세상을 보게 되었고, 어느 순간 자신이 속한 그 작은 세계의 예의 법도가 우스꽝스러운 아이들 장난이나, 아무도 이해하지 못한 형이상학적 용어들을 놓고 중세의 신학자들이 벌이는 언쟁처럼 느껴진다.

하지만 뉴랜드가 파놉티콘을 벗어나려는 생각을 갖게 되자 그것은 무섭도록 '제대로' 기능해 버린다. 파놉티콘은 원래 죄수를 효율적으로 감시하기 위한 시스템이었던 것이다. 그와 엘렌은 어느새 거미줄에 꽁꽁 묶여 버린다. 박스석에서 다른 사람들을 내려다볼 권리를 가지고 있었던, 다른 모든 사람을 지켜보기 좋은 중심 위치에 있었던 파놉티콘의 감시자 뉴랜드는 자신이 공고히 하는 데 열심히 동참했던 바로 그 시스템에 의해 죄수로 낙인 찍히고 뉴욕 사회는 조용하고도 우아하게 처형을 단행한다. 악타이온은 자신이 기르던 사냥개에게 물어뜯겨 죽은 것이다. 사냥 동료였던 친구들이 보는 앞에서. 서로 사랑하면서도 "짧은 순간 그들은 서로 적을 보듯 노려보았다."[37]라는 문장에서 드러나듯, 그와 엘렌의 관계는 다름 아닌 아이러니 그 자체다.

---

37) 『순수의 시대』(민음사, 2008), 385쪽.

내 인생을 망치러 온 나의 구원자.

뉴랜드는 엘렌에게 달아나자고 제안한다. 그러나 엘렌은 깔깔대고 웃더니 긴 한숨을 내쉬며 그가 꿈꾸는 그런 나라는 어디에도 없다고 말한다. 그녀는 고르곤을 보았다고 했다. 고르곤은 머리카락이 뱀으로 된, 마주친 상대를 돌로 만들어 버린다는 괴물이다. "고르곤이 당신의 눈물을 말려 버렸군요."라는 뉴랜드의 말에 엘렌은 대답한다. "고르곤은 내 눈을 띄워 주기도 했어요. 고르곤이 사람들을 눈멀게 한다는 얘기는 틀린 말이에요. 그 반대죠. 사람들의 눈꺼풀을 뜨고 있게 고정시켜서 다시는 축복 같은 어둠 속에 있지 못하게 만들죠." [38]

축복 같은 어둠. 두 단어의 팽팽한 긴장감 사이에도 진실은 드리워져 있을 것이다. 송은주 번역가의 말처럼, 엘렌 자신도 고르곤이 되었다. 고르곤을 본 뉴랜드는 축복이 아님을 알게 된 채로 어둠 속에 내려앉는다. 그는 엘렌에게서 멀어져 있을 때면 '자신의 미래 속에 산 채로 매장되고 있는 기분', '자기 비석 아래 깔려 온몸이 부서지는 기분'이 든다. 그런 어둠 속에서 뉴랜드에게 엘렌이 어떤 존재였는지를 묘사한 부분들을 보면 워튼의 탁월하고 아름다운 표현에 감탄하게 된다. "그녀는 그의 기억 속에 가장 가슴 시린 환영으로 남았을 뿐이었다. 그러나 이렇게 추상화하여 지워

---

38) 위의 책, 358쪽.

버림으로써 그의 마음은 오히려 메아리만 울리는 공허한 공간이 되었다."[39] 그리고 엘렌을 다시 만날 수 있을지도 모른다는 생각이 들자, '그는 옛날에 읽었던 투스카니의 농촌 소년들 이야기를 생각했다. 길가 동굴 속에서 짚더미에 불을 붙여 채색된 무덤에서 오래전 침묵에 잠긴 망령들을 불러 낸다는…….'

그는 자기 마음속에 일종의 성소를 만들어 놓고 비밀스러운 생각과 열망 가운데 그녀를 간직해 두었다. 그곳은 조금씩 그의 진짜 삶이자 이성이 활동하는 유일한 장이 되어 갔다. 그는 거기에 읽은 책, 정신의 자양분이 되는 생각과 감정, 판단과 공상을 가져다 놓았다.[40]

뉴랜드는 자신이 이미 죽은 것 같다고 여러 번 생각한다. 이디스 워튼은 '죽음 같은 삶' 또는 '삶 속의 죽음'을 다루는 데 능숙하다. 그는 이렇게 쓴 적이 있다. "삶은 죽음 다음으로 가장 슬픈 것이다." 뉴랜드 아처의 경우에는 적어도 의식주의 안락이 충분히 보장되어 있지만, 1911년에 워튼이 발표한 중편 『이선 프롬』의 경우에는 그조차 없다. 한때 꿈을 가졌지만 현실과 의무에 짓눌려 살아가던 이선 앞

---

39) 위의 책, 259쪽.
40) 위의 책, 324쪽.

　　　　　내 인생을 망치러 온 나의 구원자

에 자신의 내면을 이해해 주는 젊은 여성 매티가 나타나고, 이선은 그녀에 대한 사랑을 동력으로 이전까지의 삶에서 탈주해 보려고 하지만 오히려 더욱 어둡고 깊은 감옥 같은 삶속으로 떨어져 버린다.

이디스 워튼은 글쓰기를 금지한 어머니와 늘 사이가 좋지 않았고 이십팔 년간의 결혼 생활은 감옥 그 자체였다. 그는 사교계의 파티를 늘 곤혹스러워했으며, 끔찍한 결혼 생활 중 심리적 치유를 위해 의사의 권유로 다시 글을 쓰기 시작했다. 그는 남들이 부러워하는 최상류층의 부유함 속에서 살았지만 그의 삶은 편안하지 않았다. 워튼은 자신에게 부여된 감옥 같은 삶의 벽을 탈옥수처럼 매일 조금씩 펜으로 긁어 내듯이 글을 썼다. 앞의 인용구에는 덧붙은 말이 있다. "삶은 죽음 다음으로 가장 슬픈 것이다. 그러나 언제나가 볼 새로운 나라, 읽을 새로운 책(나의 경우, 바라건대 쓸 책), 놀라고 기뻐할 수천 가지 매일의 경이가 있다." 그는 날마다 글을 쓰면서 조금씩 더 살아갈 용기를 얻었고 삶의 단계마다 마주한, 아무도 대답해 주지 않는 질문들에 스스로 답하는 작품들을 써 나갔다. 뉴랜드 아처처럼 이디스 워튼 또한 평생 단 하루도 일하지 않으며 살아도 되는 부류의 사람이었지만 그는 엘렌 올랜스카처럼 무엇을 '향해' 살아야 할지에 대한 질문을 결코 멈추지 않았고 그가 쥔 펜으로 종이라는 벽을 긁어 가며 그 방향으로 계속해서 걸어갔다. 워튼은 매 작품을 완성하며 조금씩 더 단단해지고 자유로워졌다.

엘렌 올렌스카의 모습에 이디스 워튼이 겹쳐 보인다. 워튼 또한 어려서부터 유럽의 여러 나라를 거치며 살았고, 프랑스어, 독일어, 이탈리아어를 유창하게 말할 줄 알았다. 워튼은 살면서 대서양을 66번이나 건넜다. 가까운 친구였던 헨리 제임스는 워튼을 '시계추 여인'이라고 불렀다. 공간에 대한 그의 남다른 미감 또한 유럽에서 영향을 많이 받았다. 워튼은 올드 뉴욕에 애정을 갖고 있었지만 또한 그것이 얼마나 편협하고 숨 막히도록 폐쇄적인 사회인지 잘 알고 있었다. 그는 『순수의 시대』를 미국에서 쓰지 않았다. 워튼이 직접 디자인하고 거기서 많은 작품을 쓴 집 '더 마운트'를 당시 이혼 전이었던 남편이 일방적으로 매각했을 때 워튼은 큰 상실감을 느꼈고, 이후 프랑스로 건너가 그곳에서 죽을 때까지 살았다. 미국을 다시 방문한 것은 두어 차례뿐으로, 결혼식에 참석하거나 예일대학교에서 명예 박사학위를 받기 위해서였다.

앞서 말했듯 『순수의 시대』로 이디스 워튼은 여성 최초로 퓰리처상을 수상했다. 1927년, 1928년, 1930년에 워튼은 노벨문학상 후보에 올랐다. 이런 성취는 분명 가치 있는 일일 테지만 나는 조금 다른 부분에서 더 큰 존경심을 느낀다. 1914년 1차 세계 대전이 터졌을 때 그는 더 안전한 나라로 피신하지 않고 사람들이 빠져나가던 파리에 남아 사년 동안 엄청난 열정으로 구호 활동을 했다. 실직 여성을 위한 작업장을 열고, 난민을 위한 숙소를 마련했으며, 어린이들을 구호하기 위한 기금을 조성했다. 포격 소리가 들리는 전선에도 여덟 차례 방문해 전쟁의 참화에 대한 글을 썼다. 최상류층 귀부인의 격식 따위 걷어치우고 직접 몸을 움직여 일했으며, 그 와중에도 자신의 작품을 계속해서 써 나갔다. 워튼의 영웅적인 구호 활동에 1916년 프랑스 정부는 그에게 레지옹 도뇌르 훈장을 수여했다. 나는 어린 시절 온갖 전쟁 영웅들이 많은 지분을 차지하는 위인전을 읽으며 자랐다. 사십 대가 된 지금은 전쟁을 일으키고 학살하고 정복하는 데 성공한 자들만이 영웅일까 생각한다. 여성과 어린이들, 난민을 구호하기 위해 모든 노력을 기울였던 이디스 워튼 같은 사람 또한 진정한 전쟁 영웅이 아닐까?

그리스 신화에서 고르곤 세 자매의 막내인 메두사는 페르세우스에게 목이 잘린 후에도 보는 이를 돌로 만드는 힘이 있어, 그 머리를 전쟁의 여신 아테나의 방패에 붙여 적을 막아 내는 데 썼다. 이 방패의 이름을 아이기스라고 한다. 때로 참혹하기도 한 삶의 진실을 마주했던, 축복 같은 어둠 속에 마냥 머물 수가 없었던 이디스 워튼은 고르곤의 시선을 내뿜는 방패 아이기스처럼 전쟁의 포화로부터 많은 것을 지켜 냈으며, 존경할 만한 근면함으로 써 낸 수많은 작품을 통해 오늘날에도 엘렌 올렌스카가 말한 고르곤처럼 우리의 눈을 틔운다. 이디스 워튼은 너무도 부자유한 곳으로부터 자신의 힘과 용기로 자유를 쟁취했으며, 많은 이에게 방패가 되어 주었다.

『순수의 시대』에서 엘렌 올렌스카의 할머니인 밍고트 부인에 대한 묘사는 다음과 같다.

부인은 중년에 들어서면서부터 용암이 저주받은 도시를 홍수처럼 덮치듯 엄청나게 살이 불어나, 맵시 있는 발과 발목을 지닌 통통하고 활달하며 자그마한 여성에서 자연현상처럼 거대하고 위엄 있는 존재로 바뀌었다.[41]

그 밍고트 부인은 뉴랜드 아처에게 이렇게 말한다.

"무엇보다도, 레지나는 용감한 여자고 엘렌도 그렇지. 난 항상 용감한 여자들을 제일 좋아했어."[42]

이디스 워튼도 용감한 여자였다. 나 역시 용감한 여자들을 제일 좋아한다.

---

41) 위의 책, 39쪽.
42) 위의 책, 372쪽.

강물이
되는 꿈

『하드리아누스
황제의 회상록』

3장

마르그리트 유르스나르

이 책을 다 읽은 독자들도 강물을 느끼리라 믿는다. 우리 이전의 삶으로부터 흘러와, 우리를 통과하고, 이후에 올 모든 삶을 향해 끝없이 흐르는 저 낮고 오랜 강물을.

산은 굳건하다. 바다는 요동친다. 강은 흐른다. 셋 중에서 '세월'은 무엇인가?

　　　이상한 질문이지만, 그럼에도 여러분은 대답할 수 있다. 아마도 많은 사람이 강이라고 대답할 것이다. 강도 세월도 흘러가는 속성을 지니니까. 얼핏 간단한 유추처럼 보이지만 인류의 머릿속에 강과 비슷한 속성의 세월이라는 개념이 자리 잡은 것은 그야말로 오랜 세월이 강처럼 흐르고 나서였을 것이다. 인류의 대뇌피질이 발달하면서, 먼저 일어난 일과 나중에 일어난 일을 공간처럼 '앞'과 '뒤'로 지각하여 그 선후의 나열을 하나의 선(line)으로 상상할 수 있게 된다. 앞서 일어난 일은 뒤에 일어날 일을 향해 시간이라는 개념을 타고 비가역적으로 진행된다. 수많은 역사적 사건과 죽음과 상실과 재건, 또다시 찾아오는 예전과 같으면서도 결코 같지 않은 봄을 통해 시간의 '흐름'이 저마다의 몸속으로도 흘렀을 것이다. 오래전부터 흘러왔고 내 몸을 관통해 앞으로도 오래 흘러갈 일종의 강물 같은 것이 의식 속에 생겨난다. 그렇게 세월이 탄생한다.

강이 없었다면 세월도 없지 않았을까. 바람도 흐르지만 그것은 너무 변덕스럽고 분방하다. 새나 사람의 노래도 흐르지만 그것은 이내 그치고 만다. 인류는 세월을 공기나 파동보다는 땅에 닿아 흐르는 물의 속성에 일치시킨다. 시냇물도 흐르지만 그것은 얕고 좁다. 태곳적부터 흘러 지금에 도달했으며 앞으로도 이어질 유장하고 끊임없는 흐름을 상상하는 데에 강이라는 자연물은 비로소 적절하다. 인간의 상상과 자연은 서로 어울리는 것을 찾아간다. 고초를 겪는 선비가 눈 속에 핀 매화를 발견하거나 사랑에 들뜬 마음이 문득 나비를 만나는 것처럼. 이것이 바로 메타포다. 그렇게 찾아낸 유사물은 그것의 속성을 통해 다시 다른 의미를 파생시킨다. 이를테면 헤라클레이토스는 "누구든 같은 강물에 두 번 발을 담글 수 없다."라고 말했다. 이 말은 경험의 고유성과 세월의 무상함, 공평성 등 여러 의미를 생각해 보게 한다. 그러면 강물을 거꾸로 거슬러 오르는 연어는 인간에게 어떤 감각이나 의미를 만들어 낼까? 누군가에게는 섭리라 불리는 자명한 법칙에 대한 저항이나 의심이 되기도 할 테고, 누군가에게는 세월을 되감는 타임머신이나 회귀물을 떠올리게 할 테다. 때로는 자연물에서 얻은 물리적 법칙으로부터 꽤나 직접적인 일종의 행동 강령 같은 게 도출될 때도 있다. '물 들어올 때 노 저어라.'처럼.

　　이제부터 이야기할 책을 떠올리면 참으로 강물 같다. 마르그리트 유르스나르의 『하드리아누스 황제의 회상록』이다. 이 작품은 내가 평생 본 적 없는 거대한 강을 상상하게 한다. 아니, 나로 하여금 모든 인간의 정신 속에 흐르는 드넓고 깊은 강을 드디어 마주하게 했다고 하는 편이 더 맞겠다. 인간의 신체 속에 여러 장기가 있음을 아는 것처럼 이 책은 인간의 정신 속에 이런 풍경이 존재함을 알게 한다. 어떤 이가 젊은 날 어느 높고 고요한 나라에서 몇 년을 머문 적이 있다면 그 경험은 그의 인생에 두고두고 영향을 미칠 것이다. 내게는 이 작품을 읽는 경험이 바로 이와 같았다. 『하드리아누스 황제의 회상록』은 유장한 강변을 따라 걷는 수행이거나 깊은 강물 속으로의 잠영이고, 하나의 길고 아름다운 명상이며, 인간이 써낸 거대한 신비 자체다. 이 독서 경험은 오래도록 남을 것이다.

　　앞서 '100페이지의 법칙'을 제안한 바 있지만, 내게도 이 작품을 앉은 자리에서 100페이지까지 읽는 것은 불가능하다. 서스펜스로 독자를 끌고 가는 대프니 듀 모리에의 작품이라면 100페이지에서 멈추기가 오히려 더 어려울 것이다. 하지만 『하드리아누스 황제의 회상록』(이하 『회상록』)은 그런 독서법을 허락하지 않는다. 독서는 걷기와 마찬가지로 리듬과 관계가 깊다. 내가 처음 이 작품을 읽었던 때로부터 세상의 리듬은 더욱 급변하여, 이 유장한 강물의 유속과 내가 책을 펴 들고 있는 현실계의 리듬감을 일치시키는 게 여간 어려운 일이 아니다. 사랑해 마지않는 책을 다시 폈을 때 도무지 읽히지 않아 느끼는 당혹감을, 아마도 책을 오래 읽어 온 독자라면 알 것이다. 그러나 포기하지 않고 문장을 읽어 나간다면 천천히, 하지만 확실히 우리는 그 리듬 속으로 들어가게 된다. 내 친구 하나는 호주에 여행 갔다가 시퍼런 바닷물이 들어찬 본다이 비치의 수영장에 들어가기 전, 이미 물에 몸을 담근 할머니에게 물이 차냐고 물었다. 할머니는 명쾌하게 대답했다. "저스트 투 세컨즈!" 처음엔 차갑게 느껴질 테지만 이 초면 몸이 적응한다고 말해 준 것이다. 물에 뛰어든 친구는 곧 그 말에 동의하게 되었다고 한다. 『회상록』의 리듬에 우리가 맞춰지는 데는 대략 40페이지 정도가 필요할 것이다. 그런데 말이 쉽지, 40페이지를 읽는 게 이렇게 지난할 일인가 싶을 수도 있다. 그 40페이지가 '어느 높고 고요한 나라'로 진입하는 좁은 길이라고 생각하고 참을성 있게 걷다 보면 당신은 어느새 두 세계를 살게 된다. 하나는 책장을 넘기고 있는 이곳이고, 하나는 기원후 2세기 로마 황제의 머릿속이다.

책은 성능이 뛰어난 타임머신이다. 이를테면 코니 윌리스의 『둠스데이북』은 우리를 흑사병이 창궐한 중세, 1348년 유럽의 어느 마을로 정확히 데려다 놓는다. 코맥 매카시의 『로드』는 우리가 지금의 생활 방식을 고수한다면 틀림없이 도달할 법한 잿빛 미래의 어느 날을 생생히 겪게 끔 만든다. 현대의 어떤 실감 나는 VR 매체도 책만큼 우리를 개입시키지 못한다. 왜냐하면 책은 보여 주면서도 보여 주지 않기 때문이다. 보여 주지 않음으로써 보여 주기 때문이다. 독자는 글이라는 뼈대에 자신의 상상으로 살을 붙이는데 그 상상은 독자만의 것이고 어찌 보면 그것은 세상에서 단 하나뿐인 돌연변이와도 같다. 그렇다고 해서 독서가 절대적으로 개인적이고 고유하기만 한 경험이라는 말은 아니다. 모든 독자의 정신 속에는 또한 같은 강이 흐르고 있기 때문이다. 문자와 두뇌의 공조가 신비한 추진력을 발생시키고, 이 추진력이 어느 정도 강해지면 우리의 정신은 작품을 둘러싼 궤도에 진입하게 된다. 작품이 그 인력과 척력을 조화롭게 운용하면서 이야기를 길게 끌고 나가면 우리는 그만큼 궤도를 많이 돌게 되는 셈인데 거기서 긴 글만이 주는 독특한 힘이 생겨난다. 『회상록』을 다 읽으면 다른 시간, 다른 나라에서 여러 해 머무르다 온 듯한 느낌이 드는 것은 그래서일 것이다. 40페이지를 읽어 냈다면, 여러 날을 들여 계속 읽을 것. 장담하건대 이 책을 다 읽어 내면 당신의 독서력은 비약적으로 증진한다. 마라톤을 완주하는 경험과도 비슷할 것이다.

친애하는 마르쿠스여

『회상록』은 유르스나르 스타일의 결정판이다. '스타일'이라는 말은 본래 '첨필', 즉 점토판이나 밀랍판을 긁어서 글을 쓰는 뾰족한 필기 도구를 일컫는 라틴어 '스틸루스(stylus)'에서 비롯되었다. 오늘날 아주 광범위한 의미로 쓰이는 '스타일'은 글과 관련할 경우 '문체'로 번역되는데 나는 문장의 개성뿐 아니라 작가가 선정하는 주제나 구도, 인물 설정, 분위기 등까지 다 포함하는 넓은 의미로 '스타일'이라는 말을 선호한다. 이를테면 『회상록』은 하드리아누스 황제가 세손인 마르쿠스 아우렐리우스에게 전하는 서신의 형식을 띠는데, 편지글이라는 형식을 애호하는 것부터가 유르스나르의 스타일인 것이다. 문체는 서신이라는 형식을 선택함으로써 긴밀히 따라오게 된다. 국내에 번역된 그의 작품들 중 『알렉시』 또한 서간문 형식이고, 『은총의 일격』은 서간문은 아니지만 누군가에게 털어놓는 일인칭 화자의 긴 넋두리 같은 형식을 띤다. 여성인 유르스나르는 종종 남성 일인칭 화자를 선택했다. 그 화자는 여러 일을 겪었지만 지금은 사건 '속에' 있지 않다. 사건들은 멀리 있으며, 화자는 그것을 기억이라는 울퉁불퉁하고 흐릿한 렌즈를 통해 바라본다. 뼈저린 후회나 통탄이 있었다 하더라도 그조차 이미 멀리 있다. 사건이나 감정의 긴박함과 생생함은 시간의 풍화 작용을 거쳤고, 화자는 내면의 지형 속에 일종의 광물로 변해 자리 잡은 그것을 가만히 바라본다. 일인칭 화자의 어조는 고유하고 일정한 톤을 유지하며 강물처럼 흐른다. 유르스나르의 스타일은 무척이나 독자적이면서도 확고하기 때문에, 문학에서 스타일이란 무엇인지를 파악하려 할 때 좋은 사례가 된다. 이 방대한 작품에서 가장 중요한 것은 스타일이며, 모든 장중함과 위대함도 거기서 나온다. 그리고 끝까지 남는 것 또한 스타일일 것이다.

『회상록』은 1951년에 발표된 작품이지만 그보다 훨씬 더 오래된 느낌을 준다. 이를테면 앞서 예로 든 중세로의 시간 여행물인『둠스데이북』의 저자 코니 윌리스는 특유의 빠르게 재잘대는 현대적인 어조를 유지하면서 중세의 위기 한복판으로 들어가기 때문에 독자는 화자와 사건의 시대적 차이를 계속 인지하게 된다. 화자는 물속의 기름 한 방울처럼 시대의 이격이라는 막으로 둘러싸여 있다. 마치 최신 촬영 편집 CG 기술을 동원해 찍은 고화질 사극을 보는 것 같다. 그런데『회상록』은 왠지 고대에 쓰인 그 시대의 작품 같은 인상을 준다. 땅 밑에서 오랜 세월 그대로 보존되어 유적지에서 조심스레 흙을 털고 발굴해 낸 두루마리 기록물 같달까. 아마도 유르스나르가 고대의 정신을 지닌 현대인이었기 때문일 것이다. 어려서부터 고전 문학에 심취했던 그는 평생 정신의 일부분을 오랜 과거의 시대에 두고 살았다.

그는 자신이 가진 인상과 경험 들을 이용하기 위해서는 자신으로부터 기원 2세기만큼 멀리 떨어진 것이어야 했다고 창작 노트에 썼다. 그 사이에 놓인 18세기 정도의 시간이 그에게는 필요했던 것이다. 유르스나르는 이 작품을 무려 이십팔 년에 걸쳐 썼다. 때로는 멈추기도 하고 썼던 원고를 모두 없애 버리기도 했지만 결국 완성해 냈다. 어떤 이야기는 작가가 그에 걸맞게 무르익기를 기다린다. 그는 이 작품을 쓰려고 시도했던 오랜 세월을 떠올리며 그때는 자신이 너무 젊었었다고 말했다. '마흔 살을 넘기기 전에는 감히 쓰려고 하지 말아야 하는' 책들이 있다며.

『회상록』에 대한 최초의 착수 후 십 년쯤 지난 서른 살 무렵인 1934년에 쓴 원고 가운데 살아남은 것은 다음의 단 한 문장뿐이라고 했다. '나는 나의 죽음의 옆모습이 눈에 띄기 시작한다.' 일인칭 화자인 하드리아누스 황제가 인생의 어느 시점에서 자신의 이야기를 시작하도록 할 것인지를 두고 고심하던 유르스나르는 오랜 시행착오 끝에 비로소 알맞은 때를 찾은 것이다. 행동하는 자였던 하드리아누스가 육십 대에 들어 병을 얻고 침상에서 오랜 시간을 보내던 무렵이 신중히 선택되었다. '지평선 앞에 자리를 잡고는 끊임없이 화가(畵架)를 우로, 또는 좌로 옮겨 보는 화가(畵家)처럼' 유르스나르는 마침내 이 책의 시점을 발견했다.

이 작품은 마치 동굴 속 조용한 구석에서 아무도 모르게 종유석과 석순이 자라듯 유르스나르의 인생이 오랜 세월 그 위로 방울져 떨어지며 쓰였다. 2세기의 인물 하드리아누스 황제의 일인칭 시점을 통해 작품을 전개하기로 마음먹고, 그 화자에게 '자신의 죽음의 옆모습이 눈에 띄기 시작할' 무렵을 선택하고, 작가 스스로도 작품을 감당할 수 있을 정도로 연륜이 쌓이기를 오랫동안 기다린 이야기다. 물론 이 방대한 서신의 수신자를 선택할 때도 더없이 신중했을 것이다. 이 작품의 첫 문장은 다음과 같다. '친애하는 마르쿠스여.' 여기서 마르쿠스는 지금까지도 널리 읽히는 『명상록』의 저자 마르쿠스 아우렐리우스 황제다.

하드리아누스에게는 자식이 없었지만 자신과 열 살밖에 나이 차이가 나지 않는 안토니누스 피우스를 후계자이자 양자로 책봉할 때 어린 마르쿠스 아우렐리우스를 그 안토니누스의 양자로 책봉하도록 했다. 그러니 마르쿠스는 하드리아누스의 양손자가 되는 셈이다. 훗날 하드리아누스, 안토니누스와 함께 로마의 오현제로 불리게 되는 마르쿠스 아우렐리우스가 이 회상록의 수신자가 됨으로써 이 서신은 또 한 겹의 색깔을 덧입게 된다. 총명함이 엿보이는 십 대의 세손에게 로마 제국의 현제로 불리는 조부가 자신이 겪고 느끼고 생각한 것들을 들려주는 형식이 완성된 것이다. 이 회상록의 수신자가 다음 후계자인 안토니누스였거나 하드리아누스의 내밀한 연인이었거나 불특정다수인 대중이었다면 이 일인칭 목소리의 어조는 또 완전히 달라졌을 테다. 언젠가 세손 마르쿠스는 자신처럼 제국을 이어받아 다스리게 되리라. 하지만 당장은 아니다. 아직은 시간이 충분하다. 세손이 자신의 글을 깊이 이해하고 적용하거나 반면교사 삼기까지는 한동안의 시간이 확보될 것이다. 이 회상록에는 하드리아누스 자신이 황제가 되기까지의 과정, 자신의 통치 철학, 개인적인 정념의 기억, 권력과 윤리에 대해 점차 깨

닿게 된 것, 평화와 쾌락과 균형과 헌신에 대한 생각 등등이 담길 것이다. 또한 이것은 자신에게 점차 힘을 미쳐 오는 죽음의 진행에 대한 기록이기도 하다. 매우 개인적이고 내밀하지만 또한 황제가 훗날의 황제에게 보내는 글이므로 공적이고 교훈적이기도 할 것이다.

자, 이제 스타일의 윤곽이 어느 정도 잡혔다. 시대와 화자와 시점(時點)과 수신자가 오랜 세월에 걸쳐 신중히 선택되었다. 건축으로 치면 터를 잡고 거친 스케치를 마친 정도에 해당할 것이다. 여기에 문장이라는 벽돌을 하나하나 쌓기도 하고 때로 허물기도 하면서 건물은 조금씩 완성되어 갈 것이다. 유르스나르는 자신이 역사적 인물을 다루는 만큼 역사적 사실이 치밀하게 뒷받침되지 않으면 인물의 설득력이 떨어질 것임을 알았다. 그는 역사적 사실을 성기게 놓아두고 그 사이를 자유분방하게 허구로 메우는 종류의 작가가 아니었다. 유르스나르는 방대한 자료를 오랜 세월 동안 집요하게 파고들어 그 어느 전문적 연구자 못지않은 정확성으로 철저히 고증해 가며 거의 전기를 쓰듯 하드리아누스의 생애를 꼼꼼히 반영했다. 그 시대의 음식과 복식과 건축, 운명론적 세계관, 변화하는 국경의 형태, 거리의 분위기까지. 그리고 실제로 남아 있는 하드리아누스의 글의 문체와『회상록』의 문체가 일치하게끔 노력했다. 작품 해설에 따르면 하드리아누스의 문체는 반은 서술적이고 반은 명상적이고 언제나 본질적으로는 문어적이라고 한다. 그래서 '즉각적인 인상과 감각이' 거의 배제되어 일체의 대화가 추방된, 그러한 범주의 기품 있는 문체였다고 한다. 『회상록』의 문체는 과연 그러하다.

작가는 매일 밤 습관적으로, '내적 비전'을 통해 마치 자신이 과거에 살고 있는 것처럼 온갖 세부를 공들여 묘사한 긴 글을 쓰고 다음 날 아침 태워 버리곤 했다. 오직 자신만을 위해 한 일이었다. 한편으로는 치열한 자료 조사를 통해 정확한 고증을 하고, 한편으로는 자신이 '공감적 마술'이라 부른 것을 통해 그 시대와 접속하고 그 시대 안에서 살았다. 그는 창작 노트에 공감적 마술이란 '상상 속에서 자신을 어떤 다른 사람의 내부에 옮겨 놓는 방법'이라고 썼다. 연기자들이 쓰는 '메소드 연기'처럼 '메소드 집필'이라 할 만한 방식이다. 이런 치밀하고도 몰입적인 방법으로 오랜 세월을 들여 썼기 때문인지 『회상록』에는 다른 어떤 문학 작품과도 비교하기 어려운 기묘하고도 강력한 힘이 깃들어 있다. 21세기 서울에 살고 있는 독자인 내가 책장을 넘기면, 2세기 티볼리의 별궁 침상에서 인생을 돌아보는 로마 황제의 마음속에 정말로 들어섰다고 느끼게 되는 것이다. 이 모든 것이 유르스나르 스타일의 힘이다.

리듬을 리듬이게 하는 무엇

어느 날 버지니아 울프는 비타 색빌웨스트에게 보내는 편지에 이렇게 썼다.

스타일은 아주 단순한 문제야. 리듬이 전부지. 일단 그걸 깨치면, 잘못된 단어를 쓸 수가 없어. 하지만 그 이면에는 이렇게 아침나절이 지나도록 앉아서, 아이디어와 상상 등등으로 머리가 가득 차 있으면서도 적절한 리듬을 찾지 못해 머릿속에서 내보내지 못하는 내가 있지. 리듬의 문제는 아주 심오하고, 단어보다 훨씬 깊이 들어가지. 풍경 하나, 감정 한 조각이 마음속에 이 파동을 만들어 내는데, 이 과정은 알맞은 단어를 만들어 내기 한참 전에 일어나.[43]

내가 생각하기에 스타일은 그리 단순한 문제가 아니고 '리듬이 전부'라고 단언하기도 어렵지만, 울프의 이 말은 분명 핵심을 담고 있다. 리듬은 아주 중요한 문제다. 음악에서만큼 문학에서도 그렇다. 물론 삶에서도 그렇다. 문학의 기원은 노래에서 비롯했고 노래는 숨의 일종이다. 문장에도, 구조에도, 사건에도, 풍경에도 리듬이 있다. 리듬은 심오한 문제이며 많은 것의 원천이다. 재즈와 마찬가지로 사회에도 리듬이 있고 그 리듬은 끊임없이 변화한다. 세월이 흐를수록 복잡성이 증가되는 경향은 있지만 리듬을 리듬이게 하는 본원적인 무언가를 우리 모두는 생래적으로 가지고 있다.

문학 작품마다 고유의 리듬이 있는데 유르스나르의

---

43) 버지니아 울프, 비타 색빌웨스트, 박하연 옮김, 『나의 비타, 나의 버지니아』(큐큐, 2022), 114쪽.

것은 매우 독특하다. 강건하면서도 더없이 섬세하고, 쉼표와 콜론과 대시로 끊어질 듯 이어지며 부드러운 굴곡을 만드는 문장들은 한 문장 안에 절묘한 변증법과 대위법을 품고 있어 그 자체로 아름다운데, 그 문장들이 서로에게로 이어지며 만들어 내는 장중한 현악성의 물결은 아연할 정도로 거대한 강을 이룬다. 『회상록』을 읽는 것은 이 강의 유속과 파동에, 그러니까 리듬에 깊숙이 몸을 담그는 일이다.

이를테면 우리의 하루에서 리듬을 만드는 중요한 요소는 잠이다. '적어도 전 생애의 3분의 1을 집어삼키는' 잠은 별의 운행과 회전에 따른 생물적 반응이자 의식이 다녀오는 신비한 여행이거나 침잠이다. 『회상록』에서 내가 각별히 좋아하는 부분은 하드리아누스가 노쇠로 인해 포기한 여러 가지 ──사냥, 승마, 수영── 등과 함께 잠에 대해 이야기하는 문장들이다. 필시 이 회상록도 이 노황제의 잠의 부족이 만들어 낸 결과이리라. 그런데 이 문장들만큼 감미롭게 나를 잠의 나라로 인도하는 것도 드물다. 가만히 읽고 있으면 멀리서 잠의 신 솜누스가 다가오는 발소리가 들린다. 작곡가 막스 리히터가 신경과학을 바탕으로 만든 수면을 위한 앨범 「슬립」과 완벽히 조응하는 리듬이다.

다음의 문장들을 천천히 읽어 보라. 그는 서서히 자신에게서 멀어지는 모든 행복들 가운데 가장 귀중하면서도 가장 평범한 행복의 하나가 잠이라고 고백한다. 불면이 일상이라 여러 개의 쿠션에 몸을 기댄 채 '잠이라는 그 특이한 쾌락에 대해' 끊임없이 명상하던 황제는 잠의 특이한 신비에 대해 고찰한다. 맨몸으로 혼자서 거대한 잠의 바다로 빠져들어가, 그 속에서는 '일체가, 색깔이, 밀도가, 심지어 호흡의 리듬마저' 변한 상태로 죽은 자들을 만나는 신비한 행위. 그러나 이 모험은 위험한 것이 아니어서 잠들었던 자는 언제나 빠져나오기 마련이며, 그것도 잠들 때와 마찬가지로 변하지 않은 상태로 돌아온다. 잠에는 '기이한 금지령'이 있어, 꿈의 바다로부터 또렷한 잔류물들을 가지고 돌아올 수 없다. 또 잠의 근사한 효용은 우리의 피로를 치료해 준다는 점이다. 잠은 일시적이면서도 가장 근본적인 방식으로, '우리들이 더 이상 존재하지 않도록 함으로써' 피로를 낫게 한다.

이어서 하드리아누스는 학생 시절 공부를 하다가 꾸벅 잠드는 경험을 묘사하는데, 누구에게나 있을 이 평범한 기억을 어찌나 유려하게 묘사하는지, 우리의 인생에서 이토록 숭고하면서도 감미로운 경험은 또 없을 듯한 생각이 들 정도다. 공부하려고 들여다보던 수학이나 법률 책 위에서 '단번에 견고하고 완전한 수면 속으로 옮겨 감으로써' 우리를 장악하는 매우 힘찬 잠은 '존재에 대한 순수한 감각을 음미하게' 한다는 것이다. 또 사냥처럼 격한 육체 활동 후에 죽은 듯이 잠들었다 깨는 경험에서 그는 존재의 개별성과 보편성에 대해 사유한다. 숲속에서 깔개도 없이 땅 위에 누워서 잠들었다가 사냥개가 가슴 위로 뛰어오르는 바람에 갑자기 깨어났을 때면, 그 잠의 시간 동안 자신의 소멸이 너무나 전적이었던 터라 각성과 동시에 도로 자신으로 깨어나는 것에 때로 슬퍼지기도 했다고 한다. 하드리아누스라는 몸으로 마지못해 돌아오기 전의 그 '빈 인간, 그 과거 없는 존재'를 잠시나마 음미하기까지 했던 것이다.

이어서 노쇠한 몸을 이끌고 황제의 책무로 인해 과중한 일정을 소화하며 쏟아지는 비를 맞고 겨우 말을 타고 돌아온 어느 날의 잠, 그 다디단 한 시간의 치유의 잠을 회상한다. 수면은 그 짧은 시간 동안 자신이 과도한 악덕으로 쌓은 피로든, 과도한 선행으로 쌓은 피로든 구분하지 않고 치료를 베푸는 것이다. 그는 잠이라는 '위대한 복원자'가 잠든 자의 인성에 괘념치 않고 시혜를 베풀어 준다는 데에 그 신성이 기인한다며, 그것은 마치 치유력 있는 샘물이 마시는 자를 상관치 않는 것과 같다고 말한다.

이어 죽음과 잠의 유사성과 그 알 수 없는 신비를 어림하는 근사한 문장이 나온다. 잠 못 드는 황제는 매일 밤 죽음에 다가가고 있고, 죽음에는 잠의 수수께끼보다 더 낯선 비밀들이 있다. 그렇지만 죽음과 잠의 신비는 두 물줄기와도 같아, 그는 '어디에선가 맑은 샘물과 어두운 샘물이 합류하고 있다'고 느끼는 것이다. 분명 다르면서도 비슷한 잠과 죽음의 신비가 얽혀 있음을 맑은 샘물과 어두운 샘물의 합류로 표현하다니. 우리는 신경과학의 증명을 떠나 이 표현이 옳음을 안다. 앞서 말했듯 인간의 상상과 자연은 서로 어울리는 것을 찾아간다. 저 멀고 낮은 곳에서 흐르는 잠과 죽음의 샘물을 우리는 정녕 느낀다. 내게 『회상록』의 잠 부분은 잠에 관한 모든 것 중에 두 번째로 좋다. 물론 첫 번째로 좋은 것은 깊고 달콤한 잠 그 자체일 것이다. 명상적이고, 깊고 드넓은 강 같으면서 그 수면 위로는 관능적인 나른함이 흐르고 치유력이 반짝이는, 또한 실제로 잠을 부르는 문장들이다.

『회상록』의 문장들을 이쯤까지 읽으면 특유의 리듬에 젖어들게 된다. 문장의 음향적 리듬감도 있지만, 물속과 물 밖을 넘나들 듯 수면과 각성이 대비되어 깊이 가라앉는 감각과 가득 차오르는 감각이 교차되며 리듬감을 만들어 낸다. 또한 유르스나르는 평생 행동하는 자로 살아왔던 로마제국의 황제가 죽음을 앞두고 잠에 대해 명상하는 부분을 이 긴 회상록 초반에 배치함으로써 글의 기조를 형성한다. 죽음은 잠과 다르면서도 닮았고, 이 글은 그의 영면(永眠)을 향해 나아갈 것이다. 잠의 신 솜누스는 죽음의 신 모르스와 형제인 것이다. 어디에선가 맑은 샘물과 어두운 샘물이 합류하고 있다. 잠에 대한 명상의 문장들은 독자를 감미롭게, 또 깊숙하게 유인한다. 독자는 자신이 매일 겪는 잠이라는 경험을 문장에 개입시켜 모래주머니처럼 더욱 나른하고 묵직한 중력을 더하고, 우리는 어느새 저마다의 깊이로 책에, 또는 잠에 빠져들게 되는 것이다…….

처음 『회상록』을 읽었을 무렵 나는 꽤 바쁜 생활을 하고 있었다. 모든 것이 빠르고 인구 밀도가 높은 도시 서울에서 정신없이 바깥 활동을 하고 나의 작은 집에 돌아와, 파자마로 갈아입고 노란 불빛 스탠드를 켠 뒤 소파에 눕듯이 기대어 『회상록』을 펼치던 늦은 밤들을 기억한다. 내가 그때만큼 이중 생활을 하고 있다고 느낀 적은 또 없었다. 책장을 넘기면 북적이던 낮의 일들이 꿈인 듯, 나는 18세기를 거슬러 하드리아누스의 회상 속으로 다시 깨어나는 것이다. 유르스나르는 18세기라는 시간적 거리에 대해 창작 노트에 이렇게 썼다. 루브르 박물관의 2세기 조각상 속에 여전히 살아 있는 '움직임 없는 존속'을 인간 생애의 길이로 상상해 보면, 18세기 전의 황제와 자신 사이에 대략 스물다섯 명의 노인들이 늘어서는 셈이므로 접속을 이루기에는 충분하리라고.

　　나는 이 글을 쓰던 중에 국립중앙박물관의 그리스·로마 특별전에 가서 하드리아누스의 대리석 흉상을 보았다. 과연 로마의 조각 기술은 대단해서, 그 구레나룻이며 찌푸린 미간과 생각 많은 눈동자를 길에서 마주친다면 알아볼 것만 같았다. 옛날에 정말로 이런 사람이 실재했었고, 또 그 사람을 지금의 우리까지도 생생히 볼 수 있게 돌을 깎은 손도 실재했음이 눈앞에 증거로 놓여 있을 때면 매번 이상한 기분이 든다. 죽은 시간의 내부에 아직도 살아 있는 움직임 없는 존속. 그 사이에 스물대여섯 명 정도의 노인이 살다 떠나갔으리라 생각하면 먼 과거도 마냥 멀지만은 않다. 우리는 같은 강에 몸을 담그고 있는 것이다. 하드리아누스도, 유르스나르도, 나도, 당신도. 이 기이한 강물의 접속과 회귀로 나는 밤마다 고요하게 일렁였다. 나는 살면서 적지 않은 책을 읽었고 그것들은 내게 헤아릴 수 없이 다양한 반응을 불러 냈지만 『회상록』을 읽던 밤들은 더욱 각별하다. 다시 한번 내 마음은 샘물이라는 메타포를 찾아간다. 음식과 절제에 대한 하드리아누스의 명상 중에 이런 부분이 있다. 손으로 받거나 입을 바로 대고 마신 샘물이 우리 몸 안에서 '대지의 가장 은밀한 소금과 하늘의 비를 흐르게' 한다는 것이다. 『회상록』은 당시 내게 이런 샘물처럼 작용했고 나는 매일 밤 건조하고 딱딱해진 삶에 은밀하고 근원적인 물기가 흘러 들어오는 듯이 느꼈다. 이것을 메소드 독서라 해야 할까.

　『회상록』의 문장 중에는 독서에 대한 나의 마음을 정확히 표현한 듯한 것이 있다. 황제가 스스로 다른 인간들보다 뛰어나다고 여기는 것은 단 한 가지로, 자신은 남들이 감히 그럴 수 있는 것보다 '더 자유롭고 동시에 더 복종적'이라는 것이다. 그는 많은 사람들이 매우 가벼운 멍에조차도 스스로 걸칠 줄 모른다고 말한다. 하드리아누스는 자신이 다른 인간들과 근본적으로 하등 다를 것이 없음을 아는 황제다. 그가 평생토록 보여 준 후마니타스(humanitas), 즉 인간됨, 인성(人性)에 대한 믿음도 거기서 나온다. 그런 그가 대부분의 인간들보다 자신이 더 뛰어나다고 느끼는 단

한 가지는 '더 자유롭고도 동시에 더 복종적'인 점이라고 단언하는 것이다. 자유와 복종은 언뜻 모순되는 가치처럼 보이나, 사실상 서로의 테두리를 긋고 또 지워 버리는 한 몸과도 같다. 복종이라는 울타리가 없이 자유는 성립하지 못하며, 그 울타리를 허물고 새로 짓는 것이 또한 자유의 일이다. 자유와 복종의 관계는 제 꼬리를 문 뱀과도 같다. 이 부분은 독서에 대한 이야기가 아니지만 나는 읽는 순간 이것이 내가 책에 대해 가져온 마음과 정확히 같다고 느꼈다. 나는 책에 대해서 더 자유롭고도 동시에 더 복종적이기를 원한다. 내 멋대로 읽고, 다독을 그리 예찬하지 않고, 마음에 안 들면 함부로 던져 버리고, 책과 다른 미디어를 구분 짓지 않고, 즐거움만을 취하고 싶어 하는 동시에, 책만이 주는 안도감과 신비를 굳게 믿고, 더 많은 책으로 내 삶을 물들이기를 원하고, 마지막 장을 덮으며 어쩔 줄 몰라 책을 꼭 끌어안았던 기억을 깊이 간직하고, 인생의 많은 시간을 바쳐 재미없고 무슨 말인지도 모르겠는 책들을 수행자처럼 묵묵히 읽어 나가는 내가 공존한다. 다른 모든 분야에서도 그러하듯, 이 자유와 복종의 순환이야말로 성장의 토대다. '멍에를 스스로 만들어 걸치는' 행위는 자신에게 과제를 부여하고 그것을 이행하며 자신을 단련해 나가는 마음가짐을 말한다.

어떤 여행이 뾰족한 주제를 위해 존재하지 않듯이『회상록』을 읽는 일 또한 총체적인 경험으로 우리에게 남을 것이다. 거듭 말하지만 여러분은 '이 책의 주제 또는 교훈이 무엇이냐'는 질문에 답할 의무가 없다. 훌륭한 태피스트리를 몇 개의 색실로 환원시키지 말라. 줄리안 반스의 소설『플로베르의 앵무새』에는 이런 부분이 나온다.『보바리 부인』을 쓴 귀스타브 플로베르의 아버지는 외과 의사였는데, 아버지가 작가 아들과의 논쟁 중에 문학은 무엇을 위한 것이냐고 묻는다. 귀스타브는 아버지에게 그럼 비장(脾臟)은 무엇을 위해 있는 것이냐고 되묻고는, "아버지가 그것에 관해 모르시듯 저 역시 모릅니다. 다만 비장이 우리의 몸에 필수적이듯, 시(詩)도 우리의 정신에 필수적이라는 것은 알고 있습니다." [44]라고 답한다. 아버지의 1패. 비장이 무엇을 위해 있는지 알지 못하듯, 우리는 문학이 무엇을 위한 것인지 알지 못한다. 하지만 문학은 인생과 사회에 분명 어떤 작용을 하고, 그것은 우리에게 필수적이다. 나는 플로베르의 표현에 고개를 끄덕이며 복종한다. 그런데 한편으로, 또한 우리에게는 자유가 있다. 거대한 태피스트리를 몇 개의 색실로 되돌리지는 않더라도, 그것의 부분 부분을 뜯어 보면서 어떤

---

44) 줄리언 반스, 신재실 옮김,『플로베르의 앵무새』(열린책들, 2009), 276쪽.

소용을 취하지 못할 이유는 없다. 새는 인간에게 본보기가 되려고 하늘을 나는 것이 아니지만, 인간은 새를 보고 비행기의 아이디어를 얻을 수도 있다. 나는 지금 『회상록』의 부분 부분을 뜯어서 내가 얻은 '실용적' 교훈을 여러분과 나눠 보려는 참이다. 이것은 문학 작품에서 효용을 기대하지 않고 그것을 총체적으로 경험하라는 말과 전혀 배치(背馳)되지 않는다. 허먼 멜빌의 『모비 딕』을 읽으면서 우리는 고래와 포경업에 대한 방대한 지식을 얻을 수도 있다. 직접적인 표현이나 현실적인 가르침보다는 언제나 여러 층위의 주름을 드리우기를 좋아했던 유르스나르의 문장들을 멋대로 해체해서 나의 맥락으로 가져와 활용하는 것도 독서 또는 오독의 즐거움이다. 독자들과 암시적인 숨바꼭질을 하는 데 능했던 유르스나르가 나의 이런 시도를 본다면 눈살을 찌푸릴 것 같다는 점이 은근한 즐거움을 더한다.

　　놀랍게도 보기에 따라서 『회상록』은 고품격 자기계발서가 된다. 아닌 게 아니라 『회상록』은 내게 그 어떤 자기계발서보다도 자기계발적이다. 서점의 문학 코너를 사랑하는 어떤 사람들은 몇 권의 시와 소설을 골라 계산대로 가는 길에 자기계발서 코너 옆을 지날 때면 그곳의 매대에 놓인 책들의 적나라한 제목과 그 이면에 흘러넘치는 현실적인 욕망에 눈살을 찌푸리곤 한다. 오랜 세월에 걸친 출판 산업의 발달과 분화로 오늘날 문학 코너와 자기계발서 코너는 꽤나 다른 성향의 마니아층을 갖게 되었으나 그 사이가 처음부터 그렇게나 멀었던 것은 아니다. 하드리아누스의 세손인 마르쿠스 아우렐리우스가 쓴 『명상록』만 해도 그렇다. 전쟁과 정사로 책무가 과중했던 철학적인 황제가 자신을 다잡기 위해 쓴 글귀들로, 본래 출판을 위해 쓴 것은 아니었으나 1800년이 지난 지금까지도 널리 읽히는 이 책은 스토아철학의 영향을 크게 받은 철학서이자 명상 서적 코너에 놓일 만한 잠언록이기도 하고, 동시에 'CEO들이 읽어야 할 리더십 도서' 코너에 놓여도 전혀 손색이 없을 만한 책이다.

　　나의 취향으로 말하자면, 『회상록』 쪽이 『명상록』보다 더욱 명상적이고 내게는 자기계발적 효과도 더욱 컸다. 명상과 자기계발이라. 어떻게 이 두 가지가 이토록 문학적 깊이와 격을 유지하면서도 저 안쪽에서부터 단단히 결합해 있을 수가 있는지. 나는 필요에 따라 어떤 마음가짐이나 기술을 함양하기 위해 가벼운 자기계발서를 읽을 때면 마치 마라톤 선수가 중간중간에 놓인 이온 음료를 마시고 던져 버리듯이 한다. 단기 처방처럼 사용한다는 말이다. 책의 시야가 넓지 않고, 일부이거나 한시적인 내용을 지나치게 단언하는 경향이 있으며, 그 반대 급부와 복잡성에 대해서는 아예 언급하지 않는 경우가 많기 때문이다. 짧은 주기를 상정하고 쓴 책이므로 나도 짧게 취할 것을 취하고 흘려보낸다. 오해 없기를 바란다. 나는 일하면서 선배나 상사로부터 배운 것만큼이나 많은 것을 책을 통해서 배웠다. 실용서나 자기계발서에도 대단한 저작들이 있으며 나는 그것들도 두루 읽었다. 『회상록』은 단기 처방 같은 것이 아니다. 삶이 나무처럼 차근차근 자라나고 우람해지고 결실을 맺기까지 오랫동안 가꾸고 침착하게 바라본 사람의 묵직한 잠언 같다. 이를 테면 다음과 같은 부분들. 하드리아누스는 권력보다는 자유를 추구했다고 말한다. 권력을 추구할 때는 그것이 자유를 얻기 쉽게 해 주었기 때문이다. 그는 자신의 의지가 운명에 연결되는 돌쩌귀를 발견하기를 바랐다. 그가 추구한 삶은 '최선을 다해 훈련시킨 후 그 움직임과 우리들이 하나가 되는 말(馬)'과 같은 것이다. 정신과 육체는 또렷이 분리되지 않으며, 그는 '거의 순수하다고 할, 그러한 자유 혹은 순종의 상태에' 이르고자 애쓴다. 거기에는 체조도 논변술도 도움이 된다고 그는 말한다. 자기계발적으로 풀어서 해석하자면, 의지가 운명에 연결되는 돌쩌귀를 발견하기를 바란다는 것은 각자의 타고남과 훈련과 사명이 조화를 이루어 정확히 꽃필 수 있는 직분을 찾으려는 노력을 뜻할 것이다. 최선을 다해 훈련시킨 후 '그 움직임과 우리들이 하나가 되는 말'로서의 삶은 철학과 기예를 연마하고 그것을 빈틈없이 체화한 삶일 테다. 규율을 통해 정신의 의지를 강화하고, 그 의지에 걸맞게 육체의 근력과 유연성과 기술을 함양하려는 노력을 말하고 있다.

또 그는 요즘의 자기계발적 언어로 말하자면 멀티태스킹과 워킹 메모리에 대해 언급한다. 육체적으로 강하고 행동력이 뛰어나며, 문학과 예술에 조예가 깊어 그것을 자주 누리면서도 빈틈없이 현명하고 근면하게 제국을 다스린 하드리아누스의 능력이 어떻게 길러졌을지를 상상해 보게 한다. 아닌 게 아니라 그는 동시대인들로부터 '지칠 줄 모르는 일꾼'으로 불린 황제였다. 황제식 멀티태스킹은 이런 식이다. 필사해 줄 시종이 있을 테니 몇 개의 텍스트를 동시에 구술하고, 독서를 하면서도 이야기를 할 수 있도록 훈련한다. 매우 과중한 일도 너무 전적으로 얽매이지 않으면서 잘 완수할 방식을 고안한다. 이른바 '교체의 자유'를 실천하도록 노력해서 감동, 생각, 일 등이 중단되었다가도 곧 재개될 수 있는 상태에 스스로를 놓아 둔다. 그렇게 하면 그것들을 언제든 쫓아내거나 다시 불러들일 수 있다는 믿음이 생겨, 거기에 사로잡히지 않게 된다는 것이다.

이 다음 부분에서 황제는 시간 관리 기법의 양대산맥, 스티븐 코비의 『성공하는 사람들의 7가지 습관』으로 대표되는 탑-다운 방식과 데이비드 앨런의 『쏟아지는 일 완벽하게 해내는 법』으로 대표되는 바텀-업 방식을 언급하는 것처럼 보여 재미있다. 물론 『회상록』은 두 책이 세상에 나오기 훨씬 전에 쓰였다. 황제는 말한다. 자신의 하루 일정 전체를 우선 흔들리지 않을 중심 생각 위주로 정리하고, 그 생각에 방해가 될 것들이나 다른 영역의 일들, 중요하지 않은 것들은 그 중심 생각에 기댄 잔가지처럼 나누었다고. (탑-다운 방식이다.) 또 반대로 황제는 어떤 문제를 한없이 나누고 또 나누어서 손에 쥘 수 있는 정도의 작은 생각이나

일로 만든다. 어떤 결심이 너무 방대해서 취하기 힘들 때에는 아주 작게 분할한 결정을 하나씩 하다 보면 그것들이 점진적으로 연계되면서 힘도 생기고 쉬워지게 된다. (바텀-업 방식이다.) 이쯤에서 독자인 우리는 이 긴 편지의 수신자인 십 대의 마르쿠스 아우렐리우스가 되어 선대 로마 황제로부터 경영 수업을 받는 기분이 든다. 또한 아마도 작가인 유르스나르도 집필 작업에 이런 치밀함과 헌신을 적용해서 이 『회상록』이라는 걸작을 완성해 내지 않았을까. 그렇다면 이런 작업 방식에 대한 기술은 스스로를 증명하는 것일 테다.

　'인터뷰의 기술' 파트도 있다. 나는 직업적으로 인터뷰를 할 때가 종종 있는데 이 부분을 읽으며 참으로 맞는 말이라고 생각했다. 하드리아누스는 자신이 보잘것없는 직위들에 있을 때 익힌 사람 대하는 기술이 나중에 황제로서 알현을 받거나 접견을 할 때 유용해졌다고 말한다. 그 중심된 노하우는 짧은 시간이지만 상대자에게 전적으로 자신을 바쳐, 황제라는 세계를 지워 버리고 '이 은행가, 이 퇴역 군인, 이 과부만을 존재하게' 하는 것이다. 좁은 한계에 갇혀 있을지언정 나름의 세계를 가진 그토록 다양한 사람들에게, 마치 자기 자신에게 정중한 주의를 기울이듯 최선을 다하는 태도다.

　로마의 과도하게 화려한 식도락 풍조에 초연한 황제의 문장들은 과식을 절제하고 자극적인 풍미로부터 거리를 두고픈 현대의 독자들에게 유효하다. 이 부분의 문장들은 차고 맑은 샘물로 입안과 위장을 씻어내 주는 듯하다. 하드리아누스는 매우 감각적인 황제였으나 '과식은 로마인들의 악덕의 하나'라고 단언하며 자신은 오히려 식사를 절제하는 데서 관능적인 기쁨을 느꼈다고 말한다. 하나의 과일은 인간들과 다름없이 '대지의 양육과 시혜를 받은 아름답고 살아 있는 이물'이며, 이것을 먹는다는 것은 하나의 제물 봉헌처럼 신성한 것이다. 황제는 전쟁터에서 묵직하고 거친 빵을 베어 물 때 그것이 '피로, 열로, 또 아마도 용기로 변할 수 있다는 것'에 매번 감탄했다고 말한다. 그는 그리스적인 것을 깊이 동경했던 로마인으로, '멧새들로 숨이 막힐 정도로 배를 채우고, 소스를 뒤집어쓰며, 양념에 중독'된 로마의 식문화에 비해 그리스식의 자연적이고 소박한 음식은 가장 단순한 즐거움을 간직한 채 순수하게 식욕을 만족시킨다고 평가한다.

하드리아누스는 치세 기간 중 상당히 오랜 기간을 로마가 아닌 변방의 국경 지역을 순행하며 보냈다. 그는 행동가였으며, 로마의 아름답고 쾌적한 궁에 기대듯 누워 보고를 받는 방식으로 일하지 않았다. 로마에 머무는 동안에도 쉴 새 없이 일했는데,『회상록』에는 이렇게 표현되어 있다. '로마를 마치 집주인이 없더라도 문제가 없을 집, 두고 떠날 수 있기를 바라는 집'처럼 정비했다고. 황제의 '원대한 계획들, 평화 활동, 삶'마저 로마의 성벽 밖에서 시작되는 것이었다. 아무리 로마의 가도가 잘 정비되어 있다 한들, 치세기간의 3분의 2를 집을 떠나서 지내는 생활은 고단했을 것이다. 황제가 되기 전에도 자신의 오촌이자 선왕인 군인왕 트라야누스를 보좌하여 스무 살 이전부터 먼 곳에서 오랜 군 생활을 했던 하드리아누스는 병사들과 함께 바닥에서 자고 거친 생활을 하는 데 이골이 나 있었다. 그는 이렇게 말한다. 그가 가장 철저히 노력을 기울였던 것은 모든 자유들 가운데 가장 힘든 자유, 수락의 자유에 대해서였다고. 그는 그가 처해 있는 상태를 바랐다. 예속적이고 쓰라리며 때로 모욕적이기까지 한 상태일지라도 그는 그가 이미 가지고 있는 것을 선택했다고 여기고 심지어 그것을 전적으로 소유하고 잘 음미하려고 했다. 예컨대 전쟁에서 적군의 매복이나 해상 폭풍우 같은 절망적인 사태를 맞이하게 될 때조차 그 우연을 환대하도록 노력하고, 극심한 재난 한가운데서도 스스로의 기진맥진한 상태를 이용해 그 공포를 덜어 낸 뒤 재난을 '받아들이기를 받아들임으로써' 그것을 자신의 것으로 인식하는 순간들을 발견하려 했다. '그리하여 신중성과 대담성이, 정성껏 조화시킨 복종과 반항이, 극단적인 요구와 조심스러운 양보가 혼합된 그런 마음가짐으로' 그는 그가 처해 있는 상태를 바랐던 것이다.

여기서 하드리아누스는 아주 고등한 능력으로 향하는데, 이것은 스토아철학의 정수와도 닿아 있다. '운명에 대한 사랑'을 뜻하는 '아모르 파티(amor fati)'와도 유사한 마음가짐이다. 내가 살게 된 이 삶과 운명을, 이미 가지게 된 것을 선택하고 전적으로 소유하고 음미하는 데까지 나아가는 것이다. 이러한 마음가짐을 하드리아누스는 '수락의 자유'라고 말한다. 수락의 자유와 복종은 다르다. 복종은 자신이 마주한 대상을 검토하고 분석하여 스스로가 그것을 바라게 만드는 과정을 거치지 않는다. 겉으로 보이는 행동이 정확히 같을지언정, 수락의 자유를 지닌 사람은 적어도 그에 대한 반응의 자루를 스스로 손에 쥐는 것이다. 그 대상이 더할 수 없이 극심한 재난이라 할지라도 '받아들이기를 받아들임으로써' 그것을 정녕 자신의 것으로 하는 순간들을 발견하는 것. 비바람에 노출된 식물이 쓰러졌다가도 다시 일어나 더 단단해지는 것처럼, 고통을 어떻게 다룰 것인가의 문제는 성장과 밀접한 관계가 있다. 현대의 경제학자 나심 탈레브가 말한 '안티프래질(antifagile)'의 개념과도 닿는다. 무작위적인 사건이나 충격, 스트레스로부터 고통을 받기보다는 오히려 그것을 활용해 재생의 동력으로 삼고 더 나아지는 어떤 자질.

　　여기까지는 스토익한 방식으로 '모든 자유들 가운데 가장 힘든 자유'를 취득해 가는 과정이다. 그러나 하드리아누스는 스토아 철학의 결정론적 세계관과 그에 따르는 소극성과는 다른 길로 나아간다. 그는 스토아학파의 대표적인 철학자라 할 에픽테토스의 검박한 집을 방문했던 젊은 날의 기억을 떠올린다. 에픽테토스는 아무것도 바라지 않고, 신체적 고통을 포함해 모든 것을 묵묵히 견디는 비범한 자유인이었다. 하드리아누스는 노인의 목발과, 짚을 넣은 매트와, 도기로 된 램프와, 질그릇 속에 놓여 있는 나무 숟가락 등 그 순수한 삶의 단순한 집기들을 경탄하는 마음으로 바라보며, 노인이 거의 신적인 자유를 소유한 듯하다고 생각했다. 동시에 하드리아누스는 깨닫는다. 에픽테토스의 소박한 삶은 위대하지만 너무나 많은 것을 포기하고 있었고, 야심가인 자신의 경우에는 포기하는 것보다 더 위험하게 쉬운 것은 아무것도 없음을. 그리하여 '지칠 줄 모르는 일꾼'이면서도 동시에 탐미주의자였던 관능의 인간 하드리아누스는 절제의 능력과 요구의 능력을 함께 키워 갔던 것이다. 그는 '위험하게 쉬운' 포기를 선택하기보다는 자유와 아름다움을 끝까지 요구했다. 이 두 가지의 능력은 그의 삶 전체를 관통한다.

회사에 갓 들어간 신입사원이나 일을 처음 배우기 시작하는 사람은 아직 자신의 색깔을 알지 못한 채 상황이 요구하는 다각도의 대처를 통해 점차 자신에 대해 알아 간다. 아이를 기르거나 농사를 짓는 일에서도 마찬가지일 것이다. '나'는 아직 노련하지 않으며, 일관성을 유지하기도 어렵다. 이것을 유르스나르는 황제가 아직 황제이기 전, 군인으로서 성장하는 과정에서 그의 내면을 무대 삼아 어지러이 드나드는 수많은 배역들처럼 묘사한다. 그 무대에는 '병사들과 전쟁 중의 궁핍을 즐겁게 나누는 사관', '신들에 대한 우수로운 몽상가', '한순간의 사랑의 도취를 위해 무엇이나 할 준비가 되어 있는 연인', '세상이 돌아가는 방식에 대해 경멸을 숨기지 않는 오연한 젊은 부관', '미래의 정치가' 등이 번갈아 가며 등장한다. 또한 비열한 아첨꾼, 거만하고 못난 젊은 놈, 재담 한마디로 친구를 잃기도 하는 경박한 떠벌이, 비정하고 기계적인 검투사, 상황의 노리개일 뿐인 멍한 인간까지도 내면의 무대에 오르는 배역이다. 그러다 어떤 내면의 극단장이요 연출가 격인 인물이 나타나 이 모든 배우들을 적재적소에 기용하고, 불필요한 대사를 없애며 점차 극의 완성도를 높여 간다. 한 사람이 다른 사람들과 상호 교감하는 어느 직무에서 성장해 가는 과정을 유르스나르는 참으로 독창적이고도 설득력 있게 묘사한다. 종횡으로 뻗어 나가던 가지가 점점 굵어지며 우람하고 균형 잡힌 수형으로 단단해져 가는 나무처럼, 점차 나라는 무대의 키나 자루를 손으로 단단히 거머쥐도록 성장하는 어느 직업인의 내면이다. 나라는 인물은 유능하기도 하고 비열하기도 하고 낭만적이기도 하고 못나기도 하고 멍하기도 한 그 모든 사람이자 또한 그 어느 한 사람이기만 한 것도 아니다.

악시스 문디, 세계의 중심축

하드리아누스는 로마 제국의 영토를 가장 방대하게 넓혀 놓은 군인왕 트라야누스의 부하였다. 로마가 아닌 에스파냐의 자치 도시 이탈리카에서 태어나 사투리를 쓰던 그가 군단의 젊은 지휘관이 되고, 고급 장교가 되고, 황제의 비서 역할을 하며 원로원에서 연설을 대신하고, 호민관, 법무관, 사령관, 속주 총독, 집정관을 거쳐 황제로 성장해 가는 과정이면 나라의 벽화를 회상하듯 그려진다. 훌륭한 황제가 될 자질이 있다고 해서 그것이 어린 시절부터 드러나 순탄히 개화를 향해 가는 것은 아니다. 그 사이에 있었던 수많은 우연과 운명, 좌절과 돌파를 이야기로 잇는 것은 오직 회상으로만 가능하다. 선배이자 상사인 트라야누스를 보좌하며 하드리아누스는 많은 것을 배우기도 하고 그와는 다른 자신만의 견해를 갖게 되기도 한다. 하드리아누스는 자신의 치세를 구상하고 또 배우면서 때를 기다린다. 그러나 또한 트라야누스 황제는 하드리아누스처럼 '없어서는 안 되는 부하들을 본능적으로 미워했다.' 하드리아누스는 타산을 맞춰 보며 기다린다. '너무 일찍 옳은 것은 그른 것인 법'이다. 이것은 『회상록』의 '처세술' 파트라 할 만하다. 그는 사람들이 흔히 젊은 시절의 꿈을 말하지만 젊은 시절의 타산은 쉽게 잊는다며, 타산 역시 꿈이라고 말한다. 그는 공손하거나, 유순하거나, 친하게 굴거나, '능란하게, 그러나 너무 능란하지는 않게' 처신한다.

가족의 품을 떠나 어린이집과 유치원에 들어가면서부터 우리는 인간으로서의 사회 생활을 시작한다. 네트를 넘어 곳곳으로 날아드는 탁구공을 재빨리 쳐 내듯이 사회의 무수한 작용에 다양하게 반응하며 나라는 개인의 경계를 알고, 나와 다른 사람들의 유사점과 차이점을 깨닫고, 사회에 동화되기도, 그 동화에 저항하기도 하며 살아간다. 개인의 내면은 다 다르고 은밀할 것이나 비개인적 차원, 즉 인류 공통의 조건과 한계를 생각하면 우리는 멀리서 보았을 때 모래알들처럼 균질해진다. 타인과 나 사이에서 발견되는 차이들은 너무나 하찮은 것이어서, 최종 합산에서도 중요하지 않은 것이다. 조직과 사회 속에서 시선의 축척을 변경해 가며 나라는 개인의 참됨을 추구하면서도 나라는 모래알의 조건을 인식하는 능력은 중요하다. 후마니타스, 즉 인성에 대한 고찰은 이런 시선으로부터 비롯할 것이다. 하드리아누스는 이렇게 말한다. 가장 깊은 내면 차원에서 바라보면 스스로에 대한 지식은 애매하고 은밀한 것이지만, 가장 비개인적인 차원에서 바라보면 인간 전반에 대한 지식은 수학처럼 냉엄한 것이라고. 그래서 하드리아누스는 스스로의 지능을 사용해 자신의 삶을 높은 곳에서 객관적으로 바라보고자 하며, 그렇기에 자신의 삶은 다른 사람의 삶이 된다고 말한다. 그는 다른 것들을 가지고 있지 않으므로 그 도구와 장비들을 가지고 인류와 개인의 운명에 대해 가늠하고 사유한다고 말한다.

　　내면으로 파고드는 렌즈와, 외면을 저 멀리서 내려다보는 렌즈를 오가는 황제의 시선은 내가 항상 흥미롭게 생각하는 '축척 변경의 기술'을 훌륭히 표현하고 있다. '다른 것들을 나는 가지고 있지 않다.'라는 말은 무슨 의미일까?

유르스나르는「창작 노트」에 플로베르의 서한집 중 다음의 문장을 옮겨 두었다. '키케로에서 아우렐리우스에 이르는 시기는 이교 신들이 더 이상 존재하지 않았고 그리스도가 아직 나타나지 않은' 시대, 인간 홀로 존재했던 유일한 시대였다고. 매우 서구 중심적인 표현이기는 하지만, 하드리아누스의 시대가 신의 전능과 율법이 많은 것을 바꾸어 놓기 전, 인간이 자신의 손에 쥔 도구로 인간의 삶과 세상을 이해하려 한 시대였음을 뜻한다. 신이 있기는 하나 30만쯤 되는 신들이 치고받으며 인간과 어울려 살던 시대였다. 절대적 당위에 매몰되지 않고 인간으로서의 사고와 지력으로 도달한 후마니타스의 가치를, 훗날 하드리아누스는 황제가 되어 모든 법제와 치세에 적용하려고 노력한다.

때로는 돈으로 정말 중요한 것을 살 수도 있다. 트라야누스 황제가 하드리아누스에게 은화 200만 세스테르티우스를 주자, 하드리아누스는 더는 돈 걱정이 자신을 괴롭히지 않았다고 토로한다. 그는 '사람들의 마음에 들지 않을까 하는 비열한 두려움'을 대부분 잃어버렸다고 말한다. 주머니가 두둑해졌으니 안하무인이 되었다는 얘기가 아니다. 하드리아누스는 돈으로 살 수 있는 것 중에서 자신이 가장 중요하게 여기는 가치인 '자유'의 일부를 산 것이다. 나는 지갑도 마음도 가난하던 이십 대의 어느 날 폴 오스터의『우연의 음악』에서 다음 문장을 읽고 수첩에 옮겨 적어 두었다. "돈의 진정한 이점은 물건을 살 수 있다는 것이 아니라 돈에 대해서 생각하지 않을 수 있게 해 준다는 것이었다."[45] 나는 그 즈음 돈에 대한 생각과, 돈을 벌기 위해 해야만 하는 일, 그 때문에 어쩔 수 없이 함께 부대껴야 하는 사람들에 대한 생각으로 머릿속이 온통 가득 차 있었다. 내가 저 문장을 옮겨 적으며 간절히 바랐던 것은 돈에 대해서 생각하지 않을 자유였다.

　　이와 비슷하면서도 다른 현상이 하드리아누스의 정치적 성장 과정에서도 일어난다. 그는 로마의 집정관이 된다. 이전까지 그는 두려움과 초조함을 느끼면서도 자신이라는 개인 안에 있는 보다 묵직하고 평온한, 그러니까 진정한 자신을 남들이 봐주기를 바라는 복잡한 마음을 가지고 있었다. 그러나 집정관이 되고 어느 시점이 지나자 스스로에게는 관심이든 무관심이든 가질 시간조차 없어진다. 왜냐하면 바로 그의 관점이 중요한 것이 되기 시작했기 때문이다. 그는 이제 개인으로서의 관점이 아니라 사회의 구심점으로서의 관점을 가지게 된다. 자신을 지지하는 세력이 늘어나고, 자신에게 적대적인 세력 또한 늘어난다. 자신의 발언과 결정이 중요해지면 책임감도 무거워지지만 어떤 의미로는 자유로워진다. 「라쇼몽」으로 베니스영화제 황금사자상, 아카데미상 외국어영화상을 수상했던 영화감독 구로사와 아키라는 훗날 이렇게 말했다고 한다. "영화는 상과 관

---

45) 폴 오스터, 황보석 옮김, 『우연의 음악』(열린책들, 2000), 31쪽.

계없는 것입니다. 하지만 젊은 나에게는 그 상이 필요했습니다. 그건 내가 틀리지 않았다는 격려 같은 것이었습니다. 그러니까 상은 영화가 아니라 그것을 만드는 사람에게 필요한 것입니다." 두려움과 초조함으로 분투하던 젊은 사람에게 주어지는 권위는 그를 비로소 자유롭게 하기도 한다. 기원 후 117년, 마흔한 살의 그는 마침내 황제가 된다. 트라야누스가 하드리아누스를 후계자로 지명하는 과정, 또 황제에 오른 후 정적들이 제거되는 과정에서 석연찮은 잡음이 끊이질 않는다. 온갖 우여곡절 끝에 황제가 된 하드리아누스는 이렇게 말한다. 이젠 더 이상 자신의 삶에 사로잡히지 않고, 다시 다른 사람들에 대해 생각할 수 있게 되었다고.

　　황제가 될 사람은 황제가 된다. 황제가 될 만한 그릇을 지닌 사람이 결국 황제가 된다는 뜻은 아니다. 로마에서는 황제가 꼭 선황제의 핏줄을 이어받아야 할 필요는 없었고, 황제들은 후계자가 될 사람을 지목해 양자로 삼았다. 황제들은 후계자 선정에 고심했으나 그것이 꼭 좋은 결과로 이어지는 것은 아니었다. 경험이 보여 주는 것은 무엇일까. 후계자들을 선택하기 위해 한없이 쏟는 정성에도 불구하고 '범용한 황제들이 언제나 가장 많은 숫자를 차지할 것이며, 적어도 한세기당 한 명 꼴로 미친 황제가 군림'할 것이라는 사실이다. 그러나 미친 황제 또한 황제가 될 사람이었다고 말할 수 있다. 파도가 치다 보면 한 번씩 광포한 파도가 일기도 하는 것이다. 이렇게 운명론은 결과의 자리에서 뒤를 돌아보며 쓰인다.

　　전 세계의 수많은 신화와 옛이야기는 주인공이 시련을 극복하고 왕이나 황제가 되거나, 결혼해서 행복하게 잘 살게 되었다는 것으로 결말을 맺는다. 이런 이야기들은 우리 인간들의 마음속의 작용을 상징적으로 드러내곤 하므로, 나는 대강 '왕이 되었다.'는 무의식의 수많은 과정을 거쳐 자기 내면의 신성을 발견하는 것, 결국 그것과 하나가 되어 진정한 자신이 된 것 정도로 해석하고, '결혼해서 행복하게 잘 살았다.'는 『아우라』에서 살펴본 것처럼 인간 내면에 깃든 욕망이나 공포 등의 '두 대극을 초월한 합일'의 상징 정도로 생각하곤 한다. 물론 『회상록』은 신화나 옛이야기가 아니라 고대의 실존 인물을 주인공으로 한 현대 소설이지만, 이 책의 전반에 흐르는 신비하고 깊은 명상의 분위기가 하드리아누스의 황제 등극이라는 실재했던 사건을 정치적, 역사적 사건이기보다는 하나의 상징처럼 받아들이게 만든다. 이 유장한 자기계발의 서사는 '세상의 황제가 되어 권력을 다루어라.'라는 식으로 정점을 맞기보다는 어느 순간 고요한 내면의 사건으로, 깊은 강물 속과 같은 이미지로 변모한다. 황제가 될 사람은 황제가 된다. 황제가 되는 것은 다름 아닌 나 자신이 되는 것이다. 나 자신의 자유와 신성을 온전히 발견하고 그에 투신하는 것이다. 영원 속에 있는 나라는 존재의 굴대를 굳게 붙잡아 스스로 악시스 문디(axis mundi), 즉 세계의 중심축이 되는 것이다. 유르스나르는 작가 노트에 이렇게 쓰고 있다. '인간의 모험을 살았던 모든 사람은 나 자신'이라고. 황제는 이렇게 말한다. '한 인간의 진정한 탄생처럼 시간이 걸리는 것은 아무것도 없다.'고. 내게 하드리아누스가 황제가 되는 사건은 세속에서 최고의 권력자가 되는 일보다는 오히려 '한 인간의 진정한 탄생', 그 내면적인 사건을 상징하는 것으로 여겨진다. 다른 사람과 다를 것도 없는 하나의 인간, 하나의 모래알의 진정한 탄생.

다음은 유대 전쟁으로 다시 전장의 막사 생활을 하게 된 노년의 황제 하드리아누스가 어느 밤 초연한 깨달음을 얻는 장면이다. 유르스나르의 상상력과 묘사력은 그 밤의 공기까지 우리의 폐 속으로 불어넣는 듯하다. 모기가 앵하는 소리에 황제는 병영의 막사에서 깨어난다. 바닥에 던져 놓은 책이며 지도들이 천막 사이로 들어온 낮은 바람에 사각대는 소리를 낸다. 침대에 앉아 군화를 신고 손으로 더듬어 요대와 단검을 찬 황제는 밤공기를 쐬러 나간다. 텅 빈 진영의 넓은 길을 걷는데 보초들이 격식을 갖춰 경례를 한다. 그는 이질 환자들의 역취가 나는 야전병원용 막사 옆을 지나 적과 아군을 갈라놓고 있는 둔덕 쪽으로 걸어간다. 초병 한 명이 달빛이 비치는 순찰로를 규칙적인 발걸음으로 걷고 있는데, 황제는 그 초병의 오가는 동작에서 '자신을 굴대로 하는 거대한 기계의 한 톱니바퀴의 움직임'을 본다. 이 위험한 세계 속에서 외로이 순찰하는 그 한 사람의 가슴속에 타고 있는 짧은 순간의 불꽃을 느낀다. 이때 화살 하나가 획 소리를 내며 날아간다. 황제의 귀에 그 소리는 자신을 깨운 모깃소리와 다를 것이 없게 느껴진다.

이 명상적인 밤산책에서 그는 다시금 깨닫는다. 그는 거대한 기계의 굴대이면서 동시에 그 기계의 한 톱니바퀴인 초병과도 다를 것이 없는 존재인 것이다. 그 외로운 초병의 가슴속에 타고 있는 그 짧은 순간의 불꽃은 굴대이자 황제인 자신의 내부에 있는 불꽃과 사실은 다르지 않은 것이다. 그 깨달음은 초병과 황제 사이의 거리를 순식간에 용해시키고, 행여 목숨을 앗아갈 수도 있는 화살의 획 소리가 막사 안의 모깃소리와 별반 다를 것이 없음을 깨닫게 한다. 우리는 모두 같은 강물에 몸을 담그고 있는 것이다. 초병도 황제도 적도 아군도.

『회상록』은 BL물인가?

앞서 『회상록』이 고품격 자기계발서로 기능하는 부분이 있다고 했는데, 이번에는 또 다른 면모를 언급할 차례다. 조금 불경스러운 표현이지만 『회상록』은 본격 BL물이기도 하다. boy's love를 뜻하는 BL은 남성 간의 사랑을 다룬 장르로 주된 창작자와 소비자는 여성이다. 1970년대 무렵부터 일본 만화의 서브 장르로 음지에서 존재했다고 하고, 1990년대부터 2000년대에는 아이돌의 팬픽 문화와 결합해 점점 세가 커지더니 웹툰과 웹소설이 활발히 소비되는 2020년대에는 양지로 나온 정도를 넘어 인기 장르로 자리 잡았다. 그저 남성 간의 애정을 다룬 작품이라면 오스카 와일드뿐만 아니라 헤르만 헤세, 앙드레 지드, 토마스 만의 책을 들춰 봐도 어렵지 않게 발견된다. 그런데 『회상록』은 이들 작품보다 훨씬 BL 장르의 공식에 충실한 듯 느껴지는데, 그건 어째서일까?

　　우선 캐릭터가 뭐라 말할 수 없이 '웹툰적'이다. 하드리아누스와 그가 사랑한 소년 안티노우스의 조각상은 매우 많이 남아 있어, 그들의 외모는 로마의 솜씨 좋은 조각가들에 의해 잘 보존되어 있다. 하드리아누스의 조각상은 사이가 좋지 않았던 아내인 사비나와 나란히 놓이기보다 애인인 안티노우스와 나란히 놓일 때가 더 많다. 안티노우스는 그토록 오랜 세월이 지나서도 현대의 관람객으로 하여금 보는 순간 탄성을 내뱉게 할 만큼 눈부시게 아름다운 미소년이다. 아름다운 외모에 대한 기준이나 감각도 시대에 따라 달라지곤 하는데, 안티노우스는 로마 시대로부터 21세기에 이르기까지 한결같이 인기가 높다. 안티노우스와 서른 살 넘게 나이 차이가 났던 하드리아누스는 곱슬머리와 우뚝한 콧날, 수북한 수염으로 선이 굵고 강건한 인상을 준다. 참고로 그는 수염을 기른 최초의 로마 황제였고 그의 재위 이후로부터 수염을 기른 황제들의 조각상이 등장한다. 요컨대 이 둘은 BL 용어로 표현하자면 '미인수'와 '황제공'이다. 자세한 설명은 생략하겠으니 혹시 이 말뜻이 궁금하신 분들은 검색해 보시기 바란다.

　　알려져 있듯 그리스 시대에는 나이 든 남성과 어린
남성 사이에 정신적, 육체적 애정을 나누는 일이 자연스러
웠고 그것에 교육적인 의미도 있었다. 로마 시대에는 그리
스 시대만큼 성인 남성의 미소년에 대한 사랑이 공공연하지
는 않았지만 그렇다고 해서 금지된 일도 아니었다. 세손인
마르쿠스 아우렐리우스가 『명상록』에서 자신의 양아버지이
자 하드리아누스의 양자인 안토니누스 황제가 소년을 탐하
는 마음을 극복했다며 상찬하는 걸 보면, 그리 권장할 만한
일은 아니었음을 짐작할 수 있다. 『회상록』은 어려서부터
그리스어로 된 책을 탐독하고 그리스적인 모든 것에 열광하
던 하드리아누스가 점점 성장해 마침내 황제가 되는 이야
기, 그리고 황제가 되어 빈틈없이 평화를 도모하고 온갖 제
도를 부지런히 개혁하고 문화적인 아름다움을 추구하는 이
야기로 이어지다가, 그의 나이가 사십 대 후반에 들었을 무
렵 비티니아 출신의 그리스인 미소년 안티노우스를 만나며
꿈결 같은 사랑 이야기로 접어든다. 유르스나르는 서두르지
않는 근사한 솜씨로 그 모든 관능과 아름다움을 문장에 담
아 아주 얇게 두드려 편 금박처럼 한 겹 한 겹씩 쌓아 나간
다. 이 세공술은 가까이서 봐도 멀리서 봐도 불가사의할 정
도로 완벽하여, 언제 어느 곳을 다시 펴서 읽어도 깊은 만족
감을 준다.

　　안티노우스와의 첫 만남은 다음과 같다. 하드리아

누스가 소아시아에 머물 시절, 니코메데이아 속주의 대관인 프로쿨루스의 저택에서 열린 문학회에 참석한다. 황제가 좋아하는 리코프론의 상당히 난해한 시 한 편이 낭독된다. '음과 인유와 심상이 비상궤적으로 병치되고, 반영과 반향이 복잡하게 짜이는' 시다. 『순수의 시대』에서 엘렌 올랜스카의 방에 대한 묘사를 읽으며 상상력을 발휘했던 것처럼, 소아시아의 저녁에 어느 저택에서 열리는 문학회와 거기서 난해하고 복잡한 시 한 편이 낭독되는 장면을 그려 보자. 이 경우 고대 소아시아의 여러 세부 사항을 알기는 어려우니 독자가 그리는 이미지에는 한계가 있고, 제각각 상상하는 바가 다를 테지만 또 묘하게 비슷한 분위기를 형성할 듯도 하다. 여러분이 오래전에 만난 누군가의 첫인상을 회상할 때처럼 하드리아누스 황제도 아주 예전 일을 회상하고 있으므로 안티노우스의 모습만 비교적 분명히 떠오르고 그 미소년의 주위는 마치 블러 처리된 것처럼 어렴풋할 것이다. 황제가 눈길을 준 곳에 한 소년이 혼자서 방심한 듯 생각에 잠긴 듯한 태도로 시를 듣고 있다. 황제는 숲속 깊은 곳에서 희미한 새소리에 귀를 기울이는 목동을 생각한다. 소년은 수반 가장자리의 매끈한 표면을 만지작거리고 있다. 사람들이 돌아간 후 황제는 소년을 곁에 있도록 했는데, 그는 아는 것은 거의 없었지만 사려 깊고 순진했다. 아시아의 악센트를 띤 그리스어로 자신이 말하는 것을 황제가 듣고 있다는 것을 인식한 소년은 얼굴을 붉히며 침묵에 잠긴다. 그리고 황제는 곧 그의 그런 침묵에 익숙해진다. 그 후로 황제가 여행할 때면 소년이 그를 수행했고, '옛이야기 같은 몇 해 동안'이 시작된다.

하드리아누스는 안티노우스를 보며 목동을 떠올린다. 그리스 신화의 대표적 미소년인 목동 가니메데가 연상된다. 제우스는 가니메데가 양을 치는 모습을 보고 반해 독수리로 변해서 그를 납치해 올림포스로 데려가 총애하며 술을 따르게 한다. 밤하늘의 목성(Jupiter)은 유피테르, 즉 제우스에서 이름을 땄고 그 위성 중 하나의 이름은 가니메데이니 그 둘은 지금도 가까이 있는 셈이다. 십 대의 나이에 하드리아누스를 만난 안티노우스는 가니메데가 제우스에게 그러했듯, 이후 여러 해 동안 황제를 그림자처럼 따르며 수행한다. 그는 수줍음이 많아 조용하고 아름다웠으며, 지적인 대화를 나눌 상대는 아니었다.

안티노우스는 놀라울 만큼 조용한 움직임으로 마치 반려동물이나 수호신처럼 황제를 따라다녔다. 안티노우스는 자신의 기쁨이나 숭배의 대상이 아닌 모든 것에 대해 거의 오만할 정도로 무관심했다. 황제는 안티노우스의 끈질긴 부드러움과 깊은 헌신에 경탄하지만, 그 복종은 맹목적이기만 하지는 않았다. 대부분 내려덮여 있던 안티노우스의 눈꺼풀이 치켜올라 가고 그 두 눈이 자신을 정면으로 바라볼 때면 황제는 마치 심판을 받고 있는 듯한 느낌이 든다. 그러나 그것은 마치 '신이 그의 신도한테서 받는 심판'과도 같았으며 그가 누군가에게 절대적인 지배자였던 것은 '단 한 번, 그리고 단 한 사람에 대해서만'이었다고 술회한다. 안티노우스가 그 아름다운 눈꺼풀을 치켜올리고 하드리아누스를 마치 심판하듯 정면으로 바라보는 장면을 상상해 본다. 안티노우스는 황제에게 절대적으로 복종했으나, 황제 또한 그 시선의 힘에 다른 방식으로 굴복하곤 했으리라.

하드리아누스는 여러 여자와 남자를 아꼈지만 안티노우스를 가장 사랑했다. 당시를 회상하며 하드리아누스는 '거기에서 황금 시대를 다시 발견하는' 것처럼 여겨졌고, 모든 것이 쉬웠다고 말한다. 그 '옛 이야기 같은 몇 해 동안' 십 대 소년이던 안티노우스는 식물처럼 끊임없이 성장해 성인이 되어 간다. 그리스·로마 시대 남성 간의 사랑은 나이 많은 쪽이 일종의 후견인이 되어 어린 사람을 교육시키는 의미가 컸으므로 성인이 되어서도 관계를 이어가는 것은 탐탁지 않은 것으로 여겼다. 하드리아누스는 안티노우스와의 관계를 변모시키기 위해 노력하지만 잘 되지 않는다. 그는 맹목적이고 불안이 깃든 안티노우스의 애정을 냉대해야 할 필요를 느끼면서도 고뇌한다.

그 무렵 안티노우스는 기이한 입신 의식이나 제물 봉헌제 등에 참석하게 되는데, 한번은 황소의 피로 세례를 받아 온몸과 얼굴에 피칠갑이 된 채 나타나기도 한다. 피를 뒤집어쓴 미소년의 얼굴이라니, 참으로 장르물 같은 설정이라는 생각이 다시금 든다. 앞서 『아우라』에서 아우라가 새끼 양을 죽여 피를 뒤집어쓴 장면이 연상된다. 붉은 피의 희생으로 녹색의 생명이 이어진다는 관념은 아주 오래되고 끈질긴 것이다. 우리는 문학을 비롯한 수많은 예술 작품에서 이 같은 테마의 반복을 보게 된다. 이 피 세례의 날로부터 얼마 지나지 않아, 안티노우스는 스무 살 생일을 한 달 앞둔 어느 날 나일강에서 익사하고 만다.

　　　역사가들은 안티노우스의 이르고 갑작스런 죽음에 여러 가설을 제시하는데, 『회상록』에서는 안티노우스가 자신의 생명을 하드리아누스에게 봉공하듯 스스로 죽음을 택한 것으로 추정한다. '죽음이란 봉공의 최후의 형태, 최후의, 그리고 아직도 남아 있는 유일한 증여'가 되는 것이다. 곧 성인이 될 안티노우스가 황제로부터 더 이상 사랑받지 못하게 될 것이라는 두려움과, 절대적으로 숭배했던 황제에게 자신의 최후의 것을 바치고자 하는 마음 때문에 스스로 목숨을 끊었다니, 과도하게 극적인 설정 아닌가 싶지만 이는 베일에 싸인 안티노우스의 죽음에 대해 역사가들도 추정하는 유력한 가설 중 하나다. 하드리아누스 황제가 안티노우스의 갑작스런 죽음에 무너져 크게 오열하며 슬퍼한 것은 기록에 남아 있다. 심지어 하드리아누스는 안티노우스가 죽은 그곳에 그의 이름을 딴 안티노오폴리스라는 그리스적인 도시를 세워 버린다. 그에 대한 예배가 광장에서 사람들의 왕래와 영원히 함께 있고, 그의 이름이 저녁의 한 담들 속에 오르내리며, 젊은이들이 축연석에서 관을 서로 던지는 그런 도시를. 그리고 안티노우스를 신으로 만든다. 마침 안티노우스가 나일강에서 죽은 날은 오시리스의 죽음의 기념일 무렵이었는데, 이집트의 임종의 신이자 절대적인 절대적인 인기를 누렸던 오시리스 또한 나일강에서 익사했다. 안티노우스는 점점 오시리스와 결합한 신의 모습으로 숭배된다. 뿐만 아니라 하드리아누스는 안티노우스의 얼굴이 새겨진 화폐를 주조하고 그의 이름을 딴 별을 지정하기도 한다. 하드리아누스는 자신이 거처한 별궁의 방마다, 주랑마다 안티노우스의 석상을 놓았다. 황제는 그때 이른 죽음을 보상하기 위해 할 수 있는 모든 노력을 기울였다. 한편으로는 안티노우스의 존재가 적어도 수세기 동안은 시간의 바다 위에 떠올라 살아갈 것이라고 생각하면서도, 한편으로는 그게 다 무슨 소용이냐며 스스로를 비웃는다. 자신의 애도는 무절제의 한 형태, 하나의 야비한 방탕에 지나지 않았다고.

그의 이름을 딴 도시, 그의 얼굴을 한 신, 그의 옆모습이 새겨진 화폐, 그의 이름으로 불리는 별, 지금까지도 남아 있는 수많은 그의 석상들…… 나는 '지칠 줄 모르는 일꾼'으로 불리던 황제가 연인을 잃은 슬픔을 이기지 못해 행한 숱한 일들이 모두 역사적 사실이라는 점이 놀랍다. 술시중을 드는 미소년 가니메데처럼, 한 마리의 반려동물처럼 곁에 있었던 안티노우스, 성인이 됨에 따라 하드리아누스가 서서히 멀리하려고 했던 그 안티노우스는 죽음으로써 자신의 존재를 하드리아누스에게 영원히 결합시켰다. 너무 일찍 사라진 그의 존재는, 오히려 더욱 증폭된 그의 부재로서 황제 곁에 하나의 신이자 정당한 반쪽으로 자리하게 되었다.

『아우라』에서 펠리페와 아우라가 마침내 결합함과 동시에 응결되어 그 관계의 에너지가 안쪽으로 수렴되어 간다면,『회상록』에서 하드리아누스와 안티노우스는 한쪽의 광범한 영향력과 한쪽의 갑작스런 죽음이 강렬한 핵반응 같은 것을 일으켜 그 에너지가 밖으로 발산된다. 역사의 강물이 출렁일 정도로 거대한 사랑의 신화가 된 것이다. 유르스나르는 이 오래된 사랑 이야기의 관능과 숭고함을 마치 시대를 초월한 제관(祭官)처럼 축성하는 듯하다. 안티노우스는 이집트풍 장례를 치렀다. 미라가 된 안티노우스의 얼굴에 꼭 맞는 황금 가면을 덮고, 석관에 누인 뒤 동굴 속으로 내린다. 황제는 읊조린다. 안티노우스는 끝도 없는 지속의 가운데로 들어갔다고. '시간의 어두운 태내에 아직도 품어져 있는 수천 세기들이' 그를 살아나게도 하지 않고, 그 죽음을 강화하지도 않으며, 또한 그가 존재했었다는 사실을 부정하지도 않으면서 무덤 위를 흘러갈 것이라고. 앞서 잠과 죽음의 상관관계를 맑은 샘물과 어두운 샘물에 빗대었던 표현을 기억할 것이다. 황제의 젊고 아름다운 연인은 마침내 어두운 샘물 아래로 가라앉았다. 석관 위로 숱한 세기들이 강물처럼 흘러갈 것이다.

『회상록』의 작가 마르그리트 유르스나르는 오늘날의 속어로 말하자면 'BL 오타쿠' 같은 취향을 지녔던 듯하다. 『회상록』의 곽광수 번역가는 해설에서 '남성 동성애는 유르스나르의 작품들에 강박적으로 되풀이되어 나타나는 모티브'라고 썼다. 『알렉시』와 『은총의 일격』도 일인칭 남성 화자의 동성애가 서사의 중심에 놓여 있다. 책 『BL 진화론』에 따르면 대부분의 BL 작가와 독자는 이성애자 여성이라고 하니, 장르 취향과 성적 지향은 별개의 문제라고 볼 수 있다. 그런데 유르스나르의 경우에는 'LGBTQIA+'의 시대인 21세기의 성적 지향 개념에 비추어 살펴봐도 범상치가 않다. 젊은 날 유르스나르는 자신의 책을 출판해 주었던 앙드레 프레뇨라는 남자를 오랫동안 광적으로 사랑했는데, 그는 동성애자였으므로 유르스나르의 사랑을 받아주지 않았다. 그런가 하면 사십 년 동안 유르스나르와 연인이자 동반자의 관계로 지낸 사람은 미국인 여성인 그레이스 프릭이었다. 그레이스 프릭의 사망 후 유르스나르가 칠십 대 중반에 다시 한번 열렬히 사랑에 빠진 대상은 또다시 남성 동성애자인 서른 살의 제리 윌슨이었다. 여성을 사랑하지 않는 성향의 남성에게 빠지곤 하는 유르스나르의 성향은 신기한 데가 있다. 유르스나르와 제리 윌슨은 육 년 동안 많은 곳을 여행하며 동반자로 지냈는데, 훨씬 어린 제리 윌슨이 에이즈로 먼저 죽고 말았다. 유르스나르는 하드리아누스가 안티노우스의 죽음에 그랬듯 휘청이며 울었고, 그다음 해에 전 재산을 환경 단체 등 사회에 기부하고 사망했다.

유르스나르의 애정 관계뿐 아니라 인생의 여정도 이른바 보편적인 삶의 모습과는 꽤나 달랐다. 마르그리트 크레앵쿠르는 1903년 벨기에에서 프랑스인 아버지와 벨기에인 어머니 사이에서 태어났다. 그가 태어난 지 열흘 만에 어머니가 사망했고, 아버지와 딸은 프랑스 북부 도시 릴의 몽누아르성으로 거처를 옮긴다. 아버지인 미셸 크레앵쿠르는 귀족 가문의 후예였고, 고전 문학과 예술에 조예가 깊었으며 방랑의 기질을 가진 사람이었다. 유럽 곳곳을 여행하며 아버지는 딸에게 정규 교육 대신 개인 교사를 붙여 주거나 직접 라틴어와 그리스어를 가르쳤다. 딸이 십 대 때 쓴 시를 아버지가 자비로 출판해 주며 크레앵쿠르(Crayencour)라는 성의 철자를 뒤바꾸어 유르스나르(Yourcenar)라는 필명을 쓰기 시작했다.(정확히는 c가 한 개 빠져 있다.)

유르스나르는 열여섯 살에 프랑스의 대학입학자격고사인 바칼로레아 고전 부문에 합격했으나 대학에 다니지는 않았으며, 개인 교습과 독학으로 여러 언어를 읽고 구사할 줄 알았다. 아버지 미셸 크레앵쿠르는 부인 페르낭드 드 카르티에 드 마르시엔이 사망한 후 부인의 가까운 친구였던 잔 드 비에탱고프와 몇 년간 사귀었고, 유르스나르는 여름이면 잔과 함께 지냈다. 잔은 훗날 여러 권의 책을 쓴 작가가 되는데, 어머니를 여읜 어린 유르스나르에게 잔은 매우 각별한 존재였다. 잔은 결혼해서 두 아들을 둔 사람이었고 남편은 동성애자였다. 남편의 성향으로 인해 추문이 생기자 유르스나르의 아버지 미셸은 잔에게 남편을 떠나라고 했지만 잔은 아이들과 자신의 명예를 위해 그러지 않겠다고 했고 둘은 결별한다. 어머니의 친구이자 아버지의 정부, 동성애자의 아내였던 잔에 대한 기억은 유르스나르에게 크게 작용하여, 훗날 잔이 사망한 후 그의 남편 콘라드를 모델로 『알렉시』를 쓴다.

　　아버지 사망 후 유르스나르는 한동안 어디에도 메이지 않은 혼자의 삶을 산다. 유산을 탕진하면서 집이랄 곳이 없이 이곳저곳으로 여행 다니며 자료를 조사하고 연구하고 번역하고 글을 썼다. 그러다 1937년 파리에서 만난 미국인 그레이스 프릭과 사랑에 빠졌고 2차 세계 대전이 발발하자 프릭이 유르스나르를 미국으로 초대하여 프릭이 사망할 때까지 사십 년 동안 함께했다. 그레이스 프릭은 일찍 어머니를 잃고 방랑자인 아버지와 살았던 유르스나르에게 처음으로 '정착'이라는 감각을 느끼게 해 준 존재가 아니었을까 짐작한다. 그들은 미국 메인주 해안의 마운트 데저트섬에 집을 구하고 '프티트 플레장스', 즉 작은 즐거움이라는 이름을 붙였다. 1949년, 돌아갈 수 있을 줄 알았으나 전쟁으로 그러지 못했던 유럽의 호텔에 보관되어 있던 유르스나르의 트렁크를 지인이 미국으로 보내 준다. 그 안에서 『회상록』의 초고를 발견한 유르스나르는 그것을 다시 읽어 보고 이제야 때가 되었음을 깨닫는다. 유르스나르는 이곳 미국의 작은 집에서 불어로 쓴 『하드리아누스 황제의 회상록』을 마침내 완성한다. 이 놀라운 작품으로 유르스나르는 세계적인 명성을 얻게 된다. 동반자 그레이스 프릭은 유르스나르의 작품들을 성실히 번역했다. 대단한 명성에도 불구하고 프티트 플레장스에서의 그들의 생활은 고요하고 소박했다. 유르스나르는 『회상록』의 창작 노트에 G. F.라는 머릿글자로 프릭의 기여에 감사를 표했는데 그들의 생활과 작업이 어떤 것이었을지를 잘 짐작하게 하는 무척 아름다운 글이라 꼭 읽어 보기를 권한다. 그 글의 마지막에는 하드리아누스 황제가 직접 썼던 시의 구절이 인용되어 있다. Hospes comesque. 주인이며 반려.

유르스나르는 페미나 바카레스코 상, 프랑스 국가 문화 대상, 아카데미 프랑세즈 대상 등 대단히 명예로운 상과 프랑스 정부가 수여하는 레지옹 도뇌르 훈장을 받았다. 그리고 1980년, 아카데미 프랑세즈 최초의 여성 회원으로 선출되었다. 1635년 리슐리외가 설립한 후 무려 345년 동안 단 한 명의 여성 회원도 들인 적 없었던 곳이었다. 『동양 이야기』의 오정숙 역자 해설에 따르면, 뇌출혈로 사망하기 직전 유르스나르가 했던 마지막 강연은 캐나다 퀘벡의 환경 관련 국제 컨퍼런스에서였고, 그는 "지구상에 나무 한 그루, 짐승 한 마리, 인간 한 명이라도 남아 있는 한, 뭔가를 시도해 보기에 결코 아직 늦지 않을 것"이라고 말했다고 한다.

그는 사망 후 마운트데저트섬의 묘지에 그레이스 프릭과 나란히 묻혔다.

물로 퍼지는 삶의 신비

다시 하드리아누스가 누운 침상으로 돌아가자. 이 긴 『회상록』은 병색이 짙은 황제가 진찰을 받기 위해 의사 앞에서 망토와 속옷을 벗고 침대에 몸을 뉘였던 이야기로 시작한다. 그는 의사 앞에서는 인간적 품성을 지키기 어렵다며, 의사는 그에게서 '체액들의 덩어리, 림프와 혈액의 슬픈 혼합물만을' 본다고 말한다. 황제 또한 다른 모든 이들과 마찬가지로 육신을 가진 인간이다. 우리의 생명 작용은 황제도 초병도 저마다의 몸을 부여받으면서 시작된다. 그 몸으로 성장하고, 경험하고, 무언가를 이루고, 잃고, 즐기고, 다치고, 느끼며 한 삶을 살다가 사라진다. 우리는 몸과 만나며 이 세상에 오고, 몸과 헤어지며 저세상으로 간다. 나이 든 황제는 젊은 날 자신의 몸에 새겼던 육체적 기예라든가 어린 시절 내달리던 기억 등을 떠올리며 몸 가진 인간으로서 다른 몸 가진 이들을 이해한다.

때로는 그런 이해가 점점 범위를 넓혀, '수영하는 사람에서 파도로 이행하는 그런 순간들'이 있다고 말한다. 내가 나의 몸이라는 한계를 넘어서서 파도, 즉 나를 둘러싼 물의 움직임 속으로 나아가는 듯한 표현이다. 나라는 유기체가 경계선을 지우며 자연의 일부로 동화되고, 또 물이 내 피부라는 경계선 안으로 들어오는, 그런 침투의 순간들. 그것은 그가 평생 추구했던 자유의 궁극적인 예감일까? 이어서 황제는 말한다. 그곳에 이르러 자신에게 정확히 깨우쳐지는 것은 아무것도 없었으며, 그저 '변화무쌍한 꿈의 영역으로 들어가는 것'이라고. 수영하는 사람을 둘러싼 파도와 물의 영역은 곧 변화무쌍한 꿈의 영역이다. 이 물의 영역에는 살아 있는 몸을 가진 누구에게도 정확히 알려져 있지 않은 '어두운 샘물'의 세계, 즉 죽음의 세계도 혼합되어 있을 것이다. 그곳에서 우리는 저마다의 몸에서 벗어나 파도가 될지도 모른다.

황제가 되기까지의 이야기와 황제가 되어서 했던 수많은 일들, 일생의 사랑과 그 상실, 전쟁과 평화, 과오와 아름다움에 대한 장대한 이야기를 이어가던 하드리아누스는 『회상록』의 마지막에 이르러 기어이 죽음을 마주 보려 한다. 그는 곧 닥칠 죽음의 예감을 이렇게 비유한다. 비티니아 숲속의 나무꾼은 지나가며 커다란 소나무에 도끼로 표시를 해 두는데, 다음 계절에 그는 돌아와 표시해 둔 소나무들을 쓰러뜨린다고. 황제는 이미 도끼로 표시가 된 나무와도 같이, 다음 계절을 기다리고 있다. 황혼 녘에 대형선의 자줏빛 차일 아래 누워 잘생긴 젊은 노예가 읊어 주는 시를 듣다가도, 밤이 되면 그 모든 시구들은 비장한 것이든 즐거운 것이든 모두 어둠 속으로 사라진다. 밤하늘에 별이 하나 둘씩 정해진 자리에 나타나고, 배는 황혼의 흔적이 어렴풋이 남아 있는 서방을 향해 흘러간다. 인광을 발하는 항적이 배 뒤로 길게 이어지다가, 이내 검은 파도 덩어리들에 덮여 버린다. 오현제로 불리는 위대한 황제의 삶은 다른 이의 삶보다 더 반짝이고 더 큰 항적을 뒤로 길게 남길지도 모르나, 초병의 삶이 남긴 물결과도 다르지 않게 이내 파도가 되어 사라질 것이다. '수영하는 사람에서 파도로 이행하는 그런 순간들'과 인광을 발하는 항적이 검은 파도에 덮이는 이미지가 중첩된다.

황제는 죽음이 가까이 온 것을 알지만 '지칠 줄 모르는 일꾼'답게 끝까지 그것을 마주 보려 한다. 그는 그의 인생의 은밀한 가르침을 끝까지 듣겠다고 다짐한다. 그가 정신적 꼿꼿함을 유지하려 눈을 부릅뜨는 것과 별개로 강건하던 육체는 점점 물크러진다. 그는 점점 자신이 산 사람보다 죽은 사람에 가까워지고 있음을 알아차린다. 그의 육신이 단단함을 잃어 가면서 그는 오래전 헤어진 아름다운 연인 안티노우스를 더욱 가까이 떠올린다. 그로 인해 자신의 죽음이 풍요로워졌으며, 자신들은 곧 다시 긴밀한 공범 관계가 될 것이라고.

그가 떠나온 수많은 배역들 —— 에스파냐의 정원에서 뛰놀던 튼튼한 어린아이, 어깨에서 눈송이를 흔들어 떨어뜨리며 천막 안으로 들어서는 야심 찬 사관, 한 주검의 가슴 위에서 울부짖고 있던 남자 —— 은 사라졌지만 여전히 그 안에 남아 있기도 하다. 또한 지칠 줄 모르는 여행자로서의 배역도 움직일 수 없는 병자의 내부에 갇혀 있는 것이다. 그래서 황제는 죽음에 흥미를 느끼고 있다. 죽음은 하나의 출발이므로.

그는 서서히 파도 속으로, 꿈속으로 나아간다. 그가 꿈속으로 완전히 떠나며 책이 닫힐 때, 독자들은 이 장대한 꿈으로부터 몽롱한 기운을 안은 채 빠져나온다. 그러나 독자의 내면에는 그 떠나 버린 여행자가 파도치고 있다. '의미 있는 것은 공적인 전기에는 나타나지 않을 사실, 묘비에는 새겨 넣지 않을 사실'이다. 마르그리트 유르스나르가 창조해 낸 것이 바로 그것이다. 유르스나르는 실존 인물을 모델로 생동하는 조각상을 제작하듯 한 사람의 삶과 명상을 자신의 문장으로 빚어내고 숨결을 불어넣었다. 그는 공적인 전기, 묘비에 새겨진 사실로부터 풀려나와 독자의 마음속에 생생한 삶으로 구축된다.

가스통 바슐라르는 『물과 꿈』에서 "물은 좀 더 완전하게 분해된다. 물은 총체적으로 죽을 수 있도록 우리를 돕는다."[46]라고 썼다. 물은 그 어떤 물질보다 철저히 합쳐지고 낮은 곳으로 흐른다. 이 책을 다 읽은 독자들도 강물을 느끼리라 믿는다. 우리 이전의 삶으로부터 흘러와, 우리를 통과하고, 이후에 올 모든 삶을 향해 끝없이 흐르는 저 낮고 오랜 강물을. 내가 이 글 제일 앞에 '산은 굳건하고 바다

---

46) 가스통 바슐라르, 김병욱 옮김, 『물과 꿈』(이학사, 2020), 153쪽.

210 ———— 211

는 요동친다.'라고 썼던가? 그것은 사실은, 또한 모두 강물이다.『회상록』을 다 읽고 난 후의 감상을 가장 닮은 글은 루시드 폴의「물이 되는 꿈」가사다. 물로 퍼져 나가는 삶의 신비를, 나는 이보다 더 잘 표현할 길이 없다.

물이 되는 꿈
　　　　　루시드 폴

물
물이 되는 꿈
물이 되는 꿈
물이 되는 꿈
꽃
꽃이 되는 꿈
씨가 되는 꿈
풀이 되는 꿈
강
강이 되는 꿈
빛이 되는 꿈
소금이 되는 꿈
바다
바다가 되는 꿈

파도가 되는 꿈
물이 되는 꿈
별
별이 되는 꿈
달이 되는 꿈
새가 되는 꿈
비
비가 되는 꿈
돌이 되는 꿈
흙이 되는 꿈
산
산이 되는 꿈
내가 되는 꿈
바람이 되는 꿈
다시, 바다
바다가 되는 꿈
모래가 되는 꿈
물이 되는 꿈

물
빗물이 되는 꿈
냇물이 되는 꿈
강물이 되는 꿈

다시, 바다
바다가 되는 꿈
하늘이 되는 꿈
물이 되는 꿈

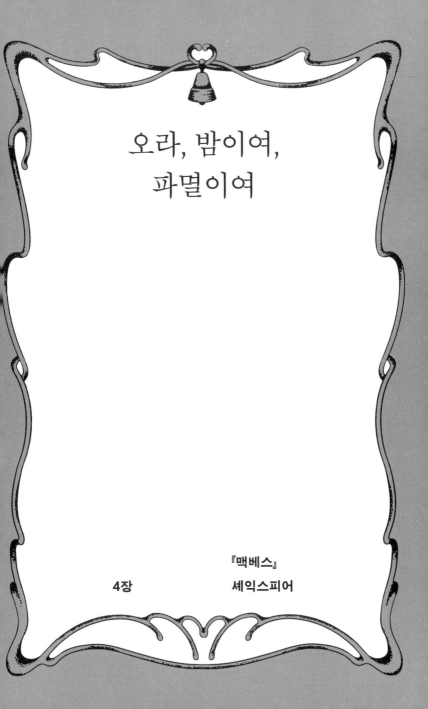

오라, 밤이여,
파멸이여

『맥베스』

4장

셰익스피어

맥베스의 '투모로우 스피치'는 냉소와 허무를 담은 강렬한 대사일 수도, 듣는 이에게 생의 믿음과 의미란 과연 무엇일까를 생각하게 하는 질문일 수도 있겠다. 인간은 무엇이고, 인간은 무엇이 아닌가?

내가 삼십 대 초반일 때, 나보다 나이 많은 지인으로부터 이런 말을 들은 적이 있다.

"맥베스는 마흔 넘어 읽어야 돼. 그때 읽으면 완전히 달라."

나는 물론 『맥베스』를 읽었었다. 나는 '몇 살이 지나면 무엇을 해야 한다.' '몇 살쯤 되었으면 무엇을 삼가야 한다.' 같은 종류의 말을 썩 좋아하지 않는다. 사람마다 육체와 정신의 성숙도는 달라서 나이와 꼭 일치하지 않는다. 그런 말에 가장 자주 오르내리는 단골 나이는 마흔이었다. 마르쿠스 아우렐리우스도 『명상록』에 이런 말을 썼다. 인생을 사십 년 가까이 살고 얼굴에 눈이 있는 사람이라면 이미 과거의 일과 미래의 일을 모두 지배하고 관장하는 '자연의 섭리가 지닌 미덕'을 다 본 셈이라고.

마흔, 대체 뭘까? 마흔이 넘었다 해서 꼭 성숙한 것도 아닐 테고 마흔이 되지 않았다 해서 그리 미숙한 것도 아닐 텐데. 하지만 이상하게 저 말이 뇌리에 남아 어디서 『맥베스』에 대한 언급을 볼 때마다 떠올랐다. 삼십 대를 지나며 셰익스피어의 작품을 몇 편 다시 읽기도 했지만 『맥베스』에는 손이 가지 않았다. 그러다 사십 대 초반이 된 어느 날 문득 『맥베스』를 다시 읽었다. 그리고 나는 십 년 전 들었던 그 말이 옳았음을 온몸으로 느끼며 전율하고 있는 나를 발견했다. 익히 그 내용을 알고 있다고 생각했는데, 다시 읽으니 너무도 달랐다. 난 예전에 뭘 읽었던 거지? 싶은 생각마저 들었다. 그 사이 나는 문제의 나이 마흔을 지나왔다. 마흔, 대체 뭘까?

마르쿠스 아우렐리우스가 살았던 시대의 마흔과, 현대 의학의 발달로 앞으로는 평균 수명이 백세가 넘을 것이라고 예측하는 시대의 마흔은 꽤나 다른 무게감을 지닐 것이다. 그의 시대에는 마흔에 사망하더라도 그것이 지금처럼 충격적인 일은 아니었다. 그때는 페니실린도 없었고 전쟁이 일상이었기에 평균 수명이 지금보다 훨씬 짧았으니까. 그러나 아우렐리우스의 통찰은 지금도 유의미하다. 인생의 초반 10년 동안은 세상에 처음 와서 적응하는 기간이라 생각하고, 이후 사계절의 변화와 크고 작은 자연 재해, 인간을 포함한 동식물의 죽음과 새 생명의 순환 등을 서른 해 정도 보았다면 그것은 일종의 빅 데이터가 될 만하다. 웬만한 자연적

이치를 반복해서 관측하여 데이터값의 패턴을 체감할 수 있는 정도의 분량이 되는 때가 마흔 아닐까? 또 마흔 정도가 되면, 식물로 치자면 목질화가 일어나는 때랄까, 몸과 마음의 외피가 점차 단단해지기 시작하는 때다. 그만큼 존재감은 묵직해지지만 그만큼 유연성이 떨어지기 시작하는 나이이기도 하다. 마흔쯤 되면 인생의 쓴맛이나 알 수 없는 헛헛함 같은 것도 종종 느껴 보게 된다. 자식이나 조카를 바라보며 돌림노래 같은 인생의 주기에 대해서도 다각도로 생각이 쌓인다.

　　쓰다 보니 나도 『맥베스』를 다시 읽고 느꼈던 충격으로 마흔에 과한 의미 부여를 하는 사십 대의 행렬에 합류해 버린 것 같다. 또 마흔은 어린 시절에는 상상하기 힘들었던 마음의 여러 모양에 대해서 데이터가 생기는 때일 것이다. 사회 생활을 시작하던 때만 해도 비슷했던 처지의 사람이 나보다 월등히 뛰어난 성취를 거두거나 벼락부자가 되었을 때 생겨나는 질투심, 리더를 보며 혀를 차면서 내가 하면 더 잘하겠다고 느끼는 마음, 내 깜냥을 넘어서는 듯한 일에 도전해서 다행히 잘 되어 보기도 하고 때로는 감당을 못해 버거워하는 심정, 양심에 찔리는 일을 하고 죄책감에 잠 못 들며 뒤척이던 기억, 스스로가 못나게 느껴지지만 자꾸만 치고 올라오는 자격지심 등. (이는 모두 맥베스의 심정을 이해하는 데 도움이 되는 감정들이다.) 마흔 살쯤 되면 내가 먹을 수 있는 줄도 몰랐던 여러 마음들이 불쑥불쑥 나의 내면이라는 극장의 무대에 배우처럼 등장하곤 하는 것이다. 우리는 앞서 하드리아누스가 배역을 수행하는 배우이자 나라는 극장의 연출가처럼 스스로를 묘사하는 것을 보았다. 셰익스피어에게도 이 개념은 아주 중요하다.

『좋으실 대로』의 우울한 환경주의자라 할 제이퀴즈(자크)는 이렇게 말한다.

온 세상이 무대이지,
모든 남자 여자는 배우일 뿐이고.
그들에겐 각자의 등장과 퇴장이 있으며
한 사람은 일생 동안 많은 역을 하는데
나이 따라 칠 막을 연기하네.[47]

온 세상은 무대이고 인생이란 등장인물이 분장을 하고 배역을 맡아 연기를 하는 것이다. 그래서 셰익스피어의 극에는 유독 변장이라는 개념이 자주 등장하는지도 모른다. 셰익스피어의 작품들은 희곡과 소네트이고, 우리에게 잘 알려진 이야기들은 소설이 아니라 모두 희곡이다. 그는 배우이자 작가이자 극장주였으니 쉰네 살에 생을 마감하기까지 연극과 무대는 그의 삶에서 가장 거대한 은유가 될 법하다.

---

47) 윌리엄 셰익스피어, 최종철 옮김, 『좋으실 대로』(민음사, 2023), 52쪽.

마흔은 인간의 내면에 등장하는 다양한 배역들을 일별할 수 있는 정도의 나이가 아닐까? 왕, 광대, 연인, 야심가, 겁쟁이, 마녀, 바보 등등 그의 희곡을 열면 항상 첫 페이지에 실려 있는 등장인물 소개는 어찌 보면 한 인간의 마음속에 등장하는 수많은 면면들일지도 모르겠다. 셰익스피어는 『리어 왕』과 『맥베스』라는 걸작을 1605년에서 1606년에 연이어 발표한 것으로 추정된다. 우리가 함께 읽어 볼 『맥베스』는 함축적이고 강렬한 대사와 결코 잊을 수 없는 이미지로 가득한 작품이다. 그는 1564년에 태어났으니 『맥베스』를 사십 대 초반에 쓴 셈이다. 내가 『맥베스』를 다시 읽고 전율했던 바로 그 나이 즈음이다.

흔히 셰익스피어의 5대 희극과 4대 비극을 손꼽는다. 내가 희극과 비극에 대해 떠올리는 대략의 이미지는 이렇다. 농장 울타리 옆으로 난 울퉁불퉁한 흙길에 오렌지 상자를 담은 마차가 달려간다. 마차 바퀴가 돌부리에 걸려 흔들릴 때마다 뚜껑이 없는 나무 상자에 담긴 오렌지들이 튕겨 나갈 듯 들썩인다. 이렇게 오렌지들이 튀어 오르는 것을 '사건'이라고 한다. 그러던 중 몇 개의 오렌지가 밖으로 튀어 나가 흙길에 떨어지기도 한다. 한동안 돌부리가 없어 마차가 고른 길을 따라 차분히 달리고, 오렌지 상자 속 세계는 다시 안정된다. 이때 상자에 남은 오렌지들이 주인공일 경우는 희극이다. 말하자면 사회를 분열시킬 만한 혼란을 초래하는 사건을 겪은 뒤 다시 그 사회가 통합되고 안정을 되찾는 이야기는 희극이다. 예를 들어 『십이야』에서 말볼리오는 도에 넘치게 망신당하고 어두운 감옥에 갇히기까지하는 등 고생을 한 후에 "당신들 패거리 모두에게 복수할 것이오!"라고 외친 후 퇴장하며, 극이 끝날 때까지 다시 등장하지 않는다. 말볼리오는 상자에서 떨어진 오렌지다. 하지만 가상의 카메라는 바닥에 떨어진 작은 배역인 그에게는 아랑곳하지 않고 오렌지 상자 속의 화기애애함만을 비추다가 극이 끝난다. 전체적인 분위기는 밝고 흥겹다. 『십이야』는 5대 희극 중 하나다.

　　반면 상자 밖으로 오렌지가 튀어 나가고 마차가 그 오렌지를 남겨 두고 달려가 버리며, 혼자 또는 몇몇이 낱알로 길에 떨어진 오렌지가 주인공이라면, 그것은 비극이다. 주인공은 사회에 재통합되지 못한 채 홀로 떨어져 나와 죽음을 맞거나 회생 불가해진다. 군주제처럼 신분제 시대에 쓰인 작품의 경우 떨어진 오렌지의 신분이 높거나 인품이 고귀할수록 비극성은 더 커진다. 그 오렌지가 바랐던 이상이나 품었던 도덕이 빛날수록, 또는 그가 응당 누릴 수 있었던 지위나 권세가 높을수록 낙차는 커지고, 흙길에 떨어져 물크러지는 그의 신세가 더욱 대비되는 것이다. 4대 비극을 살펴보면 햄릿은 왕자, 오셀로는 유능한 장군, 리어왕은 군주, 맥베스는 장군에서 군주가 되는 인물이다. 모두 비극적 주인공의 이름이 곧 제목으로 쓰였다. 『맥베스』는 셰익스피어의 가장 짧은 비극이며, 5대 희극과 4대 비극 중 가장 나중에 쓰인 작품이다.

운문 대사의 매력

우선 독자들이 알아 둘 것은 셰익스피어의 희곡에는 운문 비중이 높다는 점이다. 대사 절반 이상이 운문이고, 운문 비중이 80퍼센트 이상인 것도 전체 희곡 서른여덟 편 중 스물두 편이나 된다. 영어 원문을 읽어 보면 어떤 리듬감이 느껴지는데,『맥베스』의 첫 부분은 이를 느껴 보기에 좋다. 뿐만 아니라 이 부분은 맥베스의 전체적인 기조를 형성하므로 주의 깊게 읽을 필요가 있다. 번역가 최종철 교수는 운문은 운문으로 번역해야 한다는 신념으로 셰익스피어의 전 작품을 번역했는데, 그 대작업의 첫 번째 작품이『맥베스』였다. 맥베스는 무려 95퍼센트가 운문으로 되어 있으며, 이 번역 스타일이 아주 잘 맞아떨어진 작품이다. 최종철 교수의 운문 번역은 귀중하고 의미 있는 시도이고 또 실제로 아주 정확하고 학구적이지만, 작품에 따라 읽기에 난감할 때도 있다. 보격과 음수를 맞추려다 보니 많은 축약으로 의미가 한번 읽어서 쉽게 전달되지 않기도 하고, 셰익스피어 특유의 생동력과 활기가 비교적 덜 느껴지는 작품도 있다. 셰익스피어의 '이야기'를 즐겁게 따라가기 위해서는 산문적이더라도 더 잘 읽히는 쉬운 번역을, 대사의 리듬과 함축적인 맛을 새겨 보고 싶을 때는 운문 번역을 선택해서 읽는 편이 좋을 것이다.『맥베스』의 경우 최종철 교수의 장중한 운문 번역이 더없이 좋은 합을 이루는 사례다. 빠르게 한 번 읽고, 다시 운문 대사들을 시를 읽듯 음미하며 읽으면 이것이 얼마나 근사하게 축약되고 응집된 문장들인지를 알 수 있다.

1막 1장. 첫 장면은 음산한 날씨 속에 세 마녀가 등장해 나누는 대화다.

마녀 1　언제 다시 우리 셋이 만날까?

　　　　천둥, 번개, 아니면 빗속일까?

　　　　When shall we three meet again

　　　　In thunder, lightning, or in rain?

마녀 2　난리 소리 멈췄을 때

　　　　싸움이 판가름 났을 때

　　　　When the hurlyburly's done,

　　　　When the battle's lost and won.

마녀 3　그때는 해 지기 전일 거야.

　　　　That will be ere the set of sun.[48]

우리말로도 자연스러운 보격이 느껴지는 번역이다. 셰익스피어는 무운시(각운(rhyme)이 없는 시) 형식으로 운

---

48) 윌리엄 셰익스피어, 최종철 옮김, 『맥베스』(민음사, 2004), 13쪽. 이하 원문은 추가로 삽입했다.

문을 많이 썼는데, 이 마녀들의 대화에는 각운도 있다. 어게인(again)과 레인(rain), 던(done)과 원(won)과 선(sun). 소매가 치렁치렁하고 어두운색 옷을 걸쳤을 마녀들은 천둥과 번개와 비라는, 합쳐지면 더욱 위험하고 불길하게 느껴지는 세 자연 요소 그 자체 같기도 하다. 마녀 1은 우리 셋이 다시 만날 때가 천둥, 번개, 빗속 중 언제가 될까?라고 묻고, 마녀 2는 그 물음에 난리 소리가 멈추고, 싸움이 판가름 났을 때라고 대답한다. 마녀 3은 또한 그것은 해 지기 전일 거라고 덧붙인다. 마녀 2와 3의 대답은 곧 전개될 이야기의 배경이 전쟁이 끝난 다음일 것임을 예견하고, '해 지기 전'이라는 말은 이어서 해가 진 후 암흑의 시간이 올 것임을 암시한다.

마녀 1   장소는 어딘데?
           Where the place?
마녀 2   황야야.
                         Upon the heath.
마녀 3   그곳에서 맥베스를 만날 거야.
           There to meet Macbeth. [49)]

원문의 문장은 플레이스, 히스, 맥베스로 끝나는데, 마녀 1의 질문에 마녀 2의 대답은 짧고 단순한 데 비해 마녀

---

49) 위의 책, 13쪽.

3의 대답은 더 길고 무게감을 가지며, 여기서 비로소 그들이 다시 만나기로 하는 의도가 밝혀진다. "그곳에서 맥베스를 만날 거야.(There to meat Macbeth.)" 이 문장의 마지막에 마녀 3은 '맥베스'라는 무거운 이름을 대포알처럼 쿵 하고 떨구어 놓는 것 같다. 그들은 맥베스를 만날 것이다. 맥베스는 마녀들의 제물일 수도, 꼭두각시일 수도, 왕일 수도 있다. 아직은 모른다. 마녀들은 이어서 고양이와 두꺼비의 부름을 받고 곧 간다고 말한 뒤 다음의 대사를 남기고 퇴장한다.

> 모두 고운 건 더럽고 더러운 건 고웁다.
> 탁한 대기, 안개 뚫고 날아가자.
> Fair is foul, and foul is fair:
> Hover through the fog and filthy air. [50]

고운과 더러운, 더럽고와 곱다를 매치시켜 원어의 fair와 foul이 공통적으로 갖는 음가 f의 동일성이 우리말에도 부여되어 있다. 문장은 앞과 뒤가 정확히 대칭되어, 고움과 더러움이 어느 것도 더하거나 덜하지 않게 같은 비중을 가지며 평형을 이룬다. 개념적으로 고움과 더러움은 맞서는 것이지만 마녀들은 그것이 같은 것이라고 말한다. 또는

---

50) 위의 책, 14쪽.

고운 것이 더러운 것이 되고 다시 더러운 것이 고운 것이 된다는 끝없는 변전의 의미를 말하는 것일지도 모른다. fair와 air가 다시 한번 각운을 이룬다. 마녀들의 대화 이후로 1막 2장부터 등장인물들이 나와 대화를 할 때는 각운 없이 '약강오보격 무운시'의 형식을 띤다. 약/강의 강세가 한 행에 다섯 번 이어지는 각운 없는 운율을 뜻한다. 그렇기에 각운이 있는 마녀들의 대화는 왠지 더 주술적으로 느껴진다.[51] 즉흥적인 대화라기보다는 무언가에 '들려 있는' 것 같고, 앞으로 벌어질 이야기를 훤히 내다본 채 의미심장한 암시를 드리우는 듯하다. 짧은 대화를 통해 신비롭고 불길하면서도 운명적인 분위기를 만들어 내는 셰익스피어의 솜씨는 대단하다. 음악의 맨 앞에 인상적으로 제시되어 순식간에 전체 곡의 분위기를 형성하는 강렬하고 짧은 멜로디 같다.

　　세 마녀는 대화를 주고받는다기보다는 한 존재가 말하려는 바를 셋이 나누어 말하는 느낌이다. 한 몸처럼 행동하는 셋 같달까. 그런데 왜 셋일까? 3이라는 숫자는 많은 문화권에서 되풀이된다. 그리스 로마의 운명의 세 여신인 모이라이, 머리가 셋 달린 개 케르베로스, 아기 돼지는 삼형제, 동방박사는 세 명, 성부 성자 성신의 삼위일체, 천지인의 3, 삼단 논법, 고르곤 세 자매, 뒤마의 삼총사, 삼고초려, 가위

---

51) 캐롤라인 레빈은 『형식들』에서 각운은 '반복과 예상과 암기를 내포'한다고 말한다. (캐롤라인 레빈, 백준걸, 황수경 옮김, 『형식들』(엘피, 2021) 참조.)

바위 보, 리어 왕의 세 딸 등등. 이 세 마녀가 예고한 대로 나중에 황야에서 맥베스를 만나는 장면에서 이 3이라는 숫자는 참으로 절묘하게 쓰이게 된다.

맥베스를 환영하라

1막 2장. 마녀들이 퇴장한 곳에 스코틀랜드(맥베스의 배경은 스코틀랜드다.)의 덩컨 왕과 여러 사람이 등장해 대화를 나눈다. 노르웨이가 일으킨 반란을 맥베스와 뱅쿠오 장군이 진압하는 데 활약했다는 보고가 들려온다. 코도의 영주가 반역하여 노르웨이를 도왔다는 소식에 덩컨 왕은 배반자를 사형시키고 맥베스를 그 자리에 앉히라고 명한다.

1막 3장. 세 마녀가 앞서 말한 대로 황야에서 만났다. 그들이 주문 같은 것을 외우더니 말한다. "쉬! —— 마법이 걸렸어." 이때 처음으로 맥베스가 동료 장군인 뱅쿠오와 함께 등장한다. 아직 마녀들을 보지 못한 맥베스는 말한다.

> **맥베스**　　이렇게 더럽고 고운 날은 본 적이 없구려.
> So foul and fair a day I have not seen. [52]

지금까지 맥베스는 마녀들을 만난 적이 없지만 묘하게도 앞서 마녀들이 했던 '더럽고 고운'이라는 표현을 그대

---

52) 『맥베스』(민음사, 2004), 20쪽.

로 쓴다. 맥베스의 마음속을 마녀들이 미리 훤히 들여다볼 수 있었던 걸까? 또는 맥베스가 황야에 오면서 마녀들의 마법에 이미 걸려든 것일까? 기묘하게 언어를 공유하는 맥베스와 마녀들의 관계가 시작된다.

> **맥베스** 말하라, 가능하면. 누구냐?
> **마녀 1** 맥베스를 환영하라! 글래미스 영주시다!
> **마녀 2** 맥베스를 환영하라! 코도의 영주시다!
> **마녀 3** 맥베스를 환영하라! 왕이 되실 분이다. [53]

마녀 1은 맥베스의 현재 지위인 글래미스 영주를 말한다. 마녀 2는 맥베스는 아직 모르지만 덩컨 왕이 명한 지위인 코도의 영주라고 말한다. 마녀 3은 현재로서는 아무 근거가 없으나 맥베스가 왕이 될 것이라고 말한다. 이 3단계의 진행은 너무도 단순하고도 강력하게 맥베스를 사로잡아 버린다. 코도 영주의 반역을 아직 모르고 있던 맥베스는 코도 영주가 아직 살아 있고 번성하므로 터무니없는 얘기라고 여기지만 곧 자신이 정말로 글래미스 영주이자 코도 영주로 임명되었음을 전달받는다. 3분의 1만 진실이었던 것이 순식간에 3분의 2의 진실로 변한 것이다. 마녀들의 말에서 진실이 절반을 넘기자 맥베스의 마음에는 나머지 3분의

---

53) 위의 책, 21쪽.

1도 진실이 아닐까? 하는 의문이 파고든다. 하지만 코도의 영주는 반역죄를 지었기에 사형되었고 맥베스 자신이 전공을 세웠으므로 그 자리에 올랐지만, 덩컨 왕은 성군이며 그 자리에서 물러날 이유가 없다. 설사 덩컨 왕이 사망한다 한들 그의 아들인 맬컴과 도널베인이 있고, 또 다른 장군들도 있으므로 왕의 사촌인 맥베스가 왕위를 이을 명분은 부족하다. 그러나 이미 맥베스의 마음속에는 들어앉은 줄도 몰랐던 야심이 점점 자라나기 시작한다. 맥베스는 심지어 이렇게 말한다. "두 진실이 밝혀졌다. 왕권을 주제로 한 웅대한 연극의 상서로운 서막으로. 이 불가사의한 간청은 나쁠 수도 좋을 수도 없구나." [54] 마치 정치인들이 '국민들의 바람을 모른 척할 수 없었다.'라며 출마의 변을 삼는 것처럼, 마녀들의 예언을 '간청'으로 들어 버리는 것이다.

　'왕권을 주제로 한 웅대한 연극'에서 셰익스피어의 작품에 항상 되풀이되는 연극이라는 모티브가 나타난다. 맥베스의 마음속이라는 무대에 갑자기 그동안 있는 줄도 몰랐던 야심가라는 등장인물이 나타난 것인지도 모른다. 맥베스는 이미 덩컨 왕을 제거할 상상을 하며 공포를 느낀다. 이 야심은 마녀들이 맥베스에게 심은 것일까, 아니면 맥베스의 내면에 스스로는 인지하지 못했을지언정 이미 씨앗이 싹틀 준비를 하고 있었던 것일까? 그것은 정확히 알 수 없지만

---

54) 위의 책, 25쪽.

어느 쪽이 되었든 맥베스의 마음이 요동치게 하는 이 세 마녀의 3단계로 된 점진적 진술은 참으로 효과적이고도 설득력이 있다. 명계를 지키는 머리 셋 달린 개 케르베로스 같은 그들을 지나 맥베스의 마음은 어둡고 혼탁한 곳으로 들어선다. 참고로 케르베로스는 명계로 들어선 영혼이 다시 밖으로 빠져나가지 못하도록 막는 역할도 한다.

　　세 마녀의 진술 중 이 극을 이끌어 갈 가장 중요한 것은 맥베스가 왕이 될 것이라는 세 번째 마녀의 진술이다. 극이나 서사에서 세 자매나 형제가 등장하면 셋째가 탁월하거나 중요한 역할을 하는 경우가 많다. 리어왕의 세 딸은 고너릴, 리건, 코델리어다. 리어왕이 통치권과 영토를 주려고 딸들에게 자신을 얼마나 사랑하는지 말해 보라고 하자 고너릴과 리건은 온갖 수사로 아버지에 대한 사랑을 고하지만, 셋째 딸 코델리어는 침묵한다. 『순수의 시대』를 이야기할 때 언급했던 고르곤 또한 세 자매인데, 그중 이름이 잘 알려진 것은 셋째인 메두사다. 록밴드 퀸의 노래 「We will rock you」의 '둥 둥 탁' 하는 리듬처럼, 첫째와 둘째는 비슷해서 어떤 균질성을 이루고 셋째가 그 균질성의 예측에서 벗어나 변화를 준다. 마녀 1과 마녀 2는 현실에서의 맥베스의 지위를 말한다. 달리 말하면 마녀 1과 마녀 2는 맥베스의 어제와 오늘이라 할 수 있다. 마녀 3은 여기서 도약한다. 둥 둥 탁. 마녀 3은 아무것도 정해지지 않았으며 아무런 명분도 없는, 맥베스의 내일을 말한다. 마녀 3의 예언을 실행하려면 맥베스는 오늘 얻은 명예와 지위는 물론 목숨까지도 건 도박을 해야 한다. 오늘까지 덩컨 왕을 섬기는 충신이었던 맥베스에게 잔혹한 야심을 불어넣는 3단계의 마법은 이토록 날렵하게 진행된다.

황야에서 마녀들은 맥베스에게만 예언을 남긴 게 아니었다. 예언을 들은 뱅쿠오는 그걸 별로 믿지 않으면서 자신에게도 말해 달라고 한다. 마녀들은 뱅쿠오에게 이렇게 말한다.

마녀 1 맥베스보다는 작지만 더 크시다.
마녀 2 운은 좀 덜 좋지만 훨씬 더 좋으시다.
마녀 3 왕은 아닐지라도 왕을 낳을 분이시다. [55]

곧이어 다른 장군들이 황야로 찾아와 맥베스가 코도 영주로 임명되었다는 소식을 전하자 맥베스와 뱅쿠오는 크게 놀란다. 맥베스가 뱅쿠오에게 마녀들의 예언과 같이 "후손들이 왕 되기를 바라지 않으시오?"라고 묻자 뱅쿠오가 답한다.

뱅쿠오 어둠의 수족들은 우리를 해치려고

---

55) 위의 책, 22쪽.

가끔씩 우리에게 진실을 말해 주고
소소하게 정직한 것들로 유인한 뒤
중대한 결말에서 배반하죠. [56)]

야심으로 들끓게 된 맥베스의 마음에 뱅쿠오는 이 말로 약간의 제재를 가한다. 과연 마녀들의 예언은 가끔의 진실과 소소한 정직에 불과했을 뿐, 중대한 결말의 배반으로 이어질 것인가? 뱅쿠오의 말이 긴장을 더하는 가운데, 맥베스는 불충한 야심에 마음이 기운다. 덩컨 왕은 맥베스를 만나 무공을 대단히 치하하고 내친김에 맥베스의 성으로 가서 결속을 더 다지자고 한다. 그곳에는 셰익스피어의 모든 작품을 통틀어서도 잊기 힘든 등장인물이 기다리고 있다. 바로 맥베스 부인이다.

언섹스 미 히어

맥베스 부인은 뱅쿠오처럼 맥베스의 위험한 야심을 다독이거나 잠재우려고 하지 않는다. 오히려 이날을 기다려 왔다는 듯, 맥베스의 야심을 북돋워서 활활 타오르게 한다. 아니, 맥베스 부인이야말로 더 크게 타오르는 불꽃 그 자체 같다. 소식을 듣자마자 맥베스 부인은 이렇게 말한다.

---

56) 위의 책, 25쪽.

맥베스 부인 당신은 글래미스, 코도이고,

약속받은 것 또한 될 겁니다.

── 하지만 그 성품이 걱정돼요.

최고로 빠른 길을 택하기엔 너무나

인정미가 넘쳐요. 당신은 위대해지고 싶고

야심도 없지는 않지만 그에 따른

사악함이 없어요. (······) 어서 이리 오세요,

그래서 당신 귀에 내 혼을 불어넣고

운명과 초자연이 씌워 줄 것 같은 금관에

당신의 접근을 방해하는 모든 것을

용맹스러운 내 혀로 꾸짖을 수 있도록.[57]

'최고로 빠른 길'은 덩컨 왕의 시해일 것이다. 맥베스 부인은 일말의 망설임도 없이 맥베스를 부추길 준비가 되어 있다. 그녀가 걱정하는 것은 오히려 남편의 인정미다. "까마귀도 쉰 소리로 내 흉벽 안으로 들어올 덩컨의 운명을 울부짖고 있구나."[58]라며 까마귀의 목쉰 울음소리조차 운명적으로 해석한다.

『맥베스』는 헤아릴 수 없이 많이 영상화되었는데, 일본의 영화감독 구로사와 아키라가 『맥베스』를 일본의 전국

---

57) 위의 책, 31쪽.
58) 위의 책, 32쪽.

시대로 옮겨 만든 영화인 「거미집의 성」(1957)에는 이런 대사가 나온다. 맥베스 부인 역에 해당하는 와시즈 아사지가 말한다. "들어 봐요. 까마귀마저 말하네요. 왕좌는 당신의 것이라고." 맥베스 부인은 까마귀 소리를 듣고 자신의 남편 손에 죽을 덩컨 왕의 운명이라고 생각하고, 와시즈 부인은 왕이 될 남편의 운명이라고 생각하는 것이다. 확증편향은 새소리를 듣고 싶은 대로 듣고, 온 세상으로부터 자신이 바라는 운명적 징후를 냄새 맡게 한다. 까마귀의 울음소리에 이어 맥베스 부인의 강렬하고 음산하며 악마적인 모놀로그가 이어진다.

> **맥베스 부인** 자 너희 악령들아,
> 흉계 따라 나를 지금 탈성시킨 다음에
> 최악의 잔인성을 머리에서 발끝까지
> 가득히 채워 다오! 내 피를 탁하게 만들어
> 동정심의 접근과 통로를 막아 다오.
> 그래서 본성 중의 측은심이 날 찾아와
> 잔인한 내 목표가 흔들리지 않도록.
> 그것이 달성될 때까지 편하지 못하도록!
> 내 가슴의 담즙 젖을 빨아라, 살귀들아,
> 안 보이는 몸으로 어디에서 너희들이
> 자연의 악행을 시중들든! 오너라 짙은 밤아,
> 지옥의 가장 검은 연기로 네 몸을 휘감아

내 칼이 내는 상처 내 칼이 못 보도록,
하늘이 어둠의 장막 새로 엿보고 '멈춰라!'고
외치지 못하도록![59]

맥베스 부인은 지금까지 숱한 이야기에서 보아 온, 위험한 야심을 추구하려는 남편을 둔 아내가 보일 법한 불안도, 반대 의사도 전혀 없다. 마치 지금껏 억눌러 둔 잔인성이 이제야 깨어난 듯하다. 맥베스 부인은 무시무시할 정도의 활력과 강철 같은 의지를 드러낸다. '그것이 달성될 때까지 편하지 못하도록!'은 마치 올림픽에 출전하는 선수가 금메달을 향한 고단한 훈련에 매진하기 위해 하는 다짐처럼 들린다. 이런 계기가 있기 전에는 스코틀랜드에서도 북부 도시인 인버네스에서 얼마나 갑갑했을까 하는 생각마저 든다. 여기서 아주 흥미로운 것은 '탈성시킨 후에'라는 표현인데 이것은 역자가 만들어 낸 말로, 원문은 '언섹스 미 히어(unsex me here)'다. 자신의 성별, 즉 여성임으로부터 벗어나고 싶다는 뜻이다. 남자가 되고 싶다는 게 아니라, 여성이라는 분류를 거부하고 싶다는 것이다. '젠더 플루이드'라는 말이 통용되는 시대를 사는 현대의 독자가 바라보기에 무척 흥미로운 표현이다.

셰익스피어의 작품에는 인생을 연극에 빗댄 표현이

---

59) 위의 책, 32~33쪽.

많고 '배역을 수행하며 살아간다.'는 개념이 도처에 깔려 있다. 변장을 하고 다른 역할을 하는 설정도 자주 쓰이는데, 특히 여성이 남성으로 변장해서 엘리자베스 시대의 성 규범의 한계를 훌쩍 뛰어넘어 적극적으로 의견을 말하고 서사를 이끌어 가는 경우가 많다. 『십이야』의 비올라, 『좋으실 대로』의 로절린드, 『베니스의 상인』의 포셔 등이 대표적인 예고 이 외에도 숱하게 등장한다. 셰익스피어의 작품 중에는 시대적 성관념의 한계를 드러내는 명백한 여성 혐오적 작품들도 있지만, 확실히 그는 여성에게 남성의 옷을 입혀 자유롭게 말하고 적극적으로 움직이게 하기를 즐겼다. 종종 그는 여성의 입을 통해 남성의 허풍과 신의 없음을 놀리곤 했다.

> 『좋으실 대로』의 로절린드:
> 내 키가 보통보다 크니까 내가 모든 점에서
> 남자처럼 복장을 갖추면 어떨까?
> 허벅지엔 멋있는 단검을 하나 차고
> 손에는 곰 잡는 창을 들면 내 가슴에
> 그 어떤 여자의 공포심이 숨어 있건
> 우리는 허세 꽉 찬 무사의 모습을 띨 거야,
> 겉모습만으로 태연하게 헤치고 나가는
> 다른 많은 겁쟁이 남자처럼 말이야.[60]

---

60) 윌리엄 셰익스피어, 최종철 옮김, 『좋으실 대로』(민음사, 2023),

세자리오라는 남자로 변장한 『십이야』의 비올라:

남자들은 말과 맹세 많이 해도 실제로는
의지보다 겉치레가 더 많지요. 우린 항상
서약은 많이 하나 사랑은 조금만 하니까요. [61]

그러나 이런 활기찬 여자들을 비극에서는 발견하기
힘들다. 『햄릿』의 오필리어, 『오셀로』의 데스데모나, 『리어
왕』의 코델리어는 죄를 짓지 않았음에도 희생된다. 그들은
순수한 마음을 지니고 있었으나 제대로 항변도 못 하고 죽
는다. 4대 비극 중 나머지 하나, 『맥베스』의 맥베스 부인만
이 죄를 짓는다. 그것도 아주 무시무시한 살인을. 맥베스
부인은 적어도 죄를 저지르기라도 하고 죗값을 받는 인물
이다. 자신 이전에 비극에 등장했던 여성 배역들의 역할을
보고 사무친 게 많았던 것일까? 그래서 그들의 씻김굿을 하
는 것일까? 맥베스 부인은 확실히 자신의 '여성 배역'을 마
음에 들어 하지 않는다. 이 갑작스레 분출하는 잔인성의 세
례에 그는 황홀해진 듯하다. 마치 처음으로 피 냄새를 맡
은 잔혹한 맹수가 영주의 부인이라는 껍질 속에서 광포하
게 깨어난 것 같다. 그 맹수는 행여 자신에게 굴레나 고삐
처럼 휘어 감긴 이 여성 배역의 본성 중에 있다는 동정심이

31쪽.

　61) 윌리엄 셰익스피어, 최종철 옮김, 『십이야』(민음사, 2023), 50쪽.

나 측은심이 힘을 발휘해 자신이 다시 그 굴레 속으로 감겨 들어갈까 봐, 그러느니 자신의 목숨을 걸고서라도 결판을 보려는 듯하다. 맥베스 부인은 차라리 짙은 밤 속으로 몸을 던질 준비가 되어 있다. "오너라 짙은 밤아." 맥베스 부인의 포효와도 같은 이 독백은 흘러넘치는 잔인성 속에 황홀경을 맞는 듯한 느낌도 확실히 있지만, 그렇다고 해서 호기롭게 껍질을 벗어 던지고 홀가분하고도 시원하게 짙은 밤을 부르는 게 아니다. "내 피를 탁하게 만들어 동정심의 접근과 통로를 막아 다오. 그래서 본성 중의 측은심이 날 찾아와 잔인한 내 목표가 흔들리지 않도록"과도 비슷하게 "하늘이 어둠의 장막 새로 엿보고 '멈춰라!'라고 외치지 못하도록!"이라는 부분에서 일부러 자신의 내면에서 들리는 제지의 소리로부터, 또 외부인 하늘로부터 들리는 '멈춰라!' 소리로부터 필사적으로 달아나려고 하는 것이다. 밤의 힘을 끌어와서 동맹을 맺고, 그야말로 '흑화(黑化)'하는 장면이다. 말의 주술적 힘을 느낄 수 있는 이 굉장한 독백은 유튜브에서 '레이디 맥베스 모놀로그(lady macbeth monologue)'로 검색하면 수많은 배우의 버전이 나오는데, 그 해석의 다양성 또한 흥미진진하다.

주로 맥베스에게서는 비장미를 읽어 내고 맥베스 부인은 선량한 맥베스를 부추긴 악녀의 대명사로 평가하는 경향이 오랫동안 있었는데, 21세기의 독자가 보기에 맥베스 부인만큼 흥미로운 캐릭터도 없을 것 같다. 살인 모의의 동지라 할 맥베스와 맥베스 부인의 차이는 '언 섹스 미 히어'에서 확연히 드러난다. 맥베스는 살인 앞에서 갈등에 빠지지만, 맥베스 부인에게는 그럴 여유조차 없는 듯이 보인다. 독백에 이어 맥베스가 성안으로 등장하고, 그녀는 이렇게 맞는다.

> **맥베스 부인** 글래미스! 코도 영주!
> 앞으로 환영받으며 더 크게 되실 분!
> 당신의 편지가 무식한 이 현재 너머로
> 이 몸을 데려가 난 지금 이 순간
> 미래를 느껴요.[62]

'무식한 이 현재'는 마녀 2의 예언까지 이루어진 상황을 일컫고, '지금 이 순간' 느끼는 미래는 마녀 3이 말한 '왕이 될 것'이란 예언이다. 맥베스 부인은 이미 미래를 느끼고 있으므로 이어서 이렇게 말한다. "오! 절대로 태양은 그 내일을 못 보리라!"[63] '그 내일'은 덩컨 왕이 떠날 예정이던 내일을 뜻한다. 그러니 덩컨은 이 맥베스 성 안에서 스러질 것이고, 다음 날은 '그 내일'이 아닌 마녀 3의 내일이 되어야만 한다. 맥베스 부인은 마음이 무른 데가 있는 남편에게 모

---

62) 『맥베스』(민음사, 2004), 33쪽.
63) 위의 책, 33쪽.

든 일을 맡기기보다는 오히려 "당신은 오늘 밤의 큰일을 제 수완에 맡기세요." [64] 라며 적극적으로 왕의 시해에 손을 담 근다.

맥베스　　　　　남자다운 일이면 난 무엇이든 감행하오.
　　　　　　　　더할 사람 없을 거요.
맥베스 부인　　　(……) 이 일을 감행코자 했을 때
　　　　　　　　당신은 남자였고
　　　　　　　　전보다 더 과감해져 훨씬 더 큰 남자가
　　　　　　　　되려고 했어요. 당시엔 시간과 장소가
　　　　　　　　안 맞아도 당신이 맞추려 했는데
　　　　　　　　저절로 맞춰지니 이젠 그 적절함 자체가
　　　　　　　　당신 기를 꺾는군요. [65]

　　이 일을 감행코자 했을 때 당신은 남자였다는 말은 자신이 찬탈할 기회가 있을 때 그 기회에 도전하는 것이 이 른바 '남자다운' 일임을 말한다. '훨씬 더 큰 남자'는 왕 또 는 왕위 찬탈에 도전할 만큼 야심이 큰 사람을 뜻한다. 여기 서 말하는 '남자다움'이란 힘을 겨루고 이기고 지배하려는 성향과 관련이 있다. "적절함 자체가 당신 기를 꺾는군요."

----

64) 위의 책, 30쪽.
65) 위의 책, 35~36쪽.

에서 맥베스 부인은 덩컨이 제 발로 자신들의 성에 찾아 들어온 이 적절함이 오히려 맥베스의 추진력을 약화시킨다고 생각한다. 맥베스에게 없는 절박함을 맥베스 부인은 훨씬 더 크게 느끼고 있음을 암시한다. 그 절박함은 이어서 이렇게 나타난다. 이 부분은 핏빛 드리운 맥베스 전체를 통틀어서도 가장 잔혹한 이미지일 것이다.

> **맥베스 부인**　　난 젖 빨린 적 있어서
> 　　　　　　　　내 젖 먹는 아기 사랑 애틋함을 알아요.
> 　　　　　　　　난 고것이 내 얼굴 보면서 웃더라도
> 　　　　　　　　이 없는 잇몸에서 젖꼭지를 확 뽑고
> 　　　　　　　　골을 깼을 거예요, 내가 만일 당신처럼
> 　　　　　　　　이 일 두고 맹세했더라면.[66]

　　여기서 맥베스 부인은 '모성'에 대해 말한다. 아니 모성의 '골을 깬다.' 여성은 아이를 낳고 젖을 먹이고 양육하는 존재이므로 인간에 대한 '동정심'과 '측은심'이 더 크다고 생각되지만 —— 실제로 자신은 '애틋함을 안다.'라고 말한다 —— 자신은 그런 감정 따위에 흔들리지 않고 잔인성을 발휘할 수 있다는 것이다, 맹세를 지키기 위해서라면. 셰익스피어는 여기서 어린아이의 사랑스러움과 보드라움을 잔혹

---

66) 위의 책, 39쪽.

한 폭력성과 대비시켜 눈에 보이듯 무시무시하게 표현한다. "고것이 내 얼굴 보면서 웃더라도"에서 느껴지는 아기의 사랑스러움, "이 없는 잇몸에서"에서는 아직 날카롭고 딱딱한 것이라곤 몸에 생겨나지도 않은 아기의 보드라움을 대유법을 통해 드러낸 후, "젖꼭지를 확 뽑고 골을 깼을 거예요."로 넘어가는 섬뜩함은 단 몇 행으로도 몸서리가 쳐질 정도다. 탈성(unsex)을 바라는 마음과도 연관이 있을 것이다. 그들 사이에서 태어나 맥베스 부인이 젖 먹여 키운 아이의 성별이 무엇인지는 언급되지 않으나, 맥베스는 덩컨 왕 시해 음모에 뛰어든 부인에게 이렇게 말한다. "사내애만 낳으시오! 당신의 그 담대한 기질은 남성만을 빚어내기 때문이오." [67]

밤과 낮의 대결

이제 자정이 지난 시간, 덩컨 왕을 시해하려고 계획을 실행에 옮기는 맥베스의 눈앞에 처음으로 환각이 보이기 시작한다. 허공에 단검 한 자루가 손잡이 쪽을 자신을 향한 채 둥둥 떠 있는 듯이 보인 것이다. 마치 손 내밀어 잡으라는 듯. 그러나 단검은 잡히지 않고, 맥베스는 환각인 걸 알면서도 그것을 홀린 듯 바라본다.

> **맥베스** 눈앞에 보이는 이것이 단검이냐,

---

67) 위의 책, 43쪽.

자루가 내 손을 향했는데? 자, 잡아 보자.

손에 넣진 못해도 여전히 보인다.

치명적인 환상이여, 널 보는 것처럼

느낄 수는 없느냐? 아니면 넌 마음의 검,

열에 들뜬 뇌가 만든 허상일 뿐이냐.[68]

연극 무대에서는 배우가 허공을 쳐다보며 독백하는 식으로 연출되곤 하는 장면이다. 요즘의 독자들은 이 장면을 그리기가 별로 어렵지 않을 것이다. 마치 액션 어드벤처 게임의 단검 아이템처럼 자연스럽게 떠오를 테니까. 게임에서는 플레이어의 눈앞에 화살표가 나타나 갈 방향을 알려 주는 경우도 흔하다. 단검은 마침 그 형태가 화살표와 유사하니, 마치 칼끝이 겨누는 곳을 향해 나아가라고 맥베스에게 알려 주는 듯하다. 그리고 그 단검에는 피가 묻어 있다.

맥베스　　넌 나를 내가 가던 길로 인도한다. (……)

　　　　　아직도 보인다. 검의 날과 자루에 핏방울까지

　　　　　도.[69]

까마귀 소리를 듣고 싶은 대로 들었던 것처럼, 운명

---

68) 위의 책, 43쪽.
69) 위의 책, 43쪽.

이 단검의 모습으로 나타나 자신이 행하고자 마음먹은 길로 인도한다고 여긴다. 지금은 환각이 인도하는 길과 자신이 가려는 길이 일치하지만, 이것을 시작으로 맥베스는 여러 다른 환각과 환영을 보게 된다. 마침내 덩컨 왕을 시해한 맥베스는 정신이 없는 채로 피 묻은 단검을 가지고 돌아온다. 취해 곯아떨어진 시종들에게 죄를 덮어씌우려면 단검은 시종들 곁에 놓여 있어야 하므로 맥베스 부인은 단검을 도로 가져다 놓고 오라고 한다. 공포와 죄책감에 질린 맥베스가 그를 거부하자 맥베스 부인은 이렇게 말한다.

> **맥베스 부인**　　그 단검 이리 줘요. 자는 사람 죽은 사람
> 　　　　　　　　그림 같을 뿐인데, 그림 속의 악마는
> 　　　　　　　　애들의 눈에나 무섭지요.[70]

자는 사람이나 죽은 사람이나 축 늘어져 누워 있는 모습은 유사하다. 자는 사람을 두려워하지 않는 것처럼 죽은 사람의 모습도 무서울 게 없다는 듯하다. 또 이런 부분도 있다. 이른 아침 덩컨 왕의 죽음을 알게 된 맥더프 장군이 다른 사람들에게 깨어나라고 소리치며 하는 대사다.

> **맥더프**　　뱅쿠오, 도널베인! 맬컴은 일어나요!

---

70) 위의 책, 48쪽.

죽음의 모조품인 솜털 잠을 떨쳐 내고

죽음 자체를 바라봐요![71]

　맥더프 또한 죽음과 잠의 유사점을 말하며 잠이 죽음
의 모조품이라고 한다. 잠에서 깨어 죽음을 보라는 것이다.
이 책을 앞에서부터 순서대로 읽어 온 독자라면『하드리아
누스 황제의 회상록』에서 잠과 죽음의 유사함에 대해 언급한
부분을 기억할 것이다. '어디에선가 맑은 샘물과 어두운 샘물
이 합류'하고 있는 것을 느낀다는. 우리 인생의 3분의 1을 차
지하는 잠과 누구나 맞이하게 되는 죽음의 유사성에 대한 명
상은 매일의 신비를 일깨운다.

　『회상록』에서 인생을 연극에 빗대었던 문장들이『맥
베스』를 읽을 때 생각나듯,『회상록』의 잠과 죽음의 유사성
에 대한 문장들이『맥베스』를 읽으며 되살아난다. 연이어
책을 읽을 때 생겨나는 이런 감각은 독서만의 미묘하고 독
특한 즐거움의 한 요소이므로 조금 더 자세히 설명해 보겠
다. 앞서 읽은 텍스트는 후에 읽는 텍스트에 겹쳐지고, 마치
지금 눈이 따라 흐르는 문장의 물결 아래로 시간이 지나 조
금은 더 흐릿하게 일렁이는 심층의 문장들이 함께 흐르는
것과도 같다. 또는 예전에 읽었던 문장들이 잘게 조각나 마
치 모자이크처럼 어떤 단어는 더 또렷하게, 어떤 표현은 더

---

71) 위의 책, 54쪽.

아스라하게 기억 속에 뿌려져 있는 듯하다. 새로운 문장을 읽으며 비슷한 모티브가 환기되면 이전의 문장들이 가라앉아 있던 기억의 물속은 한번 헤집어진다.

독서가 쌓이면 이런 현상들이 계속해서 일어난다. 수많은 문장들이 팔림세스트처럼 겹쳐 쓰인다. 책을 좋아하는 사람들끼리 책 수다를 떨기 시작하면 끝이 안 나는 이유다. 책을 두고 나누는 대화는 마치 서로의 안에 든 스노우글로브를 살짝살짝 건드리는 것처럼, 가라앉았던 단어와 문장을 헤집어 다시 천천히 반짝이며 허공으로 떠오르게 하고, 그렇게 다시 끄집어낸 말들이 이번에는 상대의 또 다른 기억의 바닥을 긁어서 일렁이게 한다. 책 수다가 아니라 혼자 책을 읽을 때에도 독자는 자신의 내면에 새롭게 흘러든 언어와 이미 들어와 있던 언어가 뒤섞이는 작용을 겪는다. '샘물이 합류하는' 것이다. 그것은 소리 없이 흐르는 저자와 독자의 대화이고, 그렇게 내면의 언어적 샘물은 다시 흐른다. 독서가 다른 독서를 불러오고, 그 흐름이 풍부하고 빈번할 때면 독자의 내면은 스노우글로브의 반짝이는 눈이 내내 일렁이는 듯이 움직이며 고이지 않고 흐를 것이다. 독서가 자연스럽게 다음 책을 찾게 되는 것은 다름 아닌 이 움직임과 반짝임이 아름답고 기분 좋게 느껴지기 때문이다.

다시 죽음과 유사한 잠 얘기로 돌아오자. 그런데 맥베스는 이 잠을 죽여 버렸다. 덩컨 왕을 죽임과 동시에 자신의 잠을 죽여 버린 것이다. 그 잠은 어떤 잠이었던가?

맥베스　내 생각에 외치는 것 같았소. '못 자리라!'

맥베스는 잠을 죽여 버렸다.'고. ── 순진한 잠,

엉클어진 근심의 실타래를 푸는 잠,

하루 삶의 멈춤이고 노고를 씻음이며

다친 마음 진정제, 대자연의 주된 요리,

이 삶의 향연에서 주식이고. [72)]

　이 역시 『하드리아누스 황제의 회상록』에서 읽었던 잠 예찬을 떠올리게 하는 부분이다. 이 좋은 잠을, 맥베스는 죽여 버린 것이다. 오히려 자신이 죽인 덩컨 왕을 부러워하기까지 한다. "마음의 고문으로 안절부절 얼빠진 채 누워 있는 것보다 마음 편해 보자고 침묵시킨 죽은 자와 동거함이 더 낫겠소. 덩컨은 무덤에서 인생의 발작 열이 지나간 뒤 잘 잡니다." [73)] 잘 알려져 있듯 불면은 정신건강에 무척 해로우며, 죄책감을 느끼는 살인자의 정신건강에는 더욱 치명적일 것이다. 맥베스는 그야말로 점점 미쳐 간다. 이 상황에서 덩컨 왕의 두 아들인 맬컴과 도널베인은 부친이 의도적으로 살해되었음을 직감하고 자신들의 목숨도 위태롭다는 걸 눈치챈다. 왕권을 노린 자의 소행이라면 그 왕권 계승자인 자신들도 노릴 것이기 때문이다. 슬퍼할 겨를도 없이 도

---

72) 위의 책, 47쪽.

73) 위의 책, 69쪽.

널베인은 말한다.

> 도널베인　(맬컴에게 방백) 무슨 말을 합니까,
> 　　　　　여기선 우리의 운명이 못 구멍에 숨었다가
> 　　　　　튀어나와 우리를 잡을지도 모르는데?
> 　　　　　떠납시다. 눈물은 일러요. [74]

　　자신들을 노리는 운명이 이 성 어느 구석에 도사리고 있다가 튀어나와 자신들을 해칠지 모른다는 시시각각의 촘촘한 위협을 느끼는 심정을 '운명이 못 구멍에 숨었다가'로 표현한 것이 흥미롭다. 아주 작은 못 구멍에도 신경을 곤두세워야 하는 처지라니 얼마나 위태로운가. 그들은 달아난다. 맬컴은 잉글랜드로, 도널베인은 아일랜드로. 그러나 그들이 달아나게끔 만든 맥베스도 못 구멍을 볼 때 마음이 편치 않을 것이다. 못 구멍들마다 의심이 들어찬다. 맥베스는 외친다. "아 여보, 내 마음은 전갈로 가득 찼소!" [75] 『맥베스』 곳곳에 박힌 이런 간명하고도 생생하기 이를 데 없는 표현들이 극 전체를 펄펄 살아 있게 하는 듯하다.

　　세 마녀는 뱅쿠오에게 '왕은 아니지만 왕을 낳을 분이시다.'라고 했다. 맥베스는 자객을 시켜 뱅쿠오와 그의 아

---

74) 위의 책, 57쪽.
75) 위의 책, 70쪽.

들 플리언스를 죽이려고 한다. 맥베스는 자객 삼을 자들에게 아마도 거짓 증거들을 내밀어 뱅쿠오에 대한 원한을 불어넣은 듯하며, 그들을 부추긴다. "너희들은 천성적인 인내심이 얼마나 강하기에 이 일을 그냥 두지?" 그러자 자객이 답한다. "폐하, 저희들도 사냅니다." 이 '사내됨'은 서열 정리와 관련된 욕구 언저리의 문제로 그려지며, 옆의 부추김이나 발끈함으로 쉽게 도발되는 양상이다.

맥베스   그렇지, 목록에선 너희들이 사나이로 통하지.
                사냥개, 회색빛 사냥개, 잡종 개,
                삽살개, 똥개, 털 개, 물개와 늑대개
                모두가 개라고 불리듯. 하지만
                감정서엔 빠른 놈, 느린 놈, 똑똑한 놈,
                집개와 사냥개 등 풍요로운 자연이
                각자에게 넣어 준 재능 따라 모두가
                구별되어 적혀 있어. 그래서 그 전체를
                싸잡아 써 놓은 명단과는 별도의 호칭을
                부여받고 있는 거지. 사나이도 꼭 같아.
                자, 너희들이 문서에서 한자리를 차지하고
                사나이 말단이 아니라면 말을 해 봐. [76]

---

76) 위의 책, 65-66쪽.

맥베스는 자객들을 도발하기 위해 개 종류를 들먹이며 '문서에서 한 자리를 차지'하느냐, '사나이 말단이 아니'냐고 묻는 것인데, 평민인 자객들뿐 아니라 귀족들의 만찬에서도 비슷한 표현이 이어진다.

(3막 4장) 향연이 준비되어 있다. 맥베스, 맥베스 부인, 로스, 레녹스, 귀족들과 시종들 등장.

> 맥베스   서열을 알 테니 앉으시오. 위아래 모두를
> 충심으로 환영하오. (……)
> 양쪽 수가 같으니 난 여기 중간에 앉겠소.[77]

아무래도 셰익스피어는 권력의 서열과 사내다움의 투쟁을 비장하게 바라보지는 않는 듯하다. 자객들은 뱅쿠오를 죽였으나 그의 아들 플리언스는 놓친다. 맥베스는 자객의 보고를 듣고 향연 자리로 되돌아오다 뱅쿠오의 유령이 서열의 꼭대기인 자신의 자리에 앉는 것을 본다. 맥베스가 공포에 질리자 부인은 그에게 "당신이 남자예요?"라고 쏘아붙이고, 맥베스는 환영을 향해 소리 지른다.

> 맥베스   남자가 덤비는 건 나도 덤벼. (……)

---

77) 위의 책, 73쪽.

그 모습만 아니라면 탄탄한 이 근육은
절대 떨지 않을 거다. 혹은 다시 살아나
칼 가지고 나에게 사막에서 덤벼 봐,
그때 내가 떨거든 갓 난 계집애라고
딱 잘라 말해라. 물러가라, 공포의 그림자야!
(유령이 사라진다.)
그래. ── 가고 나니
난 다시 남자다. ── 여러분, 앉으시오. [78)]

살아 있는 상대에게 덤비는 것은 '남자의 일'이고, 산 상대보다 더 무서운 유령 앞에서는 '갓 난 계집애'처럼 떨고 있는 것이다. 여기서 사내다움은 결코 갓 난 계집애의 품성보다 나은 게 아니다. 결국 맥베스가 느끼는 것은 양심의 가책과 뼈저린 후회이고, 그것은 피비린내 속에서 엎치락뒤치락하는 권력 다툼보다 고결한 것이다. 유령을 보고 '갓 난 계집애'처럼 덜덜 떠는 이 품성이야말로 셰익스피어의 또 다른 주인공인 악마적 왕위 찬탈자, 리처드 3세보다 맥베스를 권력 서열의 순위가 아닌 인간성의 순위에서 더 높은 자리로 올려놓는다.

'탈성'을 바랐던 맥베스 부인의 담대함과 맥베스의 정신 착란, '남자다움'에 대한 여러 각도의 질문을 통해 셰익

---

78) 위의 책, 79쪽.

스피어는 의도적으로 성별을 교란(또는 unsex)시키며 인간 다움에 대해 과연 어느 것이 더 중요하냐고 묻는 듯하다. 애초에 맥베스는 남성의 성 역할 고정관념과 그것을 수행해야 한다는 압박감에 이 모든 일의 첫 단추를 잘못 꿰어 버린 것인지도 모른다. 그는 이제 서열 정리를 하지 않으면 서열 정리를 당한다는 힘의 논리에 말려들어 마음이 전갈로 가득 차 있다.

검고 붉은 밤

맥베스　　　　밤은 어찌되었소?
맥베스 부인　　아침과 다투는데 막상막하랍니다.[79]

　　밤과 낮이 팽팽히 겨루고 있는 때다. 역자는 이렇게 해설했다. "이것은 극 전체의 흐름으로 볼 때 물리적이며 상징적인 시간으로 밤과 낮이 일시적인 균형을 이루고 있다. 지금부터 맥베스 부부는 점점 짙은 어둠 속으로 들어가지만 그들 주변은 차차 밝아온다." 우리는 자연 법칙에 따라 시간이 지날수록 밤이 옅어지며 아침이 오리라는 것을 안다. 『맥베스』는 물론 여러 날에 걸친 이야기지만 해 질 무렵-한밤-아침까지의 밤과 낮의 세력 변화를 다룬 극이라고도 볼 수 있다. 극의 제일 처음 세 마녀가 대화를 나눌 때 마녀 3은 맥

---

79) 위의 책, 81쪽.

베스를 만나는 때가 '해 지기 전'이라고 말한다. 그 이후로 극은 어두워져, 피와 밤이 점점 차오른다. 맥베스 부인이 "오! 절대로 태양은 그 내일을 못 보리라!"라고 외친 후로 극이 끝나기 직전까지 태양이 사라진 암흑이 지속되는 것만 같다. 극의 초반에 덩컨 왕이 아들인 맬컴을 왕세자로 봉인하겠다고 하는 부분을 살펴보자.

> **덩컨**　　과인은 장자인 맬컴을 왕세자로 봉하고
> 　　　　　지금부터 컴벌랜드 왕자라 부르겠소.
> 　　　　　이 영예를 그가 독차지해선 아니 되고
> 　　　　　공신들 모두에게 별처럼 고위직이
> 　　　　　빛나게 할 것이오.
>
> **맥베스**　컴벌랜드 왕자라! —— 내 길을 막았으니
> 　　　　　이건 내가 걸려 넘어지든지 아니면
> 　　　　　넘어야 할 계단이다. 별들이여 숨어라!
> 　　　　　빛이여, 검고 깊은 내 욕망을 보지 마라. [80]

　　이때 맥베스는 스스로의 검고 깊은 욕망을 빛으로부터 차단하며, 별들조차 빛나지 않기를 바란다. 이후로 점점 극은 칠흑 같은 밤을 향해 나아간다. 맥베스 부인도 독백을 하며 그냥 밤도 아닌 '짙은 밤'을 부른다. ("오너라, 짙은 밤

---

80) 위의 책, 29~30쪽.

아.") 두 대극인 밤과 낮의 점진적 세력 변화가 『맥베스』의 흐름과 같이하는데, 해 질 무렵부터 새벽까지를 다루기 때문에 어두운 밤의 정서가 극 전체에 드리운다. 셰익스피어의 희극 중 『한여름 밤의 꿈』에서 여름의 정서가 차지하는 정도를 『맥베스』에서는 피비린내 나는 칠흑 같은 밤이 차지한다고 보면 될 것이다. 하루의 절반인 밤이 그 세력을 키워 갈 때의 대사를 보자.

> 맥베스　이 시각, 세상의 절반은
> 만물이 죽어 있는 것 같고 사악한 꿈들은
> 잠을 현혹시킨다. 헤카테의 의식을
> 마술사는 치르고,[81]

낮의 밝은 시야에서 살아 움직이던 많은 것들은 이 시각 어둠에 묻히거나 잠들어 있다. 헤카테는 저승의 여신이자 세 마녀들의 우두머리다. 밤은 마녀들이 지배하는 시간이다.

> 로스　시간은 낮인데
> 검은 밤이 운행 중인 태양을 목 졸라요.
> 생명의 햇빛이 대지에 입 맞춰야 할 때에

---

81) 위의 책, 44쪽.

무덤 같은 이 어둠은 밤의 기승 탓입니까,

낮의 창피 탓입니까?[82]

맥베스가 부른 밤의 시간이 이어지는 동안은 낮조
차도 어둡다. 맥베스는 곧 부인의 말 ——"오너라 짙은 밤
아"—— 을 되풀이하는데, 이어지는 그의 대사는 점점 더 피
의 바다 속으로 몸을 담그는 것 같다. 맥베스 부인이 악령과
살귀를 불러모으던 독백이 옮아온 듯하다.

맥베스 오너라 밤이여.

인정 많은 낮님의 순한 눈을 가리고

그대의 피 묻은 안 보이는 손으로

날 질리게 만드는 생명 보증 파기하고

갈기갈기 찢어라! —— 빛은 점점 옅어지고

까마귀는 시커먼 숲을 향해 날아간다.

선량한 낮 것들은 축 처지기 시작하고

밤의 검은 수족들은 먹이 찾아 일어난다.

(⋯⋯) 시작이 나쁜 일은 그 악화가 강화라오.[83]

맥베스 부인은 처음에는 남편의 인정미가 문제라고

---

82) 위의 책, 58~59쪽.
83) 위의 책, 71쪽.

했는데, 여기서 맥베스는 밤에게 인정 많은 낮님의 순한 눈을 가리라고 명한다. 인정미 있던 그 스스로를 밤에게 내어주고 투항하는 셈이다. 밤은 점점 힘을 더해 간다. "까마귀는 시커먼 숲을 향해 날아간다." 검은 새가 검은 숲을 향해 날아가는 모습을 상상해 보라. 그 중첩되는 깊은 암흑의 이미지를. 밤을 틈타 살인을 저지른 맥베스는 이렇게 말한다. "피는 피를 부를 거요.(Blood will have blood.)" 뱅쿠오를 죽인 자객의 얼굴에 묻은 피를 본 맥베스의 대사는 이렇다. "사람보다 그 피를 보는 게 더 좋구나." 이 밤은 검은 밤이 아니라 붉은 밤이라고 해야 할지도 모른다. 『맥베스』에서 피와 밤은 함께 움직인다. 덩컨 왕을 죽이고 돌아온 맥베스는 피 묻은 자신의 손을 내려다보며 이렇게 말한다.

> 맥베스 저 대양의 모든 물로 내 손에서 이 피를
> 씻어 낼 수 있을까? 아냐, 내 손이 오히려
> 광대무변 온 바다를 핏빛으로 물들여
> 푸른 물을 다 붉게 하리라. [84]

이 예감은 정확하다. 죄책감을 씻어 내고 싶은 마음과 달리 피는 피를 불러, 죄는 그것을 덮을 다른 죄를 필요로 하고, 결국 온 바다를 피로 물들일 지경이 된다. 마지막

---

84) 위의 책, 48쪽.

행의 원문은 "Making the green one red."다. 『아우라』에서 살펴보았듯 생명의 녹색과 죽음의 붉은색이 다시 대비된다. 맥베스의 손으로부터 퍼져 나온 피가 푸른(green) 바닷물을 붉게 물들여 가다가, 바닷물과 핏물의 정도가 팽팽히 맞선 시점이 바로 "밤이 아침과 다투는데 막상막하"인 때일 것이다. 녹색과 붉은색을 상징색으로 쓰는 가장 널리 알려진 명절은 크리스마스다. 크리스마스는 겨울 중 가장 해가 짧은 동지 무렵이고, 이때를 지나면 낮이 점차 길어진다. 상징적으로 말하면 밤의 세력이 가장 창궐했다가 이제 점차 낮의 세력에 패배하기 시작하는 때다. 겨울의 한복판에서 봄이 태어나기 시작하는 시점과도 같다.

생명의 녹색과 피의 붉은색, 밝은 낮과 어두운 밤은 세상을 구성하는 두 대극이며, 상승과 하강의 곡선은 대칭을 이루어 세상은 끊임없이 변전한다. 셰익스피어의 많은 극들은 그 차고 기우는 파동의 그래프를 바탕에 놓고 전개된다. 『맥베스』속에서 일종의 동지(冬至)라 할 밤과 아침의 다툼이 막상막하인 이 시점, 그러니까 밤의 세력을 나타낸 곡선 그래프에서 정점인 시점, 이제 맥베스는 핏속에서 몸을 빼낼 수 없다. "난 지금 피 속으로 너무 깊이 들어가 더 아니 나아가도 돌아감은 건넘만큼 힘겨울 것이오." [85] 경제학 용어로 말하자면 '매몰 비용'이 너무 큰 것이다. 이미 흘린 피는 되

---

85) 위의 책, 81쪽.

돌릴 수 없다. 푸른 바다의 절반은 이미 핏빛이다.

눈과 손의 대결

밤과 낮뿐 아니라 눈과 손도 『맥베스』에서는 의미심장하게 쓰이며, 그 비중을 놓고 추이가 변화한다. 우선 맥베스가 검고 깊은 욕망을 품었을 때 그는 이렇게 말한다.

> 맥베스　눈은 손을 못 본 척하지만 끝났을 때
> 　　　　눈이 보기 두려워할 그 일은 일어나라. [86]

　　눈은 의식이요 손은 행동이다. 그는 차마 의식하기는 두렵지만 손이 행동하기를 바라고 있다. 눈앞에 단검의 환각이 보였을 때 그것을 보는 눈은 손으로 하여금 실제의 단검을 꺼내도록 이끈다. 이때 눈은 슬며시 손에게 갈 방향을 지시했고 두 단검 —— 눈이 보는 환각의 단검과 손에 쥔 실제의 단검 —— 은 겹쳐진다. 그러나 행동을 저지르기 전, 상상의 영역일 때와 저질러서 현실이 된 후는 너무도 다르다. 정말로 왕을 죽이고 난 뒤 죄책감과 공포감에 사로잡힌 맥베스는 피 묻은 손을 내려다보며 말한다.

> 맥베스　이 무슨 손이냐? 하! 내 눈을 뽑는구나. [87]

---

86) 위의 책, 30쪽.

역자는 이렇게 해설했다. "행위(손)의 의미를 의식(눈)이 깨닫는 순간 너무나 강렬한 죄책감으로 의식이 송두리째 뽑히는 것 같은 느낌을 말한다." 돌이킬 수 없는 끔찍한 죄나 실수를 저지르는 꿈을 꾸고 나서 깼을 때 모든 것이 제자리여서 안도할 때가 있지 않은가? 그럴 때처럼 맥베스는 차라리 이 모든 게 꿈이기를 바라는 마음이다. 재빠르게 피 묻은 단검을 술을 먹여 곯아떨어지게 한 시종들에게로 가져다 놓아 살인 혐의를 뒤집어씌우고 돌아온 맥베스 부인은 '초라하게 생각에만 빠져 있지 말라.'고 한다. 그러자 맥베스는 "내 행위를 알려면 날 몰라야 할 거요.(To know my deed, 'twere best not know myself.)"[88]라고 혼잣말처럼 답하는데, 이 말은 알쏭달쏭하다. '나'임을 의식하는 나 또는 '눈'은 손의 행위를 모르고 싶다. 다시 말해 손이 저지른 이 잔학한 행위를 알게 되면, 그것을 저지른 주체가 자신임을 알게 되는 동시에 무너져 버릴 것만 같다. 차라리 내가 나임을 모른다면 좋겠다. 내가 나임을 알면서 동시에 내 행위를 인정하기가 너무도 두려우므로. 하지만 사실은 알고 있다. 그 일은 자신이 저질렀음을. 그러니 눈과 손 사이의 붕괴가 일어나는 것이다. 너무 충격적인 사실을 접하면 몸이 그 충격을 차단하기 위해 의식을 잃고 실신하게 되는 것처럼. 맥

---

87) 위의 책, 48쪽.
88) 위의 책, 49쪽.

베스는 자신이 저지른 이 일을 도저히 믿을 수가 없을 정도로 죄책감을 느끼고 있다.

각주는 이 표현에 대한 세 가지 해석을 소개한다. 첫째, 만약 내가 내 행위를 직면해야 한다면 의식을 송두리째 잃어버리는 편이 나을 것이다. 둘째, 내 행위를 직면하느니 생각에 빠져 있는 것이 낫겠다. 셋째, 이 행위와 타협하고 살아가려면 이전의 진정한 나 자신과는 결별해야만 할 것이다. 나는 표면적으로 첫째를 뜻하고, 나아가 셋째를 의미하게 된다고 생각한다. 이렇게 한 문장을 놓고도 다양하게 읽고 곱씹게 된다. 『맥베스』의 문장은 많은 것을 품고 있으며, 철저히 분석한다 해도 여전히 분석되지 않을 신비로운 빛깔을 띠고 있다.

깊은 밤 다급해진 맥베스는 마녀들을 찾아간다. 마녀들은 주문을 외우며 가마솥에 온갖 음침한 것들을 넣고 끓이고 있다. 『아우라』의 귀신 들린 집에서 온갖 약초 냄새가 나던 것, 이곳저곳에 놓인 플라스크가 떠오르는 지점이다. 마녀의 힘은 그 약탕에 깃들어 있다.

맥베스   은밀하고 시커먼 한밤중의 마녀들아!
뭘 하고 있느냐?

모두   이름 없는 행위를.

(A deed without a name.)[89]

마녀들이 하는 행위에는 이름이 없다. 손은 있되 그 것을 다른 행위와 구분 지을 눈이 없는 셈이다. 이것은 공인 되거나 허락되지 않은 미지의 힘을 빚는 행위다. 『마녀』를 쓴 쥘 미슐레는 마녀들을 '과거 천 년 동안 민중의 유일한 의사'라고 썼지만 그들은 마녀라 불렸고 그 행위에는 의학 이나 의술이라는 이름이 붙지 않았다. 이름 없는 행위는 신 비가 되었고, 마녀들에 대한 천년의 박해와 별개로 그것은 다종다양한 방식으로 되살아난다. 앞으로 천년의 문학 곳 곳에 이 이름 없는 힘은 영향을 미칠 것이다. 이름이 없으므 로 이 힘의 크기는 정확히 알 수 없으며, 이에 이름과 언어 를 부여하는 사람들이 앞으로 천년간 나타날 것이다. 이것 또한 평형을 맞추기 위해 차고 기우는 파동과 주기의 일이 다. 맥베스는 이 이름 없는 힘을 통해 불러낸 환영으로부터 예언을 듣는다. "인간의 능력 따윈 우습게 생각하라, 여자에 게 태어나서 맥베스를 해칠 사람 절대 없을 테니까." [90] 모 든 인간은 여자에게서 태어나므로 맥베스는 두려움에서 놓 여나지만, 사실은 마녀들의 말에 농락당한 셈이 된다. 마녀 들은 그들이 인류 최대의 적이라고 부른 '과신'으로 맥베스 를 조종한다. 이어서 그는 또 다른 예언을 듣는다.

---

89) 위의 책, 89쪽.
90) 위의 책, 91쪽.

혼령 3 사자처럼 당당하라, 짜증 내고 안달하고
　　　 반역하는 무리들에 신경도 쓰지 말고.
　　　 버남의 큰 수풀이 던시네인 언덕으로
　　　 맥베스를 대적하여 다가오기 전에는
　　　 절대 정복 안 될 테니. [91)]

　　　 뿌리 내린 나무들이 이룬 큰 숲이 언덕을 오를 수는
없는 노릇이니 맥베스는 이중으로 안심한다. 그러고는 마지
막 질문을 던진다. "뱅쿠오의 후손이 언젠가 이 나라를 통
치하게 되느냐?" 그랬더니 마녀들은 "보여 줘라! 보여 줘!"
라고 외치는데, 이는 마녀들의 손을 통해, 즉 이름 없는 행위
를 통해 맥베스의 눈에 보내는 메시지인 것이다. 맥베스 앞
에 나타났던 단검이 눈을 통해 손에 전한 메시지라고 한다
면 이것은 반대의 경로다. 맥베스의 눈에 보이는 것은 여덟
명 왕의 환영인데, 마지막 왕은 손에 거울을 들고 있고 뱅쿠
오가 그 뒤를 따른다.

　　　 맥베스 뱅쿠오의 유령과 넌 너무나 닮았다. 꺼져라!
　　　　　　 그 왕관이 내 눈알을 지진다. [92)]

---

91) 위의 책, 92쪽.
92) 위의 책, 93쪽.

맥베스는 환영을 본 눈을 통해 고통을 느끼지만 그 왕의 환영에 손으로 무언가를 행할 수는 없는 노릇이다. 마녀들은 사라진다. 이어서 맥더프가 잉글랜드로 달아났다는 소식에 맥베스는 광기 어린 태도로 말한다.

> 맥베스 　 쏜살같은 목표는 행동이 없으면 절대
> 　 　 　 잡지 못하는 법. 바로 이 순간부터
> 　 　 　 마음에 떠오르는 것들은 곧바로
> 　 　 　 손으로 갈 것이다. (……) 바보처럼 장담 말고
> 　 　 　 결심이 식기 전에 이 일을 끝낼 테다.
> 　 　 　 구경은 더 필요 없어!(But no more sights!) [93]

눈과 손의 관계에서 이제는 손만이 남은 셈이다. 앞서 죄책감을 느끼며 읊조렸던 맥베스의 말 "내 행위를 알려면 날 몰라야 할 거요."는 마침내 자기 실현적 예언이 된 것이다. 눈을 감아 버린 살인자의 손이 날뛰기 시작한다.

꺼져라, 짧은 촛불!

4막 2장이 되면 맥더프의 부인과 아들이 처음으로 등장한다. 파이프의 영주인 맥더프는 가족을 두고 잉글랜드로 떠났고, 맥더프 부인은 화를 잔뜩 낸 뒤 어린 아들과 이야기를

---

93) 위의 책, 95쪽.

주고받는다. 이들의 대화에는 상황에 대한 비꼼과 농담 사이로 정다움이 있고 비범한 통찰도 있다. 맥더프 부인은 할 말을 다 하는 사람이고 아들도 어머니에게 뒤지지 않아 둘은 밝고 따뜻한 분위기 속에서 이야기를 나눈다. 등장하는 시간은 짧지만 글로브극장의 관객들은 이 모자의 대화에 웃음을 터뜨리고 고개를 끄덕이며 순식간에 호감을 가졌을 것이다.

> 아들   아버진 안 죽었죠, 말이야 그렇지만.
>
> 맥더프 부인   죽었단다. 아버지가 없어서 어떡할래?
>
> 아들   어머닌 남편이 없어서 어떡해요?
>
> 맥더프 부인   왜, 장터에 나가면 스물은 살 수 있어.
>
> (……)
>
> 아들   아버진 역적이었어요, 어머니?
>
> 맥더프 부인   응, 그렇단다.
>
> 아들   역적이 뭔데요?
>
> 맥더프 부인   음, 맹세하고 거짓말하는 사람. (……)
>
> 아들   맹세하고 거짓되면 다 목이 매달려야 하나?
> (……) 누가 목을 매지요?
>
> 맥더프 부인   음, 정직한 사람들이.
>
> 아들   그럼 거짓말쟁이와 맹세꾼들은 바보네요.
> 거짓말쟁이와 맹세꾼들은 정직한 사람들을
> 이기고 그들을 목매달 만큼 많은데.

맥더프 부인　　참 딱하구나, 가엾은 원숭이!

　　　　　　　　하지만 아버지를 어떻게 얻을래?

아들　　아버지가 죽었으면 어머닌 그 때문에 울 거예요.

　　　　　울지 않으면 그건 내게 새아버지가 빨리

　　　　　생길 거라는 확실한 표시지요. [94]

　　셰익스피어는 말재간의 달인이었고 비극 속에서도 곳곳에 너스레나 재담을 심어 관객들이 느낄 압력을 덜어주었다. 『맥베스』에서도 문지기의 말장난 같은 부분이 그런 역할을 한다. 그런데 맥더프 모자의 경우에는 관객에게 친근함과 호감을 사자마자 바로 위기가 닥친다. 사자가 와서 달아나라는 전갈을 전하자 맥더프 부인은 말한다.

맥더프 부인　　어디로 도망치지?

　　　　　　　　해 입힌 적은 없다. 그러나 생각하니

　　　　　　　　난 속세에 살고 있고 여기선 해 입힘이

　　　　　　　　자주 칭찬받으며, 착한 일이 때로는

　　　　　　　　위험한 바보짓이라고 여겨진다. 아! 그러니,

　　　　　　　　해 입힌 적 없다는 여성의 변호를

　　　　　　　　해 본들 무엇하랴? [95]

---

94) 위의 책, 98쪽.

95) 위의 책, 99쪽.

셰익스피어는 이 대사를 통해 맥더프 부인과 어린 아들이 해를 입을 아무런 이유가 없음을 명백히 한다. "거짓말쟁이와 맹세하는 사람들이 정직한 사람들보다 많다."고 말하는 아들과 "착한 일이 때로는 위험한 바보짓"이라고 말하는 어머니는 세상이 도덕적, 합리적으로 돌아가지 않는다는 것을 알고 있다. 그럼에도 맥더프 부인은 해 입히지 않고 살아왔으나, 여성의 변호에 아랑곳없이 속세는 '해 입힘이 자주 칭찬받는' 곳, 즉 서열 정리와 힘의 논리로 돌아가는 곳이다. (여성의 변호를 듣지 않는 속세이기 때문에 맥베스 부인이 탈성을 원하게 된 것이 아닐까?) 무대에 자객들이 등장하고 어린 아들이 먼저 살해당한다. "날 죽였어요, 어머니. 어서 달아나세요." 이어서 무대 밖으로 끌려 나간 맥더프 부인도 죽음을 맞는다. 이 죽음의 장면들은 매우 충격적이고 가슴 아프다. 맥베스 부인의 독백에서 "고것이 내 얼굴 보면서 웃더라도 이 없는 잇몸에서 젖꼭지를 확 뽑고 골을 깼을 거예요."라는 대사처럼, 의도적으로 따스하고 친근한 것과 냉정하고 잔혹한 것을 극명하게 대조해서 보여 주기 때문이다. 셰익스피어 사후에 이 4막 2장은 오랫동안 공연되지 않았다고 한다. 이 활달한 모자의 갑작스런 죽음의 충격으로 글로브극장의 객석은 찬물을 끼얹은 듯 조용해졌으리라.

장면이 바뀌면 이곳은 잉글랜드. 달아났던 덩컨 왕의 아들인 맬컴과 최근 이곳으로 온 맥더프가 등장한다. 맥더프는 아직 자신의 가족이 당한 참사를 알지 못한다. 맥더프가 맥베스가 보낸 스파이인지 의심해서 떠 보는 맬컴과 그에 답하는 맥더프의 대화를 통해 그들의 자질과 덕목을 유추하게 된다. 맥더프는 맬컴에게 스코틀랜드로 돌아가 왕좌를 되찾도록 설득한다. 맥더프를 신뢰하게 된 맬컴은 자신의 숙부이자 잉글랜드의 명장인 시워드가 1만 명의 병사를 거느리고 자신들과 같은 편에 서게 되었다고 말한다. 이어서 로스가 등장해 조국 스코틀랜드는 맥베스의 통치 아래 참혹한 상황이 이어지고 있다고 전한 뒤, 차마 말을 꺼내지 못해 머뭇거리다 맥더프의 부인과 아이들이 잔인하게 살해되었다고 말한다. 너무 큰 충격에 말을 잃은 맥더프. 그를 보고 맬컴이 말한다.

맬컴   모자를 눈 아래로 끌지 말고
             슬픔을 말하시오. 비탄이 입 못 열면
             미어지는 가슴에게 터지라고 속삭인답니다.

맥더프   아이들도?

로스   부인과 아이들, 하인들,
             발각된 모두 다.

맥더프   그런데 난 떠나야 했으니!
             내 아내도 살해됐소?

로스   말하였소.[96]

---

96) 위의 책, 110~111쪽.

『맥베스』는 짧은 작품이다. 하지만 그 감정의 진폭이나 시적인 문장의 밀도가 매우 높기 때문에 대사 하나하나에서 읽어 낼 수 있는 것이 무척 많다. 그런데 가족 모두의 죽음을 알게 된 맥더프의 대사는 다른 의미에서 읽을수록 탄복하게 된다. 표현 때문이 아니라 표현하지 못함 때문에.

　　맥더프는 충격을 처리하지 못하고 있다. 처음 로스가 소식을 전할 때 '부인과 아이들이 죽었다.'고 분명히 말했다. (관객들은 무대에서 죽은 아이 말고도 다른 아이가 있었음과, 그 아이(들)마저 죽었음을 알게 된다.) 맥더프는 슬픔을 밖으로 꺼내라는 맬컴의 말에 겨우 한마디를 한다. "아이들도?" 이 말은 부인이 죽었음을 인지했다는 것이고, 부인뿐 아니라 아이들도 죽었느냐는 뜻이다. 로스는 다시 말한다. "부인과 아이들, 하인들, 발각된 모두 다." 이어서 맥더프는 또 묻는다. "내 아내도 살해됐소?" 그러자 로스는 맥더프에게 부인의 죽음을 세 번째로 다시 확인시켜 준다. "말하였소." 이 부분은 맥더프의 비탄을 시적인 대사로써 표현하는 것보다 훨씬 더 마음 아프다.

　　어떤 감정이 맥더프를 덮쳤을까? 맥더프는 정세적 판단으로 급속히 잉글랜드로 달려온 것이라 부인과 아이들에게 그의 계획은커녕 짧은 인사조차 전하지 못했다. 맥더프 부인은 그에 대해 "자신의 처자식을 버리고 자기 집과 전 재산이 있는 곳을 버려두고 혼자 도망갔는데요? 우릴 사랑 안 해요. 타고난 애정이 모자라요. 저 가엾은 가장 작은 굴뚝새도 둥지 안의 새끼 위해 부엉이에 맞서서 싸우는데 말이에요."[97] 라고 비난을 퍼부었다. 하지만 맥더프는 농담을 잘하고 할 말을 다 하는 아내와 아이들을 진심으로 사랑했다. 그런 아내를, 남편인 자신이 사랑 없이 가족을 버리고 도망쳐 자기들만 남았다는 오해 속에서 결국 죽게까지 만든 셈이다. 이보다 더 비통한 일이 있을까? 여기서 셰익스피어는 표현하는 대신 표현하지 않음으로써 관객들을 맥더프의 슬픔에 동참시킨다. 이미 벌어진 사실을 두 번 되묻고 믿기지 않는 사실에 세 번 확인을 듣는 것으로. 앞서 맥베스의 대사, "내 행위를 알려면 날 몰라야 할 거요."와도 비슷하게 맥더프는 자신의 행위가 야기한 결과의 충격으로 의식이 제대로 기능하지 않는 것 같다.

맬컴은 이 슬픔을 '남자답게 처리'하라고 말한다. 여기서 맥더프의 대답은 의미심장하다.

맥더프　　그리할 것이오.

　　　　　　하지만 남자처럼 느끼기도 해야겠소.

　　　　　　내게 그런 소중한 것들이 있었음을

　　　　　　잊을 수가 없소이다. (……) 죄 많은 맥더프!

　　　　　　너 때문에 다 죽었다. 사악한 자는 나다. [98]

---

97) 위의 책, 96쪽.

98) 위의 책, 111쪽.

맥베스와 맥베스 부인의 대화에서 '남자다움'은 힘의 대결과 관계되며 '인정미'는 그에 걸림돌이 되는 것이었다. 그러나 맥더프의 탄식은 소중한 것들을 아끼고 사랑하는 마음으로부터 나오는 힘을 이야기한다. 탐욕을 채우고 서열을 과시하기 위한 맥베스 부부의 힘보다 소중한 것을 귀하게 여기고 지키려는 맥더프의 힘이 더욱 진실하고 강력한 힘임을 우리는 자연스레 느끼게 된다. 맬컴은 맥더프에게 기운을 차리라며 말한다.

맬컴　아침이 오지 않는 밤만이 긴 법이오.[99]

그리고 여기 긴 밤을 보내는 사람이 있다. 바로 맥베스 부인이다. 그는 몽유병이 들었다. 잠든 채 걸어 다니는 맥베스 부인의 모습을 지켜보는 전의와 시녀는 말한다.

전의　저걸 봐요, 눈은 뜨고 있는데.
시녀　예, 하지만 시야는 닫혔어요.[100]

잠들었지만 눈을 뜨고 있고, 눈을 떴지만 시야는 닫혔다. 여기서 다시 눈과 손의 의미를 생각해 보자. 이어서

---

99) 위의 책, 112쪽.
100) 위의 책, 113~114쪽.

맥베스 부인은 지옥은 캄캄하다고 말하며 손을 비비며 씻는 듯한 행동을 강박적으로 계속한다. 지금 맥베스 부인은 이미 지옥에 있는 듯하다. 시야가 닫혀 이곳은 이미 캄캄하니까. 눈 감은 채 자행했던 악행은 살귀들이 빠져나가 버린 탓인지 손에 보이는 핏자국의 환영과 피 냄새의 환각으로 남았다. "아라비아 향수를 다 뿌려도 이 작은 손 하나를 향기롭게 못하리라. 오! 오! 오!"[101] 전의는 맥베스에게 부인의 몽유병과 환영을 보는 증세에 대해 보고하며 그것을 다스리는 것은 환자가 스스로 해야만 한다고 말한다. 그러나 맥베스는 답한다. "의술은 개한테나 던져 줘라. 난 안 가져. 자, 갑옷을 입혀라. 내 창을 이리 주고."[102] 그는 의사의 말처럼 내면의 병과 죄책감을 들여다보고 풀어내는 대신 갑옷을 입어 겉을 더 감싸기로 선택한다. 여전히 눈을 감은 채, 손으로는 창을 쥐는 것이다. 여자들의 울음 소리가 들려온다. 그는 "무서움의 맛을 난 거의 잊어버렸다. (……) 난 공포를 포식했어."[103]라고 읊조린다. 그는 이제 많은 것에 무감각해져 버렸다. 그때 왕비가 사망했다는 소식을 듣는다. 그리고 맥베스의 그 유명한 '투모로우 스피치'가 흘러나온다.

맥베스　　내일과 또 내일과 그리고 또 내일은

---

101) 위의 책, 115쪽.
102) 위의 책, 120~121쪽.
103) 위의 책, 124쪽.

이렇게 옹졸한 걸음으로 하루, 하루,
기록된 시간의 최후까지 기어가고,
우리 모든 지난날은 바보들의 죽음 향한
길을 밝혀 주었다. 꺼져라, 짧은 촛불!
인생이란 그림자가 걷는 것, 배우처럼
무대에서 한동안 활개치고 안달하다
사라져 버리는 것, 백치가 지껄이는
이야기와 같은 건데 소음, 광기 가득하나
의미는 전혀 없다. [104]

　　내가 '마흔 넘어' 맥베스를 다시 읽었을 때 이전과 가장 다르게 다가온 것이 바로 이 부분이다. 이 대사는 통째로 수많은 인생을 삼킨 것 같다. 그것은 짧고 헛헛한 것. 바보, 배우, 백치의 것. 그림자이든가 사라져 버리는 것. 내일과 내일은 하루와 하루이고, 걸음과 걸음이며, 소음과 광기로 가득하나 의미는 전혀 없는 것. 왕이 되었으나 오히려 자신이 죽인 덩컨 왕의 신세를 부러워할 만큼 늘 불안과 불면에 시달리고, 맥더프 부인과 아이들처럼 수많은 죄 없는 사람을 죽인 폭군이 되어 버렸고, 이제는 결국 부인마저 잃은 맥베스가 인생과 시간에 대해 하는 말은 허무 그 자체를 뱉는 것 같다. 그도 그럴 것이, 맥베스는 왕이라는 지위 외에

---

104) 위의 책, 124쪽.

모든 것을 다 잃었다. 자신이 성군을 베면서 왕이 되었고, 또 그 자리를 지키기 위해 무고한 피를 무수히 흘리게 했으므로 자신 또한 못 구멍마다 두려움을 느끼고 마음에 전갈이 가득 찬 채로 하루하루를 살고 있는 것이다.

왕을 시해한 동지이자 왕위를 함께 누려야 할 부인의 죽음으로 맥베스는 이제 삶에서 붙잡을 것이 아무것도 없다. 그런데 삶에서 여전히 붙잡을 게 많은 나조차 이 '투모로우 스피치'를 읽으면 마음에 커다란 구멍이 뚫려 그곳으로 찬바람이 지나가는 것만 같다. 이토록 전면적인 허무는 아닐지라도 내가 삶의 여러 국면에서 느꼈거나 나를 스쳐 갔던 작은 허무나 고독, 절망, 무상감 등이 '투모로우 스피치'를 이해하는 데 폭넓게 작용하는 듯하다. 그러니 나 또한 말하게 되는 것이다. 마흔이 넘었으면 『맥베스』를 다시 읽으라고. (이렇게 내가 동의하지 않았던 바로 그 대사를 내뱉게 되는 경험도 '투모로우 스피치'를 읽으며 한숨짓게 하는 요소일 것이다.) 또 한편으로 이 독백은 우리 모두에게 주어진 인간의 조건을 말하기도 한다. 인생이란 본질적으로 허망한 것이다. 왕이든, 왕비든, 장군이든, 아이든, 그들에게 주어진 의미는 없으며, 사실은 바보, 배우, 백치인 우리들이 스스로 만드는 것 외에는 다른 것이 없다. 이 허망한 생을 그렇지 않게 만들 수 있는 것은 다름 아닌 우리에게 소중한 것들뿐이다. 의미는 우리가 믿는 만큼 자라나는 것이며, 권력도, 부도 그것을 만들어 낼 수는 없다.

잠시 눈을 돌려 셰익스피어의 시대에 대해 이야기해
보자면, 셰익스피어는 갈릴레오 갈릴레이와 같은 해에 태어
났으며, 티코 브라헤, 요하네스 케플러와도 동시대 사람이
었다. 이미 코페르니쿠스적 전환은 일어나고 있었다. 조르
다노 브루노가 태양이 무수한 항성 중의 하나이며, 우주는
무한하다고 주장해 가톨릭으로부터 이단으로 몰려 산 채로
불태워진 것은 1600년의 일이다. 『맥베스』는 1606년에 쓰
인 것으로 추정된다. 셰익스피어가 어떤 우주관을 가지고
있었는지는 정확히 알 수 없으나, 21세기 독자인 나의 눈에
'투모로우 스피치'의 허무는 이렇게도 읽힌다. 신이 만든 세
상의 중심에서가 아니라, 이 드넓고 목적 없는 우주의 한 귀
퉁이에서 짧은 촛불의 시간과도 같은 유한한 인생을 사는
우리들이 손에 쥘 수 있는 것은 서로 맞잡은 손안에 깃든 온
기뿐이다. 맥더프의 말처럼 "내게 그런 소중한 것들이 있었
음을" 귀하게 여기는 마음에서 인생의 의미는 비로소 자라
나는 것이 아닐까. 꼭 피를 나눈 가족의 소중함만을 뜻하는
것이 아니라, 무엇이든 누구이든 어떤 가치이든 그것을 소
중하게 여기는 마음에서 인생의 의미는 싹튼다. 내게 소중
한 것을 고마워하고 기억하려는 사람은 남에게도 그러할 것
을 알고 지켜 주려고 하지 않을까? 힘이나 권력 또한 그런
마음으로부터 발전할 때 비로소 의미가 있다. 지금 맥베스
에게는 소중한 것이 하나도 남지 않았으니 남은 인생의 의
미 또한 전혀 없다. 원문 '투모로우 스피치'의 마지막 단어는

다름 아닌 'nothing'이다.

"꺼져라, 짧은 촛불!" 뒤에 이어지는 "인생이란 그림 자가 걷는 것"이라는 구절은 '인간은 그림자의 꿈'이라던 그 리스 시인 핀다로스의 시를 떠올리게 한다.

하루살이 삶이여, 인간은 무엇이며, 무엇이 아닌가? 그 림자의 꿈, 그것이 인간이다. [105]

핀다로스는 기원전 5세기에, 그리스의 민주주의 물 결에 스러져 가는 귀족주의의 이상을 노래한 시인이다. 자 신이 살았던 세상의 가치관이 뒤흔들리고 자신이 붙들었던 것들이 휩쓸리는 듯할 때, 인간은 과연 무엇이어야 하는가 를 생각했던 시인이다. 맥베스의 '투모로우 스피치'는 냉소 와 허무를 담은 강렬한 대사일 수도, 듣는 이에게 생의 믿음 과 의미란 과연 무엇일까를 생각하게 하는 질문일 수도 있 겠다. 인간은 무엇이고, 인간은 무엇이 아닌가?

이 독백에서, 맥베스의 운명은 이미 다했다. 이어지 는 결말부에서 마녀의 예언, 즉 "여자가 낳은 자는 맥베스를 해하지 못한다."와 "버남숲이 던시네인 언덕을 오르기 전에 는 지지 않을 것이다."를 뚫고 어떻게 맥베스가 죽음을 맞게 되는지는 작품을 통해 확인해 보기 바란다. 이것은 극을 끝

---

105) 「퓌티아 찬가」 8번 중에서.

고 나가는 수수께끼, 일종의 트릭이다. 읽는 이가 어떤 의미를 새긴다 해도 『맥베스』는 도덕극이 아니라 파멸의 서사이며, 모든 불가사의한 매력도 그로부터 나온다. 『맥베스』는 피트향 가득한 스코틀랜드산 위스키처럼 쓰고 묵직하고 강렬한 맛과 긴 피니시를 지녔다. 마흔이 넘었다면 어느 짙은 밤, 위스키 한 잔을 옆에 놓고 『맥베스』를 다시 읽어 보길 권한다. [106]

---

106) 유튜브에서 'Macbeth tomorrow'로 검색하면 이 대사를 소화한 수많은 배우의 해석과 연기를 감상할 수 있는데, 어찌나 그 해석이 다양한지 수많은 빛깔과 가능성을 품은 이 대사의 신비를 다시 생각하게 된다. 관련 영상 중 이언 맥켈런 경의 "Ian McKellen analyzes Macbeth speech"를 추천한다. 배우의 해석을 통해 얼마나 많은 것이 글자로부터 풀려나올 수 있는지 놀랍기만 하다.

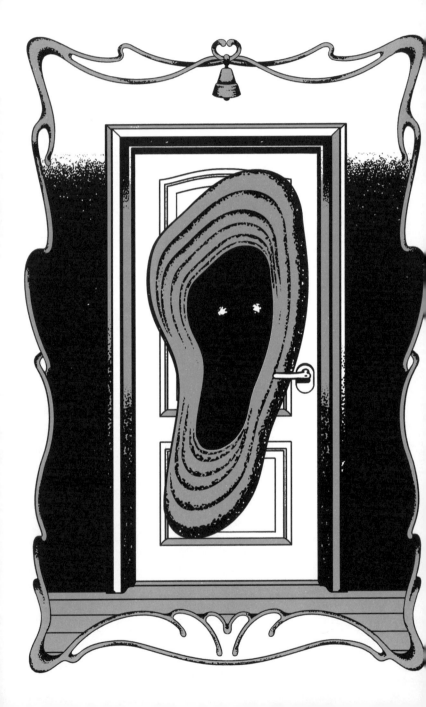

어느 낮고
납작한 죽음

『변신·시골의사』

5장   프란츠 카프카

그레고르의 희생으로 그레테는, 마치 나비가 애벌레로부터 완전 변태하듯 눈부신 햇볕 속으로 날개를 편다. 무엇이 무엇으로 변화하는가. 죽음과 삶은 어떻게 이어지는가. 밤과 낮은 어떻게 싸우는가. 문학의 질문들은 그렇게 밤하늘의 별자리처럼 끝없이 이어진다.

내 생각에 문학 역사상 가장 뻔뻔한 첫 문장은 이것이다.

그레고르 잠자는 어느 날 아침 불안한 꿈에서 깨어났을 때, 자신이 잠자리 속에서 한 마리 흉측한 해충으로 변해 있음을 발견했다.[107]

책을 즐겨 읽는 사람이 아니더라도 이 기이하고 인상적인 첫 문장은 들어 봤을 것이다. 프란츠 카프카의「변신」도입부다. 사악한 저주에 걸렸다거나 괴상한 실험에 말려들었다거나 하는 설정도 없다. 그레고르 잠자는 외판사원이고 여느 날과 다름 없이 잠에 들었다가 깨었더니 자신

---

107) 프란츠 카프카, 전영애 옮김,『변신·시골 의사』(민음사, 1998), 13쪽.

이 흉측한 해충이 되어 있는 것이다. 왜 일이 이렇게 되었는지에 대해서는 작품 끝까지 아무런 설명을 하지 않는다. 그건 그렇다 치고, 이 갑작스런 첫 문장을 읽은 사람은 이 해충이 손가락 한 마디만 한지, 아니면 그보다 큰지, 또 어떠한 생김새인지 감을 잡을 수가 없다. 이어지는 문장을 읽어 보자.

그는 장갑차처럼 딱딱한 등을 대고 벌렁 누워 있었는데, 고개를 약간 들자, 활 모양의 각질(角質)로 나뉘어진 불룩한 갈색 배가 보였고, 그 위에 이불이 금방 미끄러져 떨어질 듯 간신히 걸려 있었다. 그의 다른 부분의 크기와 비교해 볼 때 형편없이 가느다란 여러 개의 다리가 눈앞에 맥없이 허위적거리고 있었다. [108]

이제 독자는 이 해충의 크기가 어느 정도인지를 가늠할 수 있다. 이 벌레는 크다. 아주 크다. 우리가 아는 그 어떤 커다란 벌레를 떠올려 봐도, 사람이 덮는 이불이 '걸릴' 정도의 크기는 없다. 점점 우리는 카프카가 천연덕스럽게 정해 둔 설정을 인지하게 된다. 이 흉측한 해충은 그레고르 잠자의 본래 크기만 한 것 같다.(더 읽어 보면 크기는 다시 수정된다.)

---

108) 위의 책, 13쪽.

'어찌된 셈일까?' 하고 그는 생각했다. [109]

　　자고 일어나니 자신이 해충으로 변했는데, 그레고르 잠자는 마치 하지정맥류 때문에 처음으로 종아리가 저리는 사람 정도의 반응을 보인다. 창밖엔 비가 오고 있었으므로 '한숨 더 자서 이 모든 어처구니없는 일들을 잊어버린다면 어떨까.' 하고 생각했으나 그럴 수가 없었다. 그는 늘 오른쪽으로 누워 자는 습관이 있었는데 이 해충의 몸으로는 돌아눕기가 불가능했던 것이다. 그는 누운 채로, 항상 일찍 일어나야 하는 자신의 직업적 고충과, 빚이 있어 이 일을 그만둘 수 없는 상황을 생각하며 우울해하다가 자명종 시계를 본다. '맙소사!' 6시 반이었다. 자명종이 맞춰진 4시에 일어나 5시 기차를 탔어야 했는데 늦어 버린 것이다. 그는 자신이 거대한 해충으로 변해 있는 기괴한 사정보다 늦잠을 자버린 상황에 훨씬 더 크게 놀라고 당황한다. 여기서「변신」의 모든 웃김과 슬픔이 시작된다. 아닌 게 아니라 카프카의 작품들은 '웃픔'이라는 말에 딱 맞는다. 생각보다 너무 웃기고, 예상보다 훨씬 슬프다. 그런데 이런 웃김과 슬픔이 순차적으로 오는 것이 아니라 동시에 발생한다. '희비극'이라는 말도 있지만, 카프카의 이 독특한 이야기들에는 그보다 '웃픔'이라는 말이 더 잘 어울린다.

---

109) 위의 책, 13쪽.

「변신」은 오로지 문학만이 만들어 낼 수 있는 경험이다. 카프카는 왜 그레고르 잠자를 커다란 뱀이나 곰, 까마귀로 변신시키지 않고 하필이면 흉측한 해충으로 변하게 했을까? 이불이 몸에 걸릴 정도로 커다란 해충은 상상 속에만 존재할뿐더러 그것의 모습은 너무나도 징그럽고 괴기스럽다. 또한 해충은 사실 인간이 반려동물처럼 키우지는 않지만 어쩔 수 없이 종종 인간의 집 안에서 발견되는 존재인데, 그 물리적 존재감이 크지 않기 때문에 그럭저럭 지내는 것이지, 이토록 커져 버린 해충이라면 얘기가 달라진다. 이 이야기를 문학이 아닌 다른 예술 장르로 표현할 때는 벌레의 모습을 어느 정도로 드러내야 할지가 아주 중요한 문제가 될 것이다.

적어도 나는, 「변신」을 문학이 아닌 다른 방식으로 접하고 싶은 마음이 없다. 커다란 벌레가 현실적인 집 안에서 생활하는 모습을 시각화해서 보는 것은 내게 전혀 유쾌한 경험이 아닐 듯하다. 일단 나는 벌레를 마주하는 데 어려움을 겪는 사람으로서, 만약 손가락 두세 마디 길이쯤 되고 노랫소리가 우렁차며 날아다닐 수 있는 매미와 함께 한 방에 머무르게 된다면 기절할지도 모른다. 곤충분류학자 정부희 박사의 책 『벌레를 사랑하는 기분』을 흥미롭게 읽으며 벌레의 외양이 징그럽다며 혐오하지 말아야지 생각했지만 나의 공포심은 이성을 넘어선다. 조금 큰 파리조차 보고

루이스 부르주아, 「마망」(1999, 테이트 모던 등 소장).

있기가 힘들다. 그런데 이 정도로 거대한 벌레라면? 그 모양과 크기를 눈으로 봐야 한다면? 감당하기가 어려울 것이다. 그저 큰 벌레를 보기가 징그럽다는 이유에서만은 아니다. 여기에는 여러 맥락이 포함된다. 이를테면 루이스 부르주아[110]의 거대 거미 조각품인 「마망(Maman)」은 터무니없이 큰 벌레의 모습이지만 공포스럽거나 징그럽게 느껴지

---

[110] 루이스 부르주아(Louise Bourgeois, 1911~2010). 여성 최초로 1982년 뉴욕현대미술관(MoMA)에서 회고전을 연 작가로서, '고백 예술(Confessional art)'이라는 장르를 개척하며 예술을 통한 치유가 무엇인지를 증명했다. 「마망」으로 대중적 인기를 얻었기 때문에 '거미 엄마'라는 별명을 붙이기도 한다.

지는 않는다. [111] 청동으로 주조된 거미의 긴 다리의 선형이 마치 흘려 쓴 붓자국처럼, 생물을 본뜬 일종의 개념처럼 초연하게 느껴지기 때문일지도 모른다. 판타지 영화 등에서도 거대 곤충이나 거대 거미는 낯선 존재가 아니다. 「반지의 제왕」에 나오는 쉴롭이나 『해리 포터』 시리즈에 나오는 아라고그처럼 이름을 알고 있는 거대 거미들도 있다. 이들은 모습이 매우 사실적으로 시각화되어 있지만 보는 게 그렇게까지 힘겹지는 않았다. 영화에서 우리는 온갖 '괴수'나 '몬스터'를 마주치고, 그런 존재의 희한함이나 기괴함 또한 구경거리의 일부이므로 그 문법이나 맥락에 익숙해져 있다.

거대한 크기는 아니지만 거미가 주인공으로 화면을 꽉 채우며 등장하곤 하는 영화 「샬롯의 거미줄」을 보았을 때, 온화하고 현명한 거미 샬롯이 세상을 떠나는 장면에서 나는 펑펑 울었다.(물론 E. B. 화이트의 책을 읽으면서도 펑펑 울었다. 정말 훌륭한 이야기다.) 영화에서 표현된 샬롯은 사람의 얼굴과 꼭 닮은 다정한 표정을 짓는 존재였다. 실제의 거미에게는 그런 얼굴 근육이 없으므로 이것은 관객들의 감정이입을 돕는 장치로 쓰인 것이다. 그러니 이것 또한 판타지적 영역이다. 애니메이션 「벅스 라이프」의 캐릭터들은 개미, 메뚜기, 무당벌레 등 곤충임에도 불구하고 안구가 있어

---

111) 거미는 곤충이 아니다. 곤충은 머리 가슴 배로 나뉘지만 거미는 머리 배로 나뉜다. 거미는 거미강 거미목 절지동물이다. 하지만 나 같은 사람에게는 비슷하게 공포스런 이미지로 다가온다.

눈알을 굴리고 입을 벌리면 이빨과 혀가 보인다. 물론 영어로 말도 한다. 애니메이션 「라바」의 주인공 애벌레들은 팔다리가 없지만 혀로 모든 활동을 능숙하게 다 해내며, 역시 사람과 유사하게 눈코입이 있는 얼굴로 다채로운 표정을 짓는다. 다시 말하면 거대한 벌레가 나오거나, 관객으로 하여금 벌레에게 감정 이입하기를 꾀하는 영화는 풍요로운 판타지적 맥락 속에 있다. 그러나 「변신」은 조금 다르다. 한 남자가 어느 날 해충이 되었다는 기이한 한 가지 판타지적 사건 말고는 다른 요소들이 매우 사실적이고 진지한 맥락을 따른다. 이것이 중요한 차이점이다. 이 거대 해충에게는 온화한 표정을 지을 사람을 닮은 얼굴 근육이나 안구가 들어설 여지가 전혀 없다.[112] 그레고르는 말을 알아들을 수는 있지만 자신이 말을 하면 찍찍거리는 소리가 섞여 다른 사람들에게는 '짐승 목소리'로 들리고, 뜻이 전달되지 않는다. 그레고르의 가족 또한 해충으로 변해 버린 그를, 처음에는 매우 놀라긴 했으나, 체념하고 받아들인다. 이 모든 설정의 정도가 더할 나위 없이 절묘하고…… 웃프다. 사람이 사는 집과 사용하는 가구, 함께 사는 가족은 모두 그대로이고 현

---

112) 블라디미르 나보코프는 『나보코프 문학 강의』에서 곤충은 눈꺼풀이 없어 눈을 감을 수 없는데 그레고르가 눈을 감았다는 표현이 있으므로 사람의 눈을 지녔다고 했지만 나의 견해는 다르다. 정황상 해충으로 변한 그레고르는 해충의 외양에 충실한 모습을 하고 있었을 것이다. 곤충에 아주 해박했던 나보코프에 비해 카프카의 곤충 지식이 충분치 않았을 수 있다.(블라디미르 나보코프, 김승욱 옮김, 『나보코프 문학 강의』(문학동네, 2019) 참조.)

실적인데 혼자 해충으로 변한 그레고르 잠자의 외양은 더욱 징그럽고 흉측하게 느껴진다. 물론 이 상황은 현실이 아닌 초현실, 또는 카프카가 만들어 낸 기가 막힌 문학적 현실이라고 해야 할 것이다.

곤충은 안 됩니다

그레고르 잠자는 판타지적 벌레가 아니라 실존적 벌레다. 「변신」의 내용을 요약한다며 만화적 그림체로 우울한 표정을 한 벌레를 묘사하는 콘텐츠들이 종종 보이는데, 이는 이 이야기의 핵심을 완전히 벗어난 것이다. 카프카는 「변신」이 출판될 때 표지에 행여나 해충이 그림으로 묘사될까 봐 절박한 편지를 보냈다.

존경하는 출판사 귀하! 근래 귀하께서는 오토마르 슈타르케가 「관찰」의 속 표제지 그림 작업을 하고 있다고 언급하신 바 있습니다. 『나폴레옹』에서 본 화가로 미루어 짐작하건대, 저는 작은 그리고 아마 아주 불필요한 것이겠으나 걱정을 하게 됩니다. 뭐냐하면, 슈타르케가 실제로 삽화를 하는 사람이니, 그 곤충 자체를 그리려 하지 않을까 하는 것입니다. 그러지 않기를, 제발 그렇게는 안 됩니다! 제가 그의 권한을 제한하려는 것이 아니라, 다만 당연히 그 이야기를 더 잘 알기에 부탁을 하려는 것입니다. 그 곤충 자체는 묘사될 수가 없습니다. 그것은 멀리서조차 보일 수가 없습니다.

한국어 번역본에는 벌레, 곤충, 해충 등으로 옮겨지 곤 하는데, 위키피디아에 따르면 독일어 원문은 Ungeziefer 로, 일반적으로 조류와 작은 동물 등이 포함된 유해 생물을 의미하는 단어라고 한다. 등이나 배, 다리에 대한 짧은 언급을 통해 막연한 모습을 그릴 수는 있지만 카프카는 이 벌레의 종류를 정확히 언급하지 않았다. 정확한 이미지를 주지 않음으로써 독자들에게 벌레의 모습을 상상하는 데 대한 권리를 준 것이다. 그러나 세상일은 한 사람의 마음대로 굴러가는 게 아니어서, "제발 그렇게는 안 됩니다!"라는 카프카의 절절한 외침에도 불구하고 한국의 인터넷 쇼핑몰에는 "바퀴벌레 코스튬 카프카 변신 벌레 할로윈 의상"이 최저가 36,960원에 올라와 있다. 2024년 서울대학교 동양화과의 통합실기평가에는 「변신」의 첫 문장과 함께 두 개의 문제가 출제되었다. 주어진 시간은 여섯 시간.

문제 1. 소묘
자신이 침대에서 갑충으로 변신한 상황을 연필로 그리시오. —— 필요한 경우 두 가지 색상 이내의 색종이를 사용할 수 있음 —— 답안지는 가로 및 세로로 자유롭게 선택하여 작성

문제 2. 수묵채색화
갑충의 움직임이 포함된 풍경을 표현하시오. —— 답안지는 가로로 작성

합격하거나 불합격한 학생들은 과연 어떤 그림을 그렸을까?

앞서 나는 카프카가 독자들에게 벌레의 모습을 상상하는 데 대한 권리를 주었다고 썼다. 이 말은 상상할 권리이기도 하지만 상상하지 않을 권리를 뜻하기도 한다. 바로 이 점이 「변신」을 문학만이 도달 가능한 이야기로 만든다. 이 책의 앞부분에서 나는 글자로 된 묘사를 읽고 그것을 되도록 자세히 상상해 보기를 권했다. 좀약을 밟았을 때의 소리나 느낌, 아우라가 입은 녹색 드레스의 질감, 붉은색 다마스크 천이 드리우고 튀르키예산 커피와 용연향과 말린 장미가 어우러진 향이 그윽한 엘렌 올렌스카의 집…… 그것을 굳이 상상해 보라고 한 것은 작가가 글자라는, 비교적 건조한 기호로 변환시켜 둔 것을 우리 안에 다시 구체적 상상으로 피워 올려서, 작가가 의도한 것을 마음속에서 '체험'해 보기를 원했기 때문이었다. 그렇게 함으로써 우리는 책 속의 세계로 더욱 깊숙이 들어가게 되는 것이다. 그러나 「변신」에서 나는 또 다른 독서의 기술(이자 이점)을 이야기하려 한다. 그것은 내가 또렷이 보지 않기를 원할 때 선택적으로 특정 부분을 흐릿하게 만드는 것으로, 나는 이것을 '블러(blur)의 기술'이라고 부른다. 요즘은 포토샵 등으로 초상권을 허락하지 않은 사람들의 얼굴을 '블러 처리'하는 경우가 흔하므로 독자들은 이 말에 익숙할 것이다. 카프카는 독자들에게 끔찍하고 무시무시한 이미지를 강렬하게 새기려 한 것이 아니라고 나는 믿는다. 그는 어느 날 갑자기 커다란 해충이 된 '상황'을 상상해 보게 만든 것이지, 그 모습을 세세히 그려 보기를 바라지는 않았다.

실제로 카프카는 「변신」에서 해충의 외양에 대한 묘사를 매우 절제했다. 이것은 작품 말미에 오지랖 넓은 가정부의 성격을 '모자에 거의 수직으로 꽂은 작은 타조 깃털이 사방으로 가볍게 흔들'리는 것으로 표현했던 카프카의 놀랍도록 예리한 솜씨에 비하면 얼마나 대조적인가. 그가 집 안에 사는 거대 벌레의 행태와 모습을 눈에 보이는 듯 자세하고 정확하게 그리려고 들었다면 얼마든지 그럴 수 있었을 것이다. 언제나 문학 작품의 문장들을 상세히 상상해 볼 것을 강력히 권했던 블라디미르 나보코프의 읽기 방식에 나는 많은 부분 동의하지만 「변신」에 대해서는 의견이 다르다. 자신의 이름을 딴 나비도 있을 만큼 준 곤충학자였던 나보코프는 수업 시간에 그레고르가 변한 해충의 그림까지 그렸다.

내가 「변신」을 몸서리치지 않으면서 몇 번이고 다시 읽을 수 있는 것은, 책을 폈을 때 거기 쓰인 글자에 가느다란 다리 같은 것들이 달려 있지 않기 때문이다. 글자의 모양새는 그것이 뜻하는 바를 물리적으로 보여 주지 않는다. 글자는 거른다. 글자는 기호이며, 그것을 다시 홀로그램처럼 살려내어 바라보거나 감각하는 것은 독자의 편에서 이루어진다. 그리고 이 지점을 기가 막히게 잘 조율한 작품이 바로 「변신」이다. 마치 너무 높지도 낮지도 않게 '꼭 하늘과 바다 한중간을' 날았던 다이달로스처럼, 카프카는 이 괴상한 이야기를 끝까지 완벽하게 밀고 나간다. 「변신」이라는 문학 작품은 어떤 흉측함과 기괴함을 보여 주면서도 보여 주지 않는다. 적극적인 독서란 작가로부터 넘겨받은 이 글자들을 다양한 기술을 사용해서 읽어 넘을 뜻한다. 거기에는 블러의 기술도 포함된다. 우리가 이 거대한 해충의 모습을 자세하고 현실적으로 맞닥뜨린다면 그 즉각적인 공포감과 혐오감에 공감이나 이해의 회로가 닫혀 버릴 것이다. 우리는 눈앞에 그 실체가 보이지 않음을 최대한 누려야 한다.

이상하고 기이하고 안 잊히고

호메로스의 『일리아스』에는 제우스가 아가멤논에게 꿈을 보내는 장면이 나온다.

"거짓 꿈아! 얼른 아카이오이족의 날랜 함선들이 있는 곳으로 가거라. 아트레우스의 아들 아가멤논의 막사에 들어가서 내가 이르는 말을 한마디도 빠짐없이 그대로 전하도록 하라." [113]

맥베스 부인의 독백 중 "오너라 짙은 밤아"처럼, 제

---

113) 호메로스, 천병희 옮김, 『일리아스』(도서출판 숲, 2015), 57쪽.

우스는 그냥 꿈도 아니고 '거짓 꿈'을 호명한다. 꿈은 그의 명령을 듣고 서둘러 길을 떠나 아가멤논이 자고 있는 곳으로 달려간다. 나는 이 장면에서 거짓 꿈이 어떻게 생겼는지, 그가 사람의 형상이라면 나이라든가 성별이나 옷차림 등은 어떤지 구체적으로 상상하지 않았다. 정보가 없으므로 상상하기도 어렵다. 그러니까 내게 거짓 꿈은 블러 처리되어 있다. 하지만 막연하더라도 거짓 꿈은 그냥 꿈보다는 더 교활한 분위기를 풍긴다. 달려가는 주체는 제대로 보이지 않지만 그 달려감의 운동성은 느껴진다. 제우스가 원격 조종하듯 저 멀리 있는 아가멤논의 꿈을 멋대로 만들어 내는 것이 아니라, 거짓 꿈을 불러내어 명령을 내리고 그 거짓 꿈이 아가멤논이 깨기 전에 도착하려고 쏜살같이 달려가는 장면을 상상하면 그 과정에 어떤 생동감과 육체성이 더해지는 듯하다. 이렇듯 글자는 보여 주지 않으면서도 보여 준다. 문학적 표현만의 묘미이자 신비.

다음은 카프카의 짧은 작품 「작은 우화」의 전문이다.

"아!" 쥐가 말했다. "세상이 날마다 좁아지는구나. 처음엔 하도 넓어서 겁이 났는데, 자꾸 달리다 보니 마침내 좌우로 벽이 보여서 행복했었다. 그런데 이 긴 벽들이 어찌나 빨리 마주 달려오는지 나는 어느새 마지막 방에 와 있고, 저기 저 구석엔 덫이 있다. 나는 그리로 달려 들어가고 있다." "너는 달리는 방향만 바꾸면 돼."라고 고양이가 말하며 쥐를 잡아먹었다. [114]

이 작품을 읽으면 만화에 나오는 스피드라인(또는 모션라인/ 집중선)이 순식간에 무수히 차오르는 것 같다. 쥐는 재빠르면서도 작은 동물인데, 그 쥐가 달리는 동안 긴 벽들이 무시무시한 속도로 마주 달려오고, 막다른 곳에 이르자마자 쥐는 고양이에게 먹혀 버린다. 무한한 줄 알았던 삶의 가능성이 매일매일의 삶으로 칸 쳐지고 좁아 들다가, 어디로도 탈출구가 없다는 사실을 깨닫자마자 끝나 버리는 것이다. 이리도 간결하고 날렵하게, 삶의 체감 속도를 표현한단 말인가. 카프카는 기묘한 운동성이나 속도감을 그 누구보다도 잘 표현하는 작가였다.

"이랴!" 하며 그가 손뼉을 치자 마차는 물살에 휩쓸린 나무토막같이 마냥 쏜살같이 내달린다. 내 집의 문이 마부의 돌격으로 와지끈 부서지는 소리가 아직 들리고, 그런 다음 내 눈과 내 귀는 오관을 고루 파고드는 굉음으로 채워졌다. 그러나 그것도 잠시뿐이었다, 나의 집 대문 앞에 곧바로 환자 집의 마당이 열리기라도 한 듯 나는 벌써 도착해 있었던 것, (……)
(「시골의사」 중에서) [115]

인디언이 되었으면! 질주하는 말 등에 잽싸게 올라타,

---

114)『변신·시골 의사』(민음사, 1998), 9쪽.
115) 위의 책, 91쪽.

비스듬히 공기를 가르며, 진동하는 대지 위에서 거듭거듭 짧게 전율해 봤으면, 마침내 박차를 내던질 때까지, 실은 박차가 없었으니까, 끝내 고삐를 집어 던질 때까지, 실은 고삐가 없었으니까, 그리하여 눈앞에 보이는 땅이라고는 매끈하게 풀이 깎인 광야뿐일 때까지, 이미 말 모가지도 말 대가리도 없이. (「인디언이 되려는 소망」 전문) [116]

잽싸게 질주하는 말 등에 올라탈 때만 해도 달리는 말이라는 실체가 있었는데, 쉼표로 이어지는 숨 가쁜 구절들을 따라가다 보면 하나씩 탈피하듯 박차와 고삐라는 구속이 사라지고, (아니 실은 처음부터 없었음을 깨닫고,) 이미 말 모가지도 말 대가리도 없이, 광야를 '달려감' 그 자체만 남는다. 분명 달리는 말로 시작했으나 점점 말은 사라지고 가득한 스피드라인만 남는다. 제우스의 명을 들은 거짓 꿈의 달려감과도 비슷하게 느껴지지 않는가?

이런 카프카식의 기묘한 운동성이 내게 가장 인상 깊게 남은 작품은 「양동이 기사」다. 어느 추운 겨울날, 석탄은 다 떨어졌고 방 안의 난로는 오히려 냉기를 토한다.

창밖에는 나무들이 서리 속에 뻣뻣하고, 하늘은 그에게 도움을 청하려는 자에게 들이대는 은(銀)방패다. [117]

---

116) 위의 책, 104쪽.

은방패 같은 하늘이라니, 그 밝고 차가우며 매끄러운 금속성이 냉혹하게 느껴진다. '나'는 석탄 가게에 도움을 구하러 나서는데, 기이하게도 석탄이 없어 비어 버린 양동이를 타고 달려가는 것이다. 나는 말 대신 양동이를 탄, 양동이 기사가 된다. 양동이에 올라앉아 위쪽 손잡이를 잡고, 계단을 돌아 내려가면, 양동이가 '화려하게, 화려하게' 솟아오른다.

바닥에 납작하게 누워 쉬다가 인도자의 채찍 밑에서 몸을 털며 일어나는 낙타들도 이보다 더 멋지게 일어나지는 못한다.[118]

이렇게 허공에 뜬 양동이는 자주 2층 높이로까지 올라가고, 내려와도 현관문까지는 내려오지 않는다. 꽁꽁 얼어붙은 골목길을 둥실둥실 양동이를 타고 달려 지하에 있는 석탄 가게 앞에 도착한 그는 주인을 부른다. "석탄 가게 아저씨, 석탄을 조금만 주세요. 내 양동이는 벌써 다 비어 버려 내가 타고 다닐 수 있어요, 제발. 되는대로 곧 갚을게요." 석탄 가게 부부는 나의 목소리를 들었나 싶다가도 이내 "아무도 아니에요. 골목길은 텅 비었고 우리 손님들은 모두 비축

---

117) 위의 책, 254쪽.
118) 위의 책, 255쪽.

을 해 놓았어요."라며 가게 앞에 양동이를 타고 선 나의 존재를 부정한다. "좀 쳐다보시오, 그럼 나를 금방 발견할 텐데," 석탄 가게의 부인이 지상으로 올라온다. 나는 제일 질 낮은 석탄 한 부삽을 양동이에 담아 달라고 부탁한다. 나중에 값은 물론 드리겠다며 덧붙인 "금방은 안 되고요."라는 말이 마침 근처 교회의 저녁 종소리에 섞여 든다. 지하에서 소리쳐 묻는 남편에게 부인은 "아무것도 안 보이고, 아무 소리도 안 들리는걸요. 6시 종이 울렸을 뿐이에요."라며 앞치마를 탁탁 터는데, '타고 다니는 훌륭한 짐승의 모든 장점을 갖추었지만 버티는 힘만은 없'는 너무도 가벼운 양동이는 그만 앞치마의 힘에 날아가 버린다. 마지막 문장은 이렇다.

그리하여 나는 그렇게 얼음산 지대로 들어가 다시는 모습이 보이지 않게끔 없어져 버린다.[119]

처음 은방패 같던 하늘의 이미지와 은빛으로 빛나는 얼음산 지대의 이미지가 겹친다. 나는 날아간 곳에서도 받아들여질 것 같지 않고, 그 얼어붙은 차가운 표면을 영영 미끄러질 것만 같다. 겨우 앞치마 터는 힘의 추동력으로. 참으로 이상하고 잊히지 않는 이야기이며, 나는 다시 읽을 때마다 매료된다.

---

119) 위의 책, 258쪽.

카프카의 작품들에는 '황제'와 '성', '축조' 등으로 나타나는 관료제, 아득함, 미로의 이미지와 '순식간의 이동', '소통 불가', '다다르지 못함', '출구 없음' 등의 이미지가 반복되어 나타나는데, 보험국에서 십수 년을 근무하며 밤에는 필사적으로 글을 쓰며 살다 마흔한 살이 채 되기 전에 결핵으로 사망한 카프카의 삶의 면면을 알면 작품이 더 풍성한 의미를 갖게 되는 것도 사실이다. 억압적인 아버지와의 갈등이나 가족의 경제를 책임져야 한다는 압박, 작품을 불태워 달라고 유언을 남겼으나 그를 어긴 친구 막스 브로트가 작품, 일기, 편지를 출판하여 사후에 불멸의 명성을 얻게 된 사연 등…… 그러나 카프카의 가슴 아픈 삶을 꼭 작품과 연결짓지 않더라도 그의 작품은 그 자체로 이미 풍부하다. 특히 「변신」 같은 작품은 완결적으로 내재된 문학적 즐거움과 예술성이 끝없이 다양한 시대와 장소의 독자들을 부른다. 배경 지식이 전혀 없는 사람도 흥미진진하게 읽고 다양하게 음미할 수 있는 보편성과 신비로움이 단단하게 들어 있다. 정확하고 간결한 문장, 그 문장이 만들어 내는 일상적이면서도 초현실적인 세계, 기묘한 유머와 섬뜩한 절망의 결합, 분방한 듯하면서도 매우 정교하게 축조된 구조.

열리지 않는 문은 벽

다시 그레고르 잠자가 해충이 되어 있는 집으로 돌아가 보면, 이곳에는 그런 스피드라인이 그어질 만한 구석은 없다.

그레고르는 조금씩 벌레로서의 생활에 적응해 가고, 기껏해야 느릿느릿 바닥이나 벽을 기어다니거나 장의자 밑에 들어가 있다. 초반에 문을 사이에 두고 다른 사람들이 그의 변신을 아직 알아차리지 못했을 때, 벌레가 된 그레고르가 어떻게든 몸을 움직여 기차역으로 나서기 위해 안에서 잠긴 문을 열려고 노력할 때가 어떤 긴장감이나 에너지의 절정이다. (이미 웃프지 않은가. 이 거대 해충은 기차를 타고 출장을 가서 옷감을 팔려고 하고 있다.) 그의 모습이 문밖 사람들에게 드러난 이후로 에너지의 수위는 확연히 떨어져, 거대 해충과 조용히 공생하는 일상의 장면들이 한동안 이어지게 된다. 그레고르가 버둥거리며 침대에서 겨우 내려와 후들거리는 뒷다리로 몸을 지탱하고 서서 문 손잡이에 꽂힌 열쇠를 물고 돌리느라 애쓰는 장면이 있는데, 이를 통해 벌레로 변한 그레고르의 몸 길이가 바닥에서부터 문 손잡이까지 정도일 것으로 추정할 수 있다. 나보코프는 약 3피트(90센티미터 남짓)일 것이라고 말했다. 여기서 더듬이의 길이를 포함시키면 조금 더 커질 테지만, 처음 성인 남자 크기의 해충일 것이라고 상상했던 때보다는 마음이 놓인다. 가만, 내가 지금 1미터 가까운 길이의 해충을 두고 마음이 놓인다고 했나? 아까는 손가락 두세 마디만 한 매미와 한 방에 있으면 기절할지도 모른다고 하지 않았던가? 「변신」을 읽어 나가다 보면 이 해충에 대한 마음이 최초의 공포로부터 차츰차츰 누그러지다가, 어느샌가 완전한 형질 변화를 맞게 된다.

이제 막 그레고르의 턱으로 열리려고 하는 '문'이라는 모티브는 카프카의 작품 세계 전반에서도, 또 「변신」에서도 매우 중요하다. 문을 사이에 두고, 그러니까 보임과 보이지 않음 사이에서 서로 다른 입장을 가진 양측이 있다. 카프카가 「변신」의 표지에 해충 그림을 그리지 말아 달라며 절박하게 보냈던 메일에는 이런 제안이 있었다. '삽화를 위해 만일 제가 제안을 하나 해도 된다면, 다음과 같은 장면을 저는 선택하겠습니다. 잠긴 방문 앞에 부모와 지배인이, 또는 더 좋게는, 불 켜진 방에 부모와 누이가 있고, 한편 아주 어두운 옆방으로 문이 열려 있는 장면.' 카프카는 해충을 그리지 말고 문을 그리기를 제안했다. 우선 문은 열기 전에는 그 안에 무엇이 있을지 모른다는 점에서, 또 안쪽이 어둡게 보인다면 더욱 모종의 공포감을 일으킬 수 있고, 해충의 모습을 드러내지 않아도 된다는 점에서 표지에 그리기 효과적인 장치이기는 하다. 그런데 아마도 실제로 카프카에게 문은 해충보다도 훨씬 더 중요한 모티브였을 것이다.

카프카의 단편 「법 앞에서」에는 법으로 들어가는 허락을 받으려고 오랜 세월 하염없이 기다리는 시골 사람과, 열린 문 앞을 지키며 아직은 들여보내 줄 수 없다고 말하는 문지기가 나온다. 시골 사람은 결국 문 앞에서 죽어 가는데, 마지막으로 문지기에게 오랫동안 의아했던 것을 묻는다. "이 여러 해를 두고 나 말고는 아무도 들여보내 달라는 사람이 없으니 어쩐 일이지요?" 문지기가 청력과 함께 목숨도 잃어가는 그에게 고함지르듯 이야기한다. "여기서는 다른 그 누구도 입장 허가를 받을 수 없었어, 이 입구는 오직 당신만을 위한 것이었으니까. 나는 이제 가서 문을 닫겠소."[120] 이렇게 이 이야기는 끝이 난다. 관료제, 다다르지 못함, 출구 없음. 전형적인 카프카의 주제가 서늘하게 드러난다.

　　문 앞에서 하염없이 기다리는 이미지는 그레고르에게도 계속 반복된다. 보다 진취적이고, 해충의 모습을 하고 있지 않은 사람들은 문에 대해서 다른 시각을 가지고 있다. 랄프 왈도 에머슨은 이렇게 말했다. "모든 벽은 문이다." (나는 내 첫 책 『당신과 나의 아이디어』 제일 앞 장에 이 말을 제사로 사용했다.) 봉준호 감독의 영화 「설국열차」에는, 끝없이 얼어붙은 세계를 달리는 열차 안에서 남궁민수(송강호 분)가 이렇게 말하는 장면이 있다. "내가 진짜 하고 싶은 게 뭔지 알아? 문을 여는 거야. (객실로 통하는) 이런 문이 아니라, (열차 밖으로 나가는) 이쪽 문을 여는 거야. 이 바깥으로 나가는 문들 말이야. 워낙 십팔 년째 꽁꽁 얼어붙은 채로 있다 보니까 이게 이젠 무슨 벽처럼 생각하게 됐는데 사실은 저것도 문이란 말이지." 하지만 카프카의 세계에서 문은, 절망적으로 열리지 않거나, 열려도 그리로 탈출할 수 없다. 에머슨의 말을 뒤집어, '열리지 않는 문은 벽이다.' 그리고 「작은

---

120) 위의 책, 12쪽.

우화」에서 보았듯이 카프카의 세계에서는 벽이 쥐보다 **빠**른 속도로 마주 달려오는 것이다.

「변신」의 주인공은 문이라고도 할 수 있다. 「변신」은 문이 하나의 기호로서 만들어 낼 수 있는 모든 상황을 다룬다. **문은 통한다.** 집의 나머지 세 곳으로 연결되는 그레고르의 침실 문들 앞에서 아버지, 어머니, 누이동생, 그레고르의 회사 지배인이 실랑이를 벌이고 의견을 나눈다. **문은 가린다.** 안쪽에서 잠겨 있던 그레고르의 방문이 마침내 열리자 문으로 가려졌던 진실이 드러나고 지배인은 뒷걸음을 쳐 달아나며 가족은 충격을 받는다. 순진하게 문밖으로 나왔던 그레고르는 아버지의 발 구름과 싯싯 소리에 몰려 다시 방 안으로 들어가는데, 양쪽으로 열리는 문이 한 칸만 열려 있는 상태에서 몸이 넓적해진 그레고르는 들어갈 수가 없다. **문은 거른다.** 어쩔 수 없이 비스듬히 들어가려던 그레고르는 옆구리가 쓸려 하얗게 칠한 문에 흉한 얼룩을 남기고, 문 사이에 그만 끼여 버린다. (웃프다!) **문은 가둔다.** 버둥거리던 그레고르는 아버지의 세찬 발길질로 피를 몹시 흘리며 자기 방으로 날아 들어가고, 아버지는 단장으로 문을 쳐서 닫아 버린다. 갇힌 그레고르의 삶은 단 하나의 출구인 문의 작용에 결부된다. (밖을 내다볼 수 있는 창문도 있지만 점점 시력이 약해져 바깥이 흐릿하게 보인다.)

문은 가능성이다. 문 앞에서 기다리고, 문에 바싹 붙어 소리를 듣고, 누이동생이 물러가 있으라는 신호로 천천히 열쇠를 돌리는 소리를 들으면 장의자 밑으로 들어가 눕고("들어오자마자 누이는 한시도 허비하지 않고, 출입문들을 닫았다."[121]), 조금 열린 문을 통해 가족을 바라보고, 동생의 바이올린 소리에 이끌려 밖으로 나갔다가("음악이 그를 이토록 사로잡는데 그가 한낱 버러지란 말인가?"[122]) 하숙인들이 그레고르를 보는 바람에 경악과 소동이 이어지고, 이제 가족의 싸늘한 시선 속에, 아무도 싯싯 소리를 내며 발을 구르지 않건만 혼자 겨우 몸을 돌려 자기 방 쪽으로 기어가 머리를 돌려 마지막으로 가족을 바라보고, 다음 순간 문에 빗장이 걸리며 완전히 갇히고 만다. **문은 닫힌다.** 그레고르의 삶은 문에 달려 있었고, 그 문은 마침내 닫혀 버리는 것이다. 출구 없음. ("이 입구는 오직 당신만을 위한 것이었으니까. 나는 이제 가서 문을 닫겠소.") 이 사실을 염두에 두고 문에 관한 다음의 몇몇 문장들을 읽어 보면, 왜 카프카가 표지에 문 그림을 제안했는지 알 수 있을 것이다.

거실 문이 열려, 그는 거실에서는 보이지 않게, 자기 방의 어둠 속에 누워 불 밝혀진 식탁 곁에 앉은 온 식구들을 보며 그들의 이야기를, 어느 정도 모두의 허락하에, 그러니까 전과는 아주 딴판이게, 들어도 좋았던 것이다.[123]

---

121) 위의 책, 49쪽.
122) 위의 책, 74쪽.
123) 위의 책, 63쪽.

어머니는 그레고르의 방을 가리키며 "저기 문 닫아라, 그레테." 했고 그렇게 옆에서는 여자들이 눈물을 섞거나 아니면 눈물조차 흘리지 않고 식탁을 응시하고 있는데 자기는 다시금 어둠 속에 있을 때면, 그레고르는 등허리의 상처가 처음처럼 아파 왔다. [124)

이따금씩 그는 다음번에 문이 열리면 가족의 문제를 전과 똑같이 자기가 떠맡아야겠다고 생각했다. [125)

그레고르는 문이 열리기를 바라지도 않았고, 문이 열리는 저녁들조차 다 이용하질 않고, 식구들은 알아차리지 못했어도, 자기 방의 가장 어두운 구석에 누워 있었다. [126)

원래 그레고르는 외판사원이었고, 자명종 시계를 새벽 4시에 맞춰 놓고 문을 열고 밖으로 달려 나가야 했던 사람이었다. 그랬던 그레고르가, 방문이 세 개나 있는 자신의 방에서 문만 바라보는 생활을 하다가, 결국은 그 문마저 닫혀 버리는, 그런 이야기인 것이다. 외판사원으로 멀리 출장을 다니는 삶도 사실은 출구가 없기는 매한가지여서, 「변신」은 『아우라』처럼 넓은 공간에서 좁은 공간으로 들어와

---

124) 위의 책, 66쪽.
125) 위의 책, 67쪽.
126) 위의 책, 71쪽

간히는 이야기라기보다는, 외판 사원의 삶을 해충이 되어 방 안에 갇히는 삶을 통해 거울상처럼 보여 주는 이야기라고 하겠다. 쥐가 달리는 것보다 더 빨리 벽이 마주 달려오는 이야기인「작은 우화」와도 사실은 같은 이야기라고 할 수 있는데, 날랜 쥐가 아니라 몸집이 커서 느릿느릿 움직이는 거대한 해충이 주인공이라 그 속도감과 디테일이 완전히 다른 이야기를 만들어 낸다. 카프카가「변신」이라는 건축물의 내부에 세공해 놓은 정교한 디테일들은 대단하다.「작은 우화」는「변신」의 밑그림이지만 속도감이 빠르기도 하고, 개념적인 스케치이기 때문에 독자는 순간적인 인상만 받게 되고, 이야기에 감정 이입하기는 어렵다. 그러나「변신」에서 카프카는 가장 감정 이입하기 어려운 흉측한 외양을 지닌 커다란 해충 주인공의 이야기에 세밀한 디테일을 주의 깊게 새겨 넣어, 독자로 하여금 그레고르에게 깊이 감정 이입하게 하고, 마침내 그의 죽음을 숭고하게 받아들이며 진심으로 애도하게 만든다. 나는 이것이 기적 같다.

괴물의 존엄성

이와 유사하게 느껴지는 기적으로는 피터 잭슨의 영화「킹콩」이 떠오른다. 너무도 거대하고, 무시무시하고, 폭력적인 야수인 킹콩이 처음 해골섬에서 앤 대로우(나오미 왓츠 분)를 손아귀에 낚아채어 흔들어 댈 때만 해도 나는 전혀 몰랐다, 킹콩의 죽음에 내가 그렇게나 펑펑 울게 될 줄은. 영화 속에서 킹콩은 자신이 아끼는 반려동물(?) 같은 금발의 인간 여자를 구하기 위해 공룡들과 싸우고, 그 여자가 올라탈 수 있게 조용히 거대한 손바닥을 펴 보이고, 함께 아름다운 노을을 가만히 바라보고, 생포당해 뉴욕으로 와서 굴욕을 당하고, 혼란 끝에 다시 만난 그 인간 여자를 손에 쥐고 빙글빙글 얼음 위를 지치고, 엠파이어 스테이트 빌딩을 타고 올라가다 인간들의 비행기로부터 공격받자 여자가 다치지 않도록 소중히 보호하려 하고, 결국 그 높은 곳으로부터 떨어져 거대한 몸을 바닥에 눕힌다. 흉포한 괴물로 처음 등장했던 킹콩은 마지막 장면에서 뉴욕의 거리에 숨겨 누워 있을 때, 마치 이 시대의 가장 존엄한 마지막 왕처럼 보이고, 구둣발로 그의 몸 위에 함부로 올라가 사진을 찍는 기자들은, 인간들이 각다귀들에 대해 흔히 그렇게 여기듯, 너무도 하찮고 경박하게 보인다. 러닝타임이 세 시간이기는 하지만, 한 편의 영화를 보는 동안 킹콩에 대한 나의 마음이 혐오와 공포로부터 호감을 넘어 엄숙한 존경으로까지 상승했다는 것이 나는 무척 신기했다. 물론 킹콩은 유인원이어서 인간과 닮은 외양을 하고 있고, 코로 뿜는 한숨이나 깊은 피로를 담은 눈동자, 한껏 치솟았다가 흥분이 가시면 차분히 내려앉는 어깨 등 감정 이입을 돕는 다양한 표정과 자세도 큰 역할을 했을 것이다.

기적의 또 다른 예는 메리 셸리의 걸작 『프랑켄슈타인』에서 찾을 수 있다. 우선 바로잡아 둘 것은, 프랑켄슈타인은 괴물의 이름이 아니라 그 괴물을 창조해 낸 과학자의 이름이라는 사실이다. 이름이 없는 이 괴물은 키가 2.5미터가량 되고 '희번득거리는 두 눈, 쭈글쭈글한 얼굴 살갗, 그리고 일자로 다문 시커먼 입술'에 살갗 아래로는 근육과 혈관이 비쳐 보이는 흉측한 외양을 하고 있다. 이 괴물은 프랑켄슈타인의 어린 동생을 죽이고 다른 사람에게 죄를 덮어씌워 사형당하게 만들었으며, 재빨리 이동하는 기술을 가진 무시무시한 존재다. 『프랑켄슈타인』은 액자 형식을 잘 활용한 이야기로, 기본적으로 '액자 속 액자'의 형식을 띠고 있는데, 작품의 중간 즈음에 괴물이 자신의 과거를 들려주는 '액자 속 액자 속 액자'에 해당하는 이야기가 나온다.

정처없이 다니던 괴물은 자신의 모습을 본 사람들이 혼비백산해서 달아나는 것을 보고 어느 축사에 몸을 숨기고 지낸다. 그러다 축사 옆 오두막에 사는 남매와 그들의 눈멀고 나이 많은 아버지, 오빠의 연인이 지내는 모습을 오랫동안 훔쳐보며 그들을 사랑하게 된다. 그들의 아름답고 교양 있는 몸가짐, 서로를 아끼고 사랑하는 모습, 그들이 읊는 책의 내용을 통해 괴물은 많은 것을 배우고 몰래 땔감을 해다 주는 등 도움이 되려 한다. (그들로부터 언어를 익혀 우연히 구한 『젊은 베르테르의 슬픔』을 읽고 흐느끼기도 한다.) 평생 한 번도 친구가 없었던 괴물은 그들과 친구가 되기를 간절히 원하지만 자신의 기괴한 모습 때문에 그들이 놀랄까 봐 어떻게 다가가야 할지를 오랫동안 고민한다. 여기서 메리 셸리는 친구를 사귀고 싶은 괴물의 간절한 소망과 조심스럽고 오랜 망설임을 차근차근 쌓아 올려 독자들은 외로운 괴물의 마음에 점점 이입하게 된다.

어느 날 노인만 오두막에 남아 있을 때 괴물은 두근 거리며 조심스럽게 다가가 자기를 소개한다. 눈먼 노인은 괴물의 이야기를 차분히 들어주는데 이때 젊은 가족이 돌아오는 소리가 들리고, 괴물은 눈물을 흘리며 자신은 이 가족과 친구가 되고 싶다고 말한다. 그러나 노인을 붙잡고 있는 괴물을 본 순간 그들은 기절하고, 밖으로 뛰쳐나가며, 아들은 노인으로부터 괴물을 거칠게 떼어내 땅에 쓰러뜨리고 지팡이로 심하게 때린다. 괴물의 조심스런 소망은 산산이 부서진 것이다. 바닥에 쓰러진 괴물은 말한다. 자신은 사자가 영양을 갈기갈기 찢듯 그의 사지를 찢어발길 수 있었지만 자신의 심장이 쓰디쓴 슬픔에 젖어 있었기에 참았노라고. 다시 자기를 때리려는 그의 모습을 보았을 때 고통과 괴로움을 참을 수 없어 오두막집을 뛰쳐나와 축사로 돌아갔다고.

전체적으로 음산하고 으스스한 분위기인 『프랑켄슈타인』에서 괴물과 오두막 이야기는 예외적으로 따뜻하고 목가적인 분위기를 띤다. 평생 외로웠고 배척당했던 괴물이 처음으로 느끼는 온기가 그대로 느껴질 만큼. 그러나 이 따뜻하던 이야기가 마지막 단 한 문단에서 모든 기대를 깨 버리며 급속히 냉각되니 그 온도차가 더 뼛속까지 시리게 느껴진다. 이런 감정적 담금질은 이 기묘한 작품의 감상을 더욱 다채롭게 만든다. 이 이야기를 통해 사악하고 흉측한 괴물이라고만 생각했던 존재가 이전에 어떤 일을 겪었는지를 알게 되면서 독자들은 괴물의 심정에 공감하고 짙은 안타까움과 슬픔을 느끼게 된다. 이 과정은「변신」의 그레고르에게 독자들이 점점 느끼게 되는 감정의 변화와도 비슷하다. 괴물은 자신의 외모로 인해 인간들과의 교류는 불가능하다고 결론 내린 뒤 이렇게 말한다. "인간의 감각은 우리의 공존을 가로막는 넘을 수 없는 장벽이다." 괴물의 사정을 듣던 프랑켄슈타인은 그의 말이 자신에게 이상한 효과를 자아냈다고 생각한다. 동정심이 일고 때로 위로해 주고 싶었지만, 두 눈을 뜨고 보면 '움직이고 말하는 더러운 덩어리'가 보여서, 심장이 옥죄어오고 공포와 증오가 일어났다고. 카프카보다 100년쯤 전에 태어난 메리 셸리의『프랑켄슈타인』은 여러모로 카프카를 떠올리게 하는 작품이다. 그레고르도 프랑켄슈타인의 괴물도 흉측함 때문에 매정하게 두들겨 맞는 존재다.『프랑켄슈타인』전반에 가득한 얼음 바다와 얼음 산맥의 이미지, 그리고 그 은빛 얼음 위를 초현실적인 속도로 미끄러지며 쫓고 쫓기는 기묘한 운동성의 감각은 앞서 말한「양동이 기사」와도 유사하다.

그레고르는 '이것'이 된다

『맥베스』에서 우리는 '해 질 무렵-한밤-밤과 낮의 싸움-밤의 패배(낮의 승리)'로 이어지는 그래프를 그려 보았다. 작가는 문장들을 차곡차곡 쌓아서 일종의 세력 같은 것을 만들어 낸다. 그 세력의 마지막 한 눈금이 넘치는 순간 균형의 역전이 일어나고 흐름은 다른 방향으로 변화를 일으킨다. 역사상 가장 뻔뻔한 첫 문장으로부터, 독자들의 마음속에 커다란 변화가 일어나기까지 카프카가 차곡차곡 쌓아 올린 문장들의 몇몇 부분을 살펴보자.

처음에 그레고르는 아직 자신의 벌레 몸을 제대로 움직일 줄을 모른다. 침대에서 벗어나는 데만 해도 한참 걸리고, 뒷다리로 겨우 일어서지만 하반신이 타는 듯이 아픈데다 균형을 잡기도 힘들다. 그러다 문이 열리고 그레고르를 본 사람들의 소동이 벌어진 통에 방을 나오다가 잡을 곳을 찾지 못해 조그맣게 비명을 지르며 수많은 작은 발을 깔고 엎어지게 된다. 그랬더니 놀랍게도 육신이 편안해진다! '작은 다리들이 굳은 바닥을 딛고 섰던 것이다.' 인간처럼 수직으로 서려고 했던 그레고르는 이제 납작한 몸체를 눕혀 수평으로 움직이는 존재가 된다. 아주 낮고, 바닥에 면해 작은 다리로 움직이는 그레고르는 말하자면 인간과는 다른 벡터를 가지게 된 셈이다. 그날 밤 자신이 오 년 동안 살아온 방의 높은 천장이 왠지 불안하게 느껴진 그레고르는 "반은 무의식적으로 몸을 돌려, 그리고 가벼운 수치심을 느끼면서 그는 서둘러 소파 밑으로 기어들어 갔는데, 거기서 그는 등이 약간 눌리고 머리를 들 수가 없었음에도 불구하고 곧 아늑함을 느꼈고 다만 너무 넓적해서 머리를 소파 밑으로 완전히 집어넣을 수 없는 것이 유감일 뿐이었다."[127] 납작한 벌레가 된 그레고르는 본능적으로 수직적으로 트인 공간보다는 수평적으로 자신에게 안정감을 주는 공간을 찾게 되는데, 아직 인간이었던 본성이 남아 있다는 점을 '가벼운 수치심을 느끼면서'라고 표현했다. 하지만 이내 안정감을 느끼게 되고, 머리가 완전히 들어가지 않는 점만이 유감이다. 카프카가 조금씩 더한 이런 디테일이 인간-벌레의 움직임을 그럴싸하면서도 유머러스하게 만든다.

그레고르를 돌봐 주는 누이동생 그레테는 그의 입맛을 시험해 보기 위해 이것저것을 갖다주는데, 그는 신선한 음식은 맛이 없을뿐더러 냄새도 견딜 수가 없고, 인간일 때는 맛이 없다고 했던 치즈나 반쯤 상한 채소 등을 정신없이 먹어 치운다. 그레테가 벌레로 변한 그레고르를 어떤 마음으로 대하는지를 엿볼 수 있는 디테일이 있다. 그레고르가 먹지 않은 우유 접시를, 그레테는 '맨손이 아니라 헝겊 조각으로' 집어든다. 그레고르가 먹고 남긴 음식들은 빗자루로 쓸어모아 얼른 양동이에 쏟아넣고는 나무 뚜껑을 닫아서 죄다 내다버린다. 이 와중에 웃픈 부분은, 그레고르는 자신의 징그러운 모습을 그레테에게 보여 주지 않기 위해 소파 밑에 들어가지만 실컷 먹어서 몸이 다소 둥그렇게 부푼 바람에 숨이 턱턱 막힌다는 것이다. 나중에 그레고르는 네 시간

---

127) 위의 책, 40쪽.

이나 들여서 등에 홑청을 지고 장의자로 날라 누이동생이
자신의 몸을 전혀 볼 수 없게 덮는다.

그레고르가 누이동생이 이 새로운 장치를 어떻게 받아
들이는지 보려고 홑청을 한번 조심스럽게 약간 들어 보았을 때
그는 그녀의 고마워하는 눈길을 보지 않았나 하는 생각마저 들
었다.[128]

시간이 지나 누이동생이 청소를 게을리하자 그레고
르는 그레테를 어느 정도 나무라기 위하여 쓰레기가 널려
있는 곳에 버젓이 서 있기도 하는데, 그레테는 아랑곳하지
않고 무시하는 장면도 있다.

그레고르는 기분 전환을 위해 벽과 천장을 이리저리
가로질러 기어다니는 습관을 들인다. 나중에 건강이 좋지
않은 어머니가 벽의 액자에 붙은 그레고르를 보고 기절하는
사태가 벌어지고, 금단추가 달린 빳빳한 제복을 입은 아버
지가 그레고르와 기묘하게 느린 추격전을 벌인다.

그렇게 하여 부자는 방을 몇 바퀴 돌았다. 아무런 결정
적인 일도 일어나지 않은 채, 그 모든 일이 매우 느린 속도로
진행됨으로써 쫓고 쫓긴다는 인상도 주지 않은 채. 그래서 그

---

128) 위의 책, 50쪽.

레고르도 한동안 마룻바닥을 떠나지 않았는데, 무엇보다 그는 아버지가 자신이 벽이나 천장으로 도망치는 걸 보면 각별히 몹쓸 짓으로 여길까 봐 겁이 났던 것이다. [129)]

　이제는 인간과 다른 방향성을 가지고 있어서 벽과 천장도 수평적으로 바라보는 그레고르이지만, 빳빳한 제복을 입은 아버지의 수직적 위계를 여전히 겁내고 있음이 암시된다. 이때 무언가가 날아오기 시작한다. 아버지가 마구잡이로 던지기 시작한 붉은 사과였다. 이곳저곳으로 날아들던 사과 중 하나가 그레고르의 등을 스치고 미끄러져 떨어진다. 그러나 바로 다음 사과는 그레고르의 등에 호되게 들어가 박히고 만다. 곤충의 등 껍질을 부수며, 하지만 관통할 정도는 아니고 몸에 들어박힐 정도의, 일종의 묵직한 총알이 되는 사과. 누구도 그것을 뽑아 주려 들지 않기 때문에 그레고르의 몸 안에 박힌 채 점차 곪아 갈 유기물. 그레고르에게 치명타가 될 무언가를 사과로 설정한 카프카의 상상력은 섬뜩한 설득력이 있고, 참으로 슬프다.

　끔찍한 고통 속에 몸을 쭉 뻗은 그레고르의 눈에, 어머니가 아버지를 말리러 달려가는 장면이 보인다. 그런데 이 장면이 무척 인상적이다. 어머니는 실신했었기 때문에 누이동생이 숨을 잘 쉬게 해 주려고 옷을 풀어 주었는데, 아

---

129) 위의 책, 61쪽.

버지를 향해 달려가는 중에 치마들이 하나씩 잇달아 미끄러져 떨어지고, 그 치마들 위로 비틀거리며 속옷 바람으로 달려가 아버지를 아주 한 몸이 되게 껴안더니, 두 손을 아버지의 뒷머리에 감아 그레고르의 목숨을 보존해 달라고 비는 것이다. 하나씩 나풀거리며 떨어지는 치마들, 속옷 바람으로 껴안는 동작, 뒷머리에 감긴 두 손 등은 상황에 맞지 않게 에로틱하게 보이기도 하고, 마치 곤충류가 탈피를 해서 반투명한 얇은 껍질을 벗어 두고 날아오르는 슬로우모션 장면처럼 느껴지기도 한다.(덧붙이자면 이 장면은 뭐라 말할 수 없이 나보코프적이다.)

사과로 인해 치명상을 입은 그레고르의 생명력 그래프가 아래를 향해 갈 때, 그와 엇갈리며 나머지 가족의 그래프는 상향하는 듯하다. 실제로 그레고르는 해충으로 변하기 전까지 가족의 생계를 책임지고 있었다. 부모는 그레고르가 일하는 곳의 사장에게 빚을 지고 있었고, 아버지는 연로했으며 어머니는 병약했고, 누이동생은 아직 어렸기에 그레고르는 외판 사원 일에 진력이 나 있으면서도 그만두지 못하고 가족을 위해 희생했다. 그런데 그레고르가 해충으로 변하고 나자 무력했던 가족이 어찌 되었든 살기 위해 움직이기 시작한다. 생업 때문에 찾아든 묘한 활기와, 걱정거리인 그레고르로 인해 착 가라앉은 식탁 풍경이 공존한다. 가족은 바쁘고 피곤한 중에 그레고르까지 돌봐야 한다는 사실에 힘겨워하는데, 아무도 이전까지 그레고르가 생계를 책임졌기 때문에 그들이 바쁘고 피곤하지 않게 지낼 수 있었음을 상기하지는 않는다. 바이올린과 하숙생 사건에서 절정에 이른 가족 사이의 갈등은, 그레고르가 어떻게든 음악 학교를 보내 주려고 했을 정도로 아꼈던 누이동생 그레테의 선언으로 절정에 달한다. "계속 이렇게 지낼 수는 없어요. 아버지 어머니께서 혹시 알아차리지 못하셨대도 저는 알아차렸어요. 저는 이 괴물 앞에서 오빠의 이름을 입 밖에 내지 않겠어요. 우리는 이것에게서 벗어나도록 해 봐야 한다는 것만 말하겠어요. 우리는 이것을 돌보고, 참아 내기 위해 사람으로서 할 도리는 다했어요. 그 누구도 우리를 눈곱만큼도 비난하지는 못할 거라고 생각해요."[130] 이제 그레고르는 '이것'이 되어 버렸다.

그레고르는 가족이 가만히 바라보는 가운데, 천천히 몸을 돌려 자기 방으로 되돌아간다. 아무도 그를 몰아 대지도 않았고, 모든 것이 그 자신에게 내맡겨져 있었다. 앞에서도 언급했듯, 방문 앞에서 그는 마지막으로 가족을 뒤돌아보는데, 여기 카프카가 덧붙인 디테일은 이렇다.

어느덧 방문에 이르렀을 때에야 비로소 그는 목이 뻣뻣해진 느낌에 완전히는 아니었지만, (……)[131]

---

130) 위의 책, 77~78쪽.
131) 위의 책, 81쪽.

나는 이 마지막 묘사에 눈물이 차올랐다. 가족으로부터 '우리는 이것에서 벗어나야 한다.'는 말을 듣고, 한 달도 더 전에 사과가 날아와 박힌 뒤로 썩고 곪아 있는 몸으로, 엉금엉금 기어서 자기의 방으로 걸어 들어가기 전에, 뻣뻣한 목으로 그래도 할 수 있는 만큼 고개를 돌려 마지막으로 가족을 바라보는 해충의 시각이라니. 그 뒤로 어느새 따라온 누이동생은 냉큼 빗장을 지르고, 그의 방은 결국 관이 되는 것이다.

그레고르의 죽음 이후로 마지막 신은, 영화로 치자면 카메라가 주관적인 시점에서 객관적인 시점으로 변경된다. 그레고르의 시점에서 썼던 아버지와 어머니, 누이동생이라는 호칭은 잠자 씨와 잠자 부인, 그레테로 바뀐다. 그레고르의 시체는 이른 아침 출근한 가정부가 발견한다. "이리 와 봐, 쇠똥구리야!"라며 언젠가 그레고르를 귀찮게 하기도 했던 그 오지랖 넓은 가정부는 마침 가지고 있던 길다란 빗자루로 그를 간질여 보려고 했는데, 그는 아무런 저항 없이 밀려간다. 여러분도 집 안을 청소하다 소파 아래쪽 같은 데서 바퀴벌레나 노린재처럼 납작한 벌레를 발견하고 처음에는 살아 있나 싶어 깜짝 놀랐다가도 청소 도구로 살짝 건드려 보면 이미 오래전 죽어 바싹 마른 터라 가볍게 밀려가서 안심한 적이 있었을 것이다. 카프카는 그레고르의 죽음을 벌레답게, 가정부의 빗자루 끝에 밀려가는 모습으로 표현했다. 참으로 낮고 납작한 죽음이다. 그레고르는 이제 등에 박혔던 사과의 무게보다도 더 가벼워졌을 것만 같다.

그레고르가 떠나고 점점 에너지가 차오르는 듯한 잠자 씨네 가족은 왠지 득의양양하게 하숙인들을 내쫓는다. 여기서도 영화적 시점 같은 장면이 있는데, 가족이 난간에 기대어 세 명의 하숙인들이 돌아 내려가는 계단을 바라본다. 하이앵글로 내려다보면 하숙인들이 나타났다 사라졌다 하며 계단을 내려가는데 그들과 마주 엇갈리게 정육점 점원이 머리에 들 것을 이고 당당한 태도로 올라온다. 그러자 잠자 씨 가족은 마음이 가벼워진 듯 집으로 다시 들어간다. 이 장면은 쫓겨난 하숙인들처럼 이 집에서 사라진 그레고르의 하강 그래프와, 그와 마주 엇갈리게 지상으로 힘차게 상승하는 가족의 삶의 그래프가 교차하는 듯한 인상을 준다. 올라오는 사람이 정육점 점원인 것은 얼마나 의미심장한가. 다른 존재의 살을 저며 음식으로 먹을 때, 한 존재는 다른 존재의 생명을 먹고 삶을 이어 가는 것이다.

　　잠자 씨네 가족은 테이블에 앉아 세 통의 결근계를 쓰고, 3월 말의 따뜻한 날씨 속에 산보를 하기로 한다. 셋은 여러 달 만에 전차를 타고 교외로 향한다. 따뜻한 햇볕이 비치고, 장래에 대해 이야기를 나눠 본 결과 셋의 현재 직장이 썩 괜찮은 데다 앞으로가 상당히 희망적이라는 것을 알게 된다. 이제 그레고르가 없으니 보다 작고 실용적인 집으로 이사 갈 계획도 세운다. 이야기를 나누다가 잠자 씨와 잠자 부인은 그레테가 점차 생기를 띠는 것을 보며 딸이 '아름답고 풍염한 소녀로 꽃피었다는 생각이 들었다.' 맨 마지막 문장은 이렇다.

그리하여 그들의 목적지에 이르러 딸이 제일 먼저 일어서며 그녀의 젊은 몸을 쭉 뻗었을 때 그들에게는 그것이 그들의 새로운 꿈과 좋은 계획의 확증처럼 비쳤다. [132]

마치 족쇄에서 풀려난 사람들처럼 희망적으로, 밝고 따스한 봄기운을 향해 나아가는 결말이다. 마지막이 밝은 만큼 독자들은 더욱 짙어진 그림자를 품고 책을 덮게 된다. 그 그림자 속에는 그레고르 잠자가 납작하게 웅크리고 있다. 잠자 씨네 가족의 입장에서는 해피엔딩이겠지만, 그들은 마치 스러진 킹콩의 몸 위로 올라가 사진을 찍는 인간-각다귀들 같기도 하다. 다시 말해 작품을 주의 깊게 읽은 독자들에게는 해충이었던 그레고르야말로 존엄한 존재가 되고, 다른 가족이 오히려 해충과 같은 존재처럼 느껴지기도 할 것이다.

「변신」의 마지막 밝은 분위기는 마치 네거티브 필름처럼 이런 반전의 분위기를 더욱 강화한다. 『맥베스』에서

---

132) 위의 책, 87~88쪽.

오렌지 상자에 비유했던 비극과 희극의 차이를 다시 떠올려 보자. 그레고르는 상자 밖으로 튕겨 나와 바닥으로 떨어진 오렌지이고, 잠자 씨네 나머지 가족은 상자 속에 실려 마차를 타고 가는 오렌지들이다. 비극적 효과는 추락하기 전의 신분이 고귀하고 높을수록 더 커지지만, 그레고르 잠자는 고작 외판 사원이었고 게다가 하루아침에 해충으로까지 변한 신세였으므로 추락의 위치 에너지는 그리 크지 않다고 말할 수도 있다. 하지만 그렇지 않다. 우리 독자들만은 알고 있다. 그레고르가 그동안 보인 몸짓들과, 그리고 조용히 죽어 가던 마지막 새벽, 감동과 사랑으로써 식구들을 회상하고 스스로 없어져 버려야 한다고 생각하는 그의 가만한 희생은 그를 숭고한 위치로 '올려'놓는다. 그래서 낙차가 발생하고, 이 오렌지의 추락과 소외에 우리는 깊은 비애감을 느끼게 되는 것이다.

앤 대로우를 아낀 킹콩은 장대한 몸집으로 상징적으로 높은 건물인 엠파이어 스테이트 빌딩 꼭대기에서 인간들의 경비행기 공격으로 추락한다. 프랑켄슈타인의 괴물은 2.5미터의 몸집으로 간절히 친구를 원하고 사랑하는 마음으로 조심스레 인간들에게 다가갔다가 땅바닥에 쓰러져 지팡이로 맞고는 축사에 몸을 숨긴다. 그레고르 잠자는 90센티미터 남짓 되는 해충으로 가족을 사랑하고 희생했지만 그들로 인해 방에 갇혀 죽음을 맞는다. 크기를 일일이 적어 둔 것은 인간이 그 스케일로부터도 영향을 받기 때문이다. 9센티미터쯤 되는 해충과 90센티미터쯤 되는 해충의 죽음에는 다른 감각이 있다.

이 책의 첫 부분에서 나는 오비디우스의 『변신 이야기(Metamor-phoses)』를 언급했다. 이 책에서 마지막으로 다룬 작품은 카프카의 「변신(Metamo-phosis)」이다. 세상 모든 이야기의 중심에는 '변화'가 있다. 그레고르의 희생으로 그레테는, 마치 나비가 애벌레로부터 완전 변태하듯 눈부신 햇볕 속으로 날개를 편다. 무엇이 무엇으로 변화하는가. 죽음과 삶은 어떻게 이어지는가. 밤과 낮은 어떻게 싸우는가. 인간은 무엇이고 무엇이 아닌가. 문학의 질문들은 그렇게 밤하늘의 별자리처럼 끝없이 이어진다.

우리가 읽는 문장들은 우리의 걸음 걸음이다.

오래전에 카프카의 작품들을 공들여 번역했다. (공들이고 공들여 번역해야 할 글들이고 정독해 마땅한 글들이다.) 그때는 좋은 작품이 잘 이해받지 못하는 것 같아 안타까웠다. 그런데 언제부터인가 이 기이한 작품이 잘 이해되는 것 같아 또 안타깝다. 그건 사회 문제들이 그만큼 유사하게 축적되었다는 방증이기 때문이다. 비현실을 설정해 놓고는 너무도 사실적으로 그려서, 비현실이 더 현실적으로 공감되게 하는 카프카 특유의 문체, 그 글에 속속들이 밴 막막함, 절망을 김하나 작가는 성심의 정독을 통해 꼭꼭 짚어 내면서도 고전들과 연결하고 또 대중적인 글들, 영화와 연결시키며 친근하게 해 준다. 현실은 점점 카프카적 세계에 근접하는 것 같지만, 그 비정한 현실을 「변신」처럼 그려 냄으로써 우리로 하여금 통렬히 인식하게 하고, 그렇기에 오히려 나름 조금은 더 '인간적' 대안을 고심하게 만드는 카프카 같은 작가를 가진 건 우리 시대의 행운이다. 또 카프카를 이렇게 읽어 우리 곁으로 더 가까이 데려다주는 탄탄한 작가가 있다는 것은 위로다.

전영애(서울대 독어독문학과 명예교수)

나는 책이 무섭다. 썩거나 죽지도 않는, 계속해서 읽히고 다르게 쓰이는 이것은 영원처럼 우리 곁을 맴돈다. 나는 가끔은 우리가 더 무섭다. "왜들 이러는가?" 하고 나 역시도 묻고 싶어진다. 같은 이야기를 수십 수백 년 동안 읽는다. 새로운 담론이 탄생한다. 지치지도 않고 다른 이야기를 만들어 나가고 자신만의 이야기를 물려준다. 나는 사실 내가 더 무섭다. 나 역시 이 시간의 소용돌이에서 정신을 못 차리는 사람이니까. 죽든 말든 상관없어, 그저 손에 잡히는 이야기라면 그냥 내달려 가고 보니까. 그래서 나는 자주 말한다. 책, 안 읽어도 된다고. 언제 누가 썼는지도 모를 만큼 가물가물한 이야기라면 더더욱 괜찮다고. 정말 진심인지도 모른다. 보이지 않는 이 영토가 가진 아우라(aura)가 그의 생을 단번에 부숴 버릴 수도 있으니까. 그리하여 이전의 세계를 박살 내려는 "태어나려는 자"가 될 수도 있으니까. 나는 그

태동을 감당할 수도, 책임질 수도 없을 테니까.

하지만 나 역시, 언제나, 항상, "용감한 여자들을 제일 좋아했어."

그 여자들은 시간 속에 있고 내 안에 있고 내 안의 이야기에서 살고 있다. 자기만의 방에서 나오고, 보이지 않는 천장을 부수고, 집 안의 천사를 죽이고, 황홀한 종소리에 의지하여 아무렇게나 걸어도 괜찮다 느끼는 그 여자들. 우리가 만날 수 있는 곳은 바로 여기뿐이다. 종이의 무덤. 책. 지금 이 글을 매만지며 읽고 있는 당신이 보인다. 용감해 보인다. 환대하고 싶다. 이 모든 마음이 여기에 담겨 있다. 나를 대신하여, 용감했던 여자들을 대신하여.

하루아침의 변신을 맞이하더라도 우리는 매일같이 일어나, 별다르지 않은 하루를 보낼 것이다. 당신이 새로이 태어난 세계에서는, 이야기에서는, 모든 것이 가능하고 그 무엇도 막연하지 않으니까. 그것이 우리가 있는 이 영토의 속성이다. 부서지는 금빛 종소리가 메아리친다. 그것을 따라오면 된다. 길을 잃지 않을 것이다.

박참새(시인)

금빛 종소리

김하나의 자유롭고
쾌락적인 고전 읽기

1판 1쇄 펴냄   2024년 6월 21일
1판 6쇄 펴냄   2024년 12월 23일

지은이   김하나
발행인   박근섭, 박상준
펴낸곳   (주)민음사

출판등록   1966. 5. 19 (제16-490호)
              서울특별시 강남구 도산대로1길 62(신사동)
              강남출판문화센터 5층
대표전화   02-515-2000
팩시밀리   02-515-2007

ⓒ 김하나, 2024. Printed in Seoul, Korea
ISBN   978-89-374-5677-0 03810